民国风流

刘诚龙 著

SPM 南方出版传媒 广东人民出版社

·广州·

图书在版编目（CIP）数据

民国风流 / 刘诚龙著. — 广州 ：广东人民出版社,2019.1
ISBN 978-7-218-11387-6

Ⅰ．①民… Ⅱ．①刘… Ⅲ．①杂文集－中国－当代②随笔－作品集－中国－当代 Ⅳ．①I267.1

中国版本图书馆CIP数据核字(2016)第276244号

Min Guo Feng Liu
民 国 风 流
刘诚龙 著

出 版 人：肖风华

选题策划：李　敏
责任编辑：李　敏
装帧设计：刘焕文
责任技编：周　杰　易志华

出版发行　广东人民出版社（广州市大沙头四马路10号　邮政编码：510102）
电　　话：（020）83798714（总编室）
传　　真：（020）83780199
网　　址：http://www.gdpph.com
印　　刷：广州市浩诚印刷有限公司
开　　本：787 mm × 1092 mm　1/16
印　　张：14.75　　字　　数：230千
版　　次：2019年1月第1版　2019年1月第1次印刷
定　　价：48.00元

如发现印装质量问题，影响阅读，请与出版社（020-83795749）联系调换。
售书热线：（020）83791487　　83790604　　邮购：（020）83781421

《民国风流》是一部写民国及其以后人物的杂文随笔集，书稿分为两部分。一是：民国现象有看头，内容主要是对清末民初的学者文人"面上"进行扫描；二是：当年国士个个牛，内容主要是对民国学者文人"个案"进行解读。

民国以来的学者文人及一些从政者，在中国历史上占有很独特的位置，人称"民国风流"。与一些描述民国人物与社会的著作不太相同的是，作者有其不同流俗的民国史观，对民国其社会、其人物能做平心之论，既不因对某人的崇拜而饰其短，也不对某人的异见而掩其长，作者从不同的角度与不同的侧面知人论世，写出了不一样的"民国风流"。

《民国风流》是由数十篇独立文章结集而成，从鲜为人知的史书里找出了新材料，从人所共知的故事里辨析出新见识。作者笔下所写的都是历史，心中所装的全是现实，在对历史的感悟中包含着对现实的忧患、关怀、思索，富有激情却不偏激，匡时救弊，富有正能量。笔调亦庄亦谐，擅长"高级黑"，擅长"春秋笔法"，用今语描绘古人，用今语解读古事，在让人津津有味品读故事的同时，也促人掩卷敛眉，生发对历史与现实的深层思考。

目录 · CONTENTS

民国现象有看头

❧ 那些去留学的大师们 ❧

华罗庚26岁去英国剑桥大学之前，他已经在清华大学当讲师，不过他的文凭是拿不出手的初中毕业证。也许学校考虑到，一张初中毕业证实在不与大学助教相称吧，所以公派他去留学，他就这样到了剑桥，但是，华罗庚却没有珍惜这个拿博士文凭的绝好机会，他不愿意读博士，只想做个访问者。旁人不解其意，问他这是为什么，他答道："因为读博士只能读一门功课，而做访问者哪门课程都可以上。我来剑桥，不是为了得学位，而是为了得学问的。"所以，一代数学大师，终其一生，也只是一个初中毕业生。

20世纪，到过东欧、西欧，到过美国、法国，到过剑桥、哈佛的大师们其实还有很多，当然有许多像胡适一样拿过巍峨博士帽子回来的，但也有许多像华罗庚一样，费尽千辛万苦，不远万里，远道求学，完全可以花"公家的票子"，领一顶"私人的帽子"的，却一个文凭也没有拿回来。饱学之士梁宗岱，1924年去法国留学，在此之前，他正在广州岭南大学读大一，这个文凭没有弄到手，他就前往法国了，在法国没待上一两年，他又去了英国，之后又去了德国、意大利，几乎欧洲所有的国家"重点大学"都去了，但是，一个文凭也没有弄到，都是每次快要弄到文凭的时候，他就走了。其求学变成游学，是因为他初到法国，结识了现代派诗人保尔·瓦雷里，保尔对他说，汲取西方文化，要转益多师，不要为虚名去钻某一学科的牛角尖。梁先生就把这话记在心里，并身体力行实践之。

与梁大师持一样看法的是陈寅恪，他说考博士并不难，死读三五年，那帽子就到手了，但是这几年被一个专题束缚住了，那么就没有时间去学习其他知识。所以，他二十几岁来到德国，也是东一棒子，西一榔头，这个大学读一读，那个大学看一看，广采博收，学了好几种语言，到后来，"满脑子"都是知识，"满脑子"上面却是个"光脑壳"，素面朝天，一顶"帽子"也没有。众所周知的鲁迅先生，到日本留学了几年，勉勉强强弄了个专科本本，不愿意再"深造"了；还有如北大校长蔡元培，在国外也是喝了好几年的洋墨水，但是，他没拿硬通货回来，他说：吾人到这里，是来学文化的，不是来拿文凭的。

与那些大师相比，我们也在学习，只是那些大师在国外留学，我们在国内上学，我们都是可以称之为"求学"的，但是，我们称得上求学吗？真是玷污了"求学"两字，与过去那些大师比较，我们与他们的差别在哪里呢？过去的大师求的是学问，不是学位；求的是文化，不是文凭；求的是本事，不是本子；求的是炼金，不是镀金。我们呢，恰恰相反，我们求的是学位，不是学问；求的是文凭，不是文化；求的是本子，不是本事；求的是镀金，不是炼金。

当年武大没教授

苏雪林本来是在安徽大学当教授的，月薪两百元，名号好，工资高，苏雪林挺满意的，打算在这里安富乐教，但期间发生了一件事，让她无比伤心。当年的安大学风不太好，管理比较松弛，男生可以随意到女生宿舍去串门，经常闹到半夜还不消停。苏雪林除了教授之外还兼任女生指导员，她做事很认真，对这个风化问题很是看不惯，经常去干涉，勒令男生九点前必须离开女生宿舍，这让男生很记恨。有天，苏雪林从外面回家，经过一片小树林，突然一块小石子飞来，打中她前额，血流如注，到医院缝了几针，在额上留下了一个终生没消的疤痕。

恰在这时，武汉大学的校长王世杰向她伸出了橄榄枝，邀请她往武大任教，同时被邀的还有其好友袁昌英、凌叔华，这让苏雪林有点喜出望外，二话不说，卷起铺盖就往武汉赶。可是，到了武汉，却碰到了一件让她觉得比那块小石子更伤心的事，校方送到府上的聘书上写的是特约讲师，在安徽大学当的是教授，到了这里却是讲师？一块小石子打在她额上，只感到身痛，现在一纸轻慢的聘书却击中心房，让她心痛。在苏雪林看来，小石子是学生打的，学生毕竟是受教育者，少不更事，不值得耿耿于怀，而这聘书却是一所大学给的，其中透露的是对她的蔑视与怠慢。

苏雪林的自尊心一直是很强的，当年她还是个文学女青年，是美女作家，在一次文人的派对中，她伸出一只手，想跟迎面走来的鲁迅先生相握，而先生只是向她微微点头，没伸手来接应，这让苏雪林怀恨在心，余生皆与先生交恶。这次武大把她给卖了，让她气愤异常，卷起铺盖又想走人。袁昌英知道后，赶紧来解释："武汉大学为尊重名器，最高职称只是副教授，一个正教授也没有。你这特约讲师，等于是别校的副教授，将来升格为武大副教授，等于别的大学的教授了。"

袁昌英所言不虚，曾被胡适所聘担任中国公学教授的沈从文，在被聘请到武大任教期间，职称跟苏雪林一样，由正教授降为讲师，连降两级；而其时名气甚大而且当了文学院院长的陈源，其职称也只是副教授。苏雪林从头数，还真发现，当年武大人文荟萃，少长咸集，还真没一个正教授。这下使苏雪林安下心来，无话可说。

苏雪林职称虽然比较低，但其薪水却不低，当年武大的讲师月薪是两百元，助教一百二十元，其薪水与在安徽大学持平。同时，苏在武大，只专心当讲师，并不兼"班主任"，工作量少了，工资未少，比较而言，她在武大的教学工资是比安大高的。

在武大这里，当教师的"利"可以给你多开，但当教师的"名"却不能给你乱戴。

"武汉大学为尊重名器，最高职称只是副教授，一个正教授也没有。"这可能让我们这代人很不理解，我们所谓尊重名器，就是使劲地批发名器，我们现在是这么做的：对某大学给的教授指标越多，教师职称越高，就表示对这所学校越重视，越看重，就表示越尊重知识，尊重人才；对某学校给的职称指标越少，越低，就意味着看不起这所学校，就意味着薄待知识分子。当年的武大价值观却是相反，对教授这名号卡得越紧，卡得越死，就是对这名号保持着敬畏，放得越松，放得越多，就是对这名号不当回事，就是把这名号看贱了。

在武大看来，教授是一个崇高称呼，不是市场上的小菜，也不是专卖店的帽子，不是略有点才气，略有点学识，就可以批发的。比方圣贤，两三千年来，能够戴上这名号的，只是一两人而已，教授虽然没圣贤那么尊，但也很贵的，不能甩卖。世界上许多东西往往是这样：多了，也就滥了；滥了，也就贱了，其反命题是：少了，也就贵了；贵了，也就尊了。当人人都可以叫做大师的时候，把大师当瘪三来看，也就是顺理成章的了。

谁还对教授、大师以及圣贤保持最基本的敬畏呢？多则滥，滥则贱。现在喊人做大师，多半用于讽刺场合了。红灯区的女子都被称为小姐，这小姐还值价吗？

校长握过你的手吗

郑连根先生的大著《昨夜西风》，描述了许多传教士人物，在这本书里，我读到了著名传教士司徒雷登的一则小故事。

司徒雷登在燕京大学当校长，其办学方针，走的也是包容性发展的路子，尽管他本人是宗教徒，他开办学校也有传教的目的，但他不搞唯我独昌，并不强求学生与教师信服与皈依宗教。他说："它（指燕京大学）必须是一所真正经得起考验的大学，允许自由地讲授真理，至于信仰和表达信仰的方式则是个人的私事。"由此，一时俊彦，当年名士，都纳进燕京大学，陈寅恪、钱穆、俞平伯、周作人、冯友兰、谢冰心、郑振铎、钱玄同、顾颉刚、费孝通，包括撰著了《西行漫记》的斯诺，都执教鞭，站杏坛，奔赴燕京大学传道授业解惑。

兼容并包，也许是大学最起码的事情，真正的大学都是具备的；司徒雷登感动人的，不是其办学思想有多独特，而是其另外一个细节。据燕京大学的校友说，每到新生开学，我们的司徒校长，不管多忙，都要在其所居临湖轩小院里，搞一次"校长见面会"。他站在其居所外之松墙边，准备清茶，准备糕点，笑容可掬地招呼大家，与到访的学生——握手，嘘寒问暖，道辛苦，打恭送祝福。

看到此处，忽然感到这是一个很有意思的话题。我急忙打开QQ，呼我家公主视频聊天，没头没脑地问：你喝过校长给你喝的茶吗？开学那会儿，我是知道的，没喝过校长之茶，连那白开水都没喝过。我家公主入学，是我送去的，天热，口渴，我到寝室旁边开水房里去打开水，打不到，旁边老生告诉我，得投币才能打水，我只好去学校超市买矿泉水。但后来怎么样，校长有没有请入校学生喝过茶？我就不知道了。我这么一问，我家公主在那头怔怔看我，好像看天外来客问人间事。我就说，燕京大学的校长请学子喝茶，你们校长请你喝过没？我家公主在那头坏坏地笑，说：校长请我喝过，不过他请我喝的不是碧螺春，而是西北风。

我再追问：那么，校长与你握过手吗？

我家公主对我说：你怎么问得那么奇怪啊。校长的手，我都没看到过，我只是看到过校长的头——校长在主席台上做报告，只看到校长脑壳在晃动。校长忙呢，一年到头，都难见到校长一面呢！

有多少校长与学生握过手？

是不是大学扩招了，校长握不过来，干脆一个也不握了？是不是校长太忙，忙得与学生见面的时间都没有？

校长在忙些啥呢？是在忙于跑项目，还是在忙于请客吃饭？是在忙于开会，还是在忙于洗脚按摩？是在忙于撰写大学发展大纲，还是在忙于考察祖国大好河山与观赏世界绝色风光？

一个大学校长，也许真是忙的。一所大学，就是一个小社会，方方面面需要打点，日日夜夜需要应酬。我家公主说：我在我们学校电视台里，经常看到校长与各级领导握手的，他可能也是真没时间，来跟我们握手。

这也许是受中国教育现状的影响吧。校长，一校之长，学校内待得少，大部分时间在学校外跑。处理学校外的事务，比处理学校内的工作，花费的时间与精力更多。

校长的手，只跟领导去握了，哪里有时间跟学生握？

这是校长忽视学生的缘由吗？

司徒雷登虽然是美国人，但他其实是在中国土生土长的。他生在杭州，长在中国，中间回过美国，但生命中多数时光是在中国度过的。他在中国办学，当然也是相当熟悉中国国情的，他不但是传教士、教育家，而且也是一位社会活动家。他在中国，与党政军等各位要人，与工商学等各界人士，其交往也是非常频繁的。不与"领导"交往，司徒雷登要办教育，哪里办得下去？为了兴办燕京大学，他四处募集建校资金，"拜访了当时中国政界和经济界的众多名流"，也不知道他与大大小小的各界人物，握过多少次手。

司徒雷登不忙吗？估计比当今的大学校长，更忙吧！

再忙，他也要在新学年开学，举办校长与学生招待会，与入学的学生一一握手。

手能不能向学生伸过来，取决于心会不会向学生投过来吧！

冰心先生曾经这样回忆过司徒雷登："你添一个孩子，害了场病；过一次生日，死去一个亲人。第一封信、短笺是他寄的；第一盆花是他送的；第一个欢迎微笑，第一句真诚的慰语，都是从他那里来的。"

这样的校长，谁不感戴他？1936年6月，燕京大学的师生为司徒雷登举行了盛大的祝寿活动，在北京的，在上海的，在新疆的，在四川的；在天南的，在地北的；在天涯的，在海角的……跋山涉水，长途奔波。一些偏远地方的，走山路，坐汽车，转火车，来回都要十天半月的吧。他们也都来为"我的老校长"祝寿，并举行了文艺晚会，全场起立，向"我的老校长"行三鞠躬礼。连燕京大学的勤杂员工，都敲锣打鼓送司徒雷登一块匾，上书"有教无类"，表达对司徒雷登的敬意。

现在有几个校长，能得此声望，能获此人心？

看到很多过去的学人回忆其校长，起笔往往是：我的校长蔡元培，我的校长胡适博士……我感觉当一个校长最大的荣光是：其校毕业的学生今后在回忆学校生活的时候，能在校长前面加一个前缀词——我的，或者我们的。

很可能的是，现在很多大学生读了四年书，也许都不知道其校长姓甚名谁吧。

对校长称呼为"我的校长"的，那校长肯定是这所学校的灵魂；那连校长名字都不知道的，那校长很可能只是这所学校的幽灵。

民国教授打分数

隔着时空遐想，若我，或会喜欢听林语堂的课，却不太敢让林教授给我打分数。林教授给学生打分数，据说不阅卷的（连试卷都不出的），只相面。老人家每至期末，拿了一本花名册，讲堂上传胪唱名，叫一个名字，便让这人站起来，林教授便相面，左看右看，上看下看：这个人不简单，嗯，打九十九分；再叫一人名字，比如叫一声刘诚龙，刘诚龙便站起来，林教授正瞧反瞧，侧瞧翻瞧：嗯，这个人太简单，打五十九分。

据说林语堂教授相面给人打分，蛮准确的。"林教授（相面）打下的分数，其公正程度，远超过一般以笔试命题计分的方法，所以在同学们心中，无不佩服。"看相能看出人的命运来，这般神人比较多（神人现在也多呢，上一次街我能看到很多）；看相能够看出忠奸来，这也听说过，相由心生嘛。看相能看出分数来？智力与学识，能从五官配置看出来？林教授的学生都说他相面打分特别准确，这就让我恐惧了——林教授若不准确，倒还好（还有可能歪打正着得高分呢）。若特别准确，便叫我特别恐惧，你不晓得，我长的是一副蠢相呐；你也不晓得，兄弟我大智若愚的呐。

像我这样，经常逃课的，经常迟到的，经常大白天在寝室里呼呼睡大觉的……去做黄侃教授的门下走狗，最是解意。黄教授讲课，蛮幽默的，所谓幽默，不就是开玩笑吗？我读书无数，上课无数，都没见老师给学生开过玩笑，一个个都像正经领导，现在有一个开玩笑的，自然高兴。程千帆回忆黄教授授课，蛮有味："老师晚年讲课，常常没有一定的教学方案，兴之所至，随意发挥。"这蛮对我的路。我的老师都是有教学方案的，所谓教学方案，都是老师早已搓好的思想绳子，拴牢我们的脑壳，那不是把我们当牛牵吗？我是一条野牛，草莽一头牛，喜欢乱放乱鸣，不喜欢绳子牵鼻子，绳索封嘴巴。

期末了，毕业了，老师要给我们打分数了，有幸遇上黄教授，那是百世修来的福分。黄教授是不给学生打分数的。黄教授在中央大学开设"文学研究法"课程，用《文心雕龙》作课本。他只管讲课，讲课只管聊天侃大山，聊完了，就完了，不布置作业，多好啊。这还不算好，最妙的是，到了期末考试，黄教授不阅考试卷子，也不打分数。打分数这事，是给人划等次嘛，衣分三色，食分五味，一样读书，也要分个三六九等？于高分者固然可以显示高档，因之可以高高在上；如我等低分低能的，远非吉祥。只是特立独行而如黄侃者，也抗不住教育体制，中央大学教务处风刀霜剑严相逼，非弄分数不可，黄教授没法，写了条子到教务处：我的学生一样优良（杰出的谈不上，平庸的也没有），都给八十分。据说分数给打了，教务处那些循规蹈矩的学政老爷们，继续逼黄教授，非要对学生弄出个阶层差来，黄教授脾气大，只是教授脾气再大，也大不过学政，黄教授只好妥协：大半打八十，小半打七十。

黄教授与教育体制相斗，斗败了；败了就败了吧，有几人能赢呢？问题是，黄教授败了之后，人也"变坏"了呢。黄教授后来教《说文解字》，佶屈聱牙，晦涩得要命，没几人能懂，懂都不懂，考试还考个鬼！苦就苦在，黄教授尽出难题，将人"考"焦又"考"煳；要命的是，现在他还阅卷了呢——好多人不能及格。黄教授问学生：同学们，要怎样才能考试及格啊？有答"要为中华崛起而读书，便可及格"；有答"一分辛苦得一分，百分辛苦得百分"；有答"爱护学生高抬贵手，闭着眼睛都可拨头"……答案形形色色，黄教授道：这都对，但还有一个答案大家没答，诸位请我去馆子里喝一盅啊，黄酒、白酒、红酒、葡萄美酒、高粱二锅头……都可以的，汾酒贡酒茅台酒，自是更好，度数高处分数高。果然，大家凑份子，请黄教授赴馆子坐起，撮了一顿，分数都噌噌噌上去了——据说后来让蔡元培校长晓得了，找他"诚勉谈话"，黄教授回嘴："他们这帮学生晓得尊师重教，我自然不会为难他们。"这话说得好，让蔡校长没话回嘴。

黄教授这么打分了，若我，就想"转室转堂"了——我又不是富二代，我哪里请得起客？京都米市里的米，不贵；京都饭馆里的饭，贵得要命，真请不起（这难不了民国大学生，民国小学生家境如何，难说；

但读大学的，多半非富即贵）。若我回民国，我就想叛师，转去钱穆那里当得分门生了（钱教授搞得严，让我得意蛮难，但得分不至太难）。

钱穆教授先前给学生打分，卡得蛮死的。他刚到燕京大学教书，分分分，是他的命根，一分好比自家胸前一块肉，一点也舍不得多分学生，一篇文章，打六十分是打，打九十分是打，高打低打，一念间事罢了，何以不高开高打？钱穆先前打分是小气得很的，打八十五分的，一个系只是一两个；多半是及格多一些；老人家手狠，还要定几个名额，给六十分以下，五十八、五十九的，硬是气死人。

钱教授手狠，心却贤良。他原来想的是，给学生不及格，是叫学生努力，莫没日没夜蜷在床铺里蒙头睡觉，可以补考嘛——出发点是好的，没想到学校规定是：一次考试不及格，要开除。这让钱教授大惊失色，老人家一遍一遍跑教务处，说是自己看走眼了，分数判错了；学校禁不住钱教授磨，破例让他重批试卷，呵呵，那不及格的几个家伙，个个都是优良分了。钱教授将分数改过来，没让学生送一包茶叶，没让学生请去馆子里"冒热气"。

林语堂教授以相面打分，人道其靠谱，我疑其离谱；黄侃教授以酒的度数决定分数，惜乎我分数不够，无钱去相凑度数；钱穆教授打分人严心慈，本是好的，只是学问是学问，仁心是仁心，好先生变作好好先生，也好像不大对劲——学识有学识的标准，仁心可代打分的依据？学术不怎么样，研究水平并不高，老师我心好，给你定格打高分——这样好不好啊？合适吗？

想来想去，我比较喜欢顾颉刚教授给学生打分。顾教授不为难学生，考试题目不出怪题，不出刁题；最妙的是，他搞的是开卷考试——没有最妙，只有更妙，顾教授考学生，不放烤箱里（考场给我的感觉，真是烤箱），而是给学生很多资料，由学生带回寝室里去做题目。题目是宽泛的，论点是自拟的（现在倒开放了，题目自拟；但论点，须是出卷老师拟）。顾教授评分有规矩：抄我观点者，替人家背书者，低分（似我者死）；自有观点者，或驳我观点能自圆其说者，高分（学我者活）。

顾教授教学子，其教育方针是：似我者死，学我者活。他搞学术，喜欢自寻一学（不拣他人成说），便是自成一学；其"层累地造成中国古史"一说，使他学术地位一鹤冲天，成了古史辨派创始人。跟在学术权威后面亦步亦趋，当个学术跟屁虫是没问题的，要去当学术创始人，想都莫想。

顾教授开讲与武大郎开店，真是大不同。我们教授不是这搞法，我参加过几次考试，那是指定教材，指定参考书的；教材与参考书，恰是主考老师编著的（编著这词语，怪怪的，是编的，还是著的？若将著喻为男，编喻为女，那编著是不男不女或亦男亦女）。不但考试题目必然出自其编著（如科举题目必出自《四书五经》一样），而且答案也必定出自其编著所言（如科举答案，也须是圣人言）——我听说，很多教育局组织高考猜题班子，其中一大研究重点是，研究谁是高考出题人，若找到了，便将其著作全买来，本市高考定然大胜了。顾教授开考，只给资料，不指定教材，更不指定观点，观点要求不与自己同，也不与他人同，真是亏了（若是指定观点，自己著的书，要多卖很多呐）。教授或亏了，教育则对了——这命题绝对成立，其反命题也绝对成立（教授不亏的，教育必然不对）。教育本质不就是独立思考，学术独立吗？顾教授说："一个学者决不应当处处以传统是非为是非，做学问是不好专看人们的脸色的，看人们的脸色来做学问，学问总是做不好的，总不是真学问。"

比较来比较去，我还是喜欢去顾颉刚门下当学生，别的不说，单说其考试，就是最好的：考试有标准，无标准答案。

清末多荆轲

清人全祖望说："游侠至宣元以后，日衰日陋，及至巨君之时，遂已无一可称矣。"秦汉游侠大兴，驰骋山河，蔚然成为影响朝代走向的偏锋力量，然而随着统治加固，其生存空间日益萎缩，游侠不绝如缕（虽然"不绝"，却也只是"如缕"），"日衰日陋"确是事实。但"遂已无一可称矣"吗？未必。清末民初，世界处于"千年变局"之时，群雄角鹿，异军泅起，以除暴安良、替天行道为己任的游侠也就如雨后春笋，破地而出。

以"去留肝胆两昆仑"自命的谭嗣同对游侠多有推崇："儒者轻诋游侠，比之匪人，乌知困于君权之世，非此益无以自振拔，民乃益愚弱而窳败，言治者不可不察也。"谭嗣同年少常狂，常常"斗酒纵横，抵掌《游侠》之传"。不仅推崇游侠，亦是身体力行，自谓"深念高望，私怀墨子摩顶放踵之志"。他以木撑厦，力挽华夏于不倒，与康有为一道倡议变法，事败后，本可以逃命天涯，而他轻生慢死，慷慨高歌，引颈就戮，以己之血气来振拔民气。

江浙志士徐锡麟也早立死节之志。他早岁就读日本，与热血青年一道，积极参与营救章太炎；自置短枪，每日操练，以求怀一匕首，唱风萧萧兮易水寒，谋刺"秦始皇们"。回国之后，徐锡麟自费钱财买了一官来做，以接近安徽巡抚恩铭，人家买官是为了赚钱养自己之身，徐锡麟买官却是为了卖自己之命，此正是侠客本色。

有箫心更有剑气的女中豪杰秋瑾，给自己起的外号就是"鉴湖女侠"，自小放纵自豪，不事修饰，"绝无脂粉习气"，本来已经嫁到了湖南，干上了相夫教子的"职业"，然则她毅然脱出樊笼，脱略形迹，远赴日本，日日与"革命党员"相往返。归国后，秋瑾与徐锡麟一道相约起义，因事不密，消息败露，徐仓促揭竿，致使起义失败。当其时，山雨满楼，许多同志与学生都劝其逃亡，秋瑾不为所动，命其他人先走，她神色自若，端坐内室"等死"，她愿以自己一命破无女人死于革命之先例："且光复之事，不可一日缓，而男子死于谋光复者，则自唐才常之后……不乏其人，而女子则无闻焉，亦吾女界之羞也，愿与诸君交勉之。"

"吾人对付卖国贼，自当用暗杀手段。"辛亥前夕的革命党人吴樾，少年壮志，慷慨生哀，本名梦霞，名字极富"小资情调"，柔弱温婉，与其豪情不符，为名副其实，他自改其名为"孟侠"，孟侠与梦霞音同，而境界迥异。及壮，"知交日众，在同侪中以任侠称"。曾经有浙江人万福华，持枪谋杀清朝大臣，吴樾从中受到启发，便萌生"荆轲"之心。1905年，清朝政府迫于形势，派出载泽、徐世昌等五人出国"考察宪政"，吴樾即装扮成皂隶，混入载泽等人出访的正阳门车站，于百千人守护之中，猛然出手，一人怎么能敌千百人？他本来立志这一去，也就不想回来，结果死志果酬，在刺伤载泽等两人之后，当场赴难。

天天吹着欧风淋着美雨的美籍华人邝佐治，在人权、人道等非暴力革命的文化环境里熏陶成长，却在风云激荡的清末革命中萌发了壮怀激烈的侠士情怀。他出生在旧金山，年幼曾经回国求学，"性任侠，好抱不平，乡人有遭土豪欺负者，辄袒之"。后来又赴美，"洋装虽然穿在身，我心依然是中国心"，时刻都挂怀国内形势，"隐然萌步史坚如、徐锡麟之志"。1910年，清廷海军大臣载洵到美国"考察"军政，天赐良机，邝立志取义成仁，无奈天机泄漏，谋刺未成，被投狱，同盟会特地请来美国社会党法律顾问当其律师，按照美国法律，凡只有杀人嫌疑而无真凭实据者，只要当事人拒不承认，就可以"疑罪从无"的，但邝佐治断然拒绝这番好意，"既决心为国牺牲，虽坐电椅而死，亦毫无悔意"。因为到底是在美国，他最后没判死刑，只是判了十四年徒刑，但其壮侠之心也是昭昭可见的。

东汉正统史学家荀悦说："三游（游侠、游说、游行）之作，生于季世。"荀悦是反对游侠的，他认为"游侠"是正常社会中的非稳定因素，他们为"替天行道"，常常绕过"法律程序"，自行执法。荀悦生活在"治世"里，产生这种观点，太正常了，一个正常的社会，如果到处都有动辄轻生、不把自己生命也不把别人生命放在眼里的人，到处都是搞"暗杀"等恐怖活动的人，尽管他们除的是暴锄的是恶，也让人恐惧，"此尤善政之蟊贼也"，所以荀悦把这些游侠称之为"德之贼"。这是游侠自汉以后越来越少的根本原因。但是在末世里，或者说在改朝换代的"革命"之际，游侠产生自有土壤。明人陈子龙一语中的："人心平，雷不鸣，吏得职，侠不出。"如果统治者以人道治国，保障了人权，大概那种把剑持刀的侠士是出不了土的，侠士是极弱势者对极强势者的一种不对等的反抗，梁启超说："故游侠者，必其与现政府常立于反对之地位也。"清末侠士络绎不绝，就是因为不得不来反"现政府"。

清末游侠思想再领潮流，游侠人物重出江湖，可能是自汉以来的另一个高潮，像秋瑾以"女侠"自命、吴樾以"孟侠"改名的，就有好几个，如广东人黄焰辉改名为"侠毅"，革命党人莫纪彭改名为"侠仁"……可见当时侠风之炽盛。孙中山在大革命失败后，曾经组织过"敢死队"，擒贼先擒王，其实际，就是用"侠士"取代"战士"，扬弃"武装夺取政权"的高昂成本，运用"斩首行动"的低成本方式去取敌首首级。有此倡导，侠士自然更是绵绵不断地涌现了，余风所及，连汪精卫也生了侠士梦，高歌"引刀成一快，不负少年头"，怀揣利刃去谋刺清朝重臣，只是当时身未死，留做今日羞；《色·戒》中的柔弱女子王佳芝甘以美色为诱饵，起意去谋杀"汉奸"，也不能不说是清末侠风吹拂之故，只是这位色侠最后死于色，而非死于侠，严格说起来，是不能入侠士纪念碑的。

洋考成果是洋相

清末有个重大外交事件，是五大臣出洋考察。晚清唯危，外昧于世界大势，内失却天下民心，叫他如何不急死人？万般无奈，大清挂起"预备立宪"招牌，组织五大臣赴东洋西洋考察。考察自然是重大话题，大臣在"关于请求批准出洋考察的请示报告"文书上，云里雾里，将这次活动的重要性说得是无以复加，说具有深远的历史意义与深切的现实意义，云云。

五大臣出洋考察之初，《大公报》主笔英敛之先生做了预测性时评："近者以势驱情迫，无可如何，朝野乃竞言立宪，政府遂有派四大臣出洋之旨（最初出洋考察大臣有四人）。此一举也，各国注目其措施，各国评议其利弊，大都以此为改良政治之起点，中国之转弱为强、化危为安，或此是赖。但又群疑满腹，虑所遣之非人，未必能探取各国政治之精义，将有宝山空归之叹。"看了这段评论，真让人兴起英先生是乌鸦之叹，英先生之预测，除了"中国之转弱为强、化危为安，或此是赖"这话落空之外，其他的，全猜对了。

这回去考察，意义还真有这般重大，两千年以来，都是番国来天朝朝圣，何曾有过天朝屈尊当人家学生的？只是国朝大员，历来最会以考察解释旅游之意义，更历来最会以旅游解构考察之成果。这些考察要员，"每至都会繁盛之区，必有优游休息之地，稍得闲暇，即往游观，辄忘车马之劳，足益见闻之陋"。五大臣广了见闻，看了西洋好景，所获不少啊。那么，除了旅游外，还有什么考察成果吗？原先我不太清楚，现在才晓得五大臣出洋考察，也不全是耍，也带回了些新事物新观念的。鄙人前不久去天津玩，咱们湘辣帮美女帮主周湘华，盛意殷殷，邀了《天津日报》的张连杰与罗文华两先生，带我逛西洋古迹一条街，他们向我介绍的中国最早动物园，就是五大臣带回来的考察成果：要员们花了重金，买了大批动物回国，"国外运抵天津塘沽的动物，包括一头大象、两头狮子、三只老虎、两匹斑马、两头花豹、两头野牛、四只熊、一只羚羊、四只袋鼠、四只鸵鸟、六只仙鹤、八只鹿、十四只天鹅、三十八只猴等，林林总总装了五十九个笼子"，可让人民"共优游于文囿艺林之下，而得化民成俗之方"（附注：我忘了问，当时参观动物园要不要门票？若要，此处难用"人民"大词）。

英先生"虑所遣之非人"，其中最虑的怕是端方吧。端方列入五大臣之一，源自这厮根正苗红，出身满族故吧，按其德能勤绩，按其政治学识，真不够格入洋考政改组。"自称名士，而官僚习气甚深"，买官卖官，索拿卡要，十分在行；政治经济，民主法制，一点不懂，这厮哪能担当政改要角？这厮洋考，出了不少洋相，"端方之抵美也，船傍岸，即为人用汽车迎入三藩息旅馆"，美国旅馆多是旋转门，"其门大都为旋叶"，这厮看到门在转，他脑壳不转了，要进门，看到门转来，立马退步，退步后，又想进，又看到旋叶转了来，又退，"端进叶中后，忽见四叶同时推动，目眩头晕，随叶环转二周，依然旋至门外"，再也不敢进去了，"我不图无锡人之江尖渚上团团转，今于外洋身临之"。

端方洋考，出了大丑的，是做报告，泱泱古国来了大臣，一方面人家好奇，另一方面自家也想趁机输出中华文化，"加州加利福尼大学，请端、载二人赴大学演讲"，这厮演讲居然带秘书上台，其秘书姓戴，"端、戴竟同时并立于演席中"，演二人转似的，"戴左立，端右立"，端方每说一句话，转过身子去问："老前辈对不对？"戴氏点头如仪，忙答："对，对对，对对对。"演讲又不长，"一篇演说约数百言，端问戴数百次，戴亦答数百次"，蔚为奇观。

端方出洋，出了不少洋相，出洋相之外，端方回来傲国人的，是他照了不少"洋相"。与所有考察旅游没二致的是，端方这次出洋旅游也是：上车睡觉，下车撒尿，到了景点拍拍照。端方每到"繁盛之处"与"景美之胜"，或端或方，或斜或歪，摆了不少POSE，摄了几大本摄影集凯旋。

出国学习考察，按国朝文件规定，是要写考察报告的。考察报告就是考察成果，考察成果等于考察报告，这一考察方程式，大概始自五大臣之创吧。现在读端方洋考报告，蛮有味的，"欧美立宪，真是君民一体，毫无隔阂，无论君主、大总统、报馆访事"，都是自由得很，其自由何以知之？"皆可随时照相，真法制精神也"，中国必须向欧美学习，"中国宜师其意"，师意什么？学习他们谁都可以摆姿势，随时随地可以照相！您知道，端方这般中国式考察，最得某些国朝官员考察精义——去新马泰考察，回来津津乐道：泰国真好，那人妖真正宗；去英法美考察归来，逢人说奇：欧美确是法制社会，红灯区都是立法保护的……英先生评公务员出国考察："虑所遣之非人，未必能探取各国政治之精义，将有宝山空归之叹。"这话一点没错。

端方耗费国帑无算，花巨资去考察西方政治体制，除了购回象啊狮啊豹啊猴子啊，回国开办动物园之外；还弄了一篇道照相"宜师其意"的报告回来，成果真丰硕。

十倍于千里，弄了一片鹅毛回来，物轻意义重（人谓我讽刺，谁知我悲悯）。端方带来这般成果，也是好的，略胜于无。现在想来，取得这成果不容易，真的不容易。比如动物园，当算弥补国朝空白；比如端方带来照相自由这一考察成果，在国朝实践起来，也是艰难万状——阁下或许想不到，引进照相自由，给端方曾带来近乎灭顶之灾呢。

端方出洋，自由照相，照了一些自由洋相（他摆那么多POSE，早就要以失大臣体统，遭弹劾了）。他曾把这照相自由观移植到国朝，"故有照相革职之事"。

慈禧太后"吃多了"（湖南方言：意思是死了），国朝新闻说山河含悲，草木哭泣——这算帝国重大事件吧，要如何让这历史时刻留诸古册、流传青史呢？端方想的法子是照相，"值慈禧与光绪梓官奉安之期"，端方请了外国摄影师，重金租用一台车，"戈什哈多员乘钢丝车，携快镜沿途拍照"，大概是报道重大新闻架势，搞现场直播。十里长街送慈禧，十万百万人，就一辆钢丝车，一台摄像机，揉辣椒水出眼泪的悲痛场面那么多，如何全给摄影留念？端方想的法子是快进快拍，"乘车各员弁，直冲绳而过，绳即碑也"。照了不少悲痛POSE，"端沿途拍照多张，竟将隆裕后相亦拍入片中"，连后慈禧时代女一号那"化悲痛为欢笑"的POSE都拍下来了,定格定位,录此存照了。

这下了不得。国葬没完,算端方账的找上门来了,"御史李国绩据实弹劾",马上将他交付特别法庭,照个相,犯哪条?端方没犯国法,却犯了官怒,有什么好结果?"部议革职"。端方其时当的是直隶总督呢,爬到这位置容易吗?升官升官,升来升去,升了个职场光棒,政治生命没了,比丧考妣痛苦百倍。

鲁迅先生说,在中国搞改革啥的,搬个桌子都是要流血的。还真是这样的。端方等五大臣去西方考察,没带什么回国。能带什么回国呢?若真带回,那就不是搬桌子、流几滴血的事了,怕有千万头颅会落地的。谭嗣同曾想搬动一下桌子(康梁变法,确乎只想搬桌子,没想要推倒铁屋子),桌子没搬动丁点,其脑壳掉落在了菜市口。

回过头来,读英敛之"虑所遣之非人,未必能探取各国政治之精义,将有宝山空归之叹"之论,英先生之"宝山空归"确是的论,其所谓"虑所遣之非人",却未必如是,大清不派端方去考察,若所遣得人,就能宝山获宝归?不见得吧,有大清在,派谁去,都没用,都不能"或此是赖"。端方没引进西体,单引进西技,遭遇如此,遑论其他?

还算是比较幸运呢,大清派的是端方去,也算得人,若端方不是满族,是汉族,其十里长街持西洋相机拍国人相片之政治事故(照相获罪,若传到西洋去,大国如是形象,怕被洋人笑掉牙——那大清国就出洋相了),做案子来审,那就不是"大不敬"罪,多半是卖国贼罪,或将以"满奸"定性,不是撤职了事,早被五花大绑,推出午门了。

里通外国而里恨外国者

在我们一般人的心理推演中，到哪国留学，这人就会爱上这一国家。奥巴马有个老弟在深圳卖了多年的烧烤，咱们有人就推论奥巴马十有八九是个"亲华派"。富有这样思维的人，常常这样推理：这人到某国去留学了，当然就会是个亲该国派，去日本的是个亲日派，去美国的是个亲美派，去英国的是亲英派，去俄罗斯的是亲俄派……民国许多人物都到外国留过学，按照前面这种说法，他们有海外关系，是"里通外国"分子，而其实呢，他们心里对所留学的国家并没什么好感，有些甚至还称得是痛恨。

民国狂人辜鸿铭出生于马来西亚，十三岁就赴欧洲留学，所到国家甚多，英国、法国、德国、奥地利，都曾留学过，可是他对这些国家，一直没好感。他在北京大学当教授，看到英国教授，就用英语骂英国；看到德国教授，就用德语骂德国；看到法国教授，就用法语骂法国。林语堂先生回忆过一桩逸事：辜先生有次在北京真光电影院看电影，前座是个英国人，这老夫子就不管三七二十一，举起一竿长烟斗，往人家的脑门顶，无缘无故地敲去一棍，那英国人不明就里，以为是辜老夫子向他借火，赶忙乖乖地给他点火。这英国人没想到，辜老夫子不是想借火，是看到他是英国人，辜老夫子就来气了。

与辜老夫子对外国人乱恨一气不同的是，也有"狂人"之誉的民国教授刘文典痛恨日本，那就所来有自了。1909年，刘文典赴日留学，进入早稻田大学，在那里读了三年，他在去日之前，就是同盟会的会员，在清末民初，日本可以说是中国革命的"庇佑所"，举凡被清政府通缉者，往往都去日本"政治避难"，很多人因此成为"亲日派"。刘文典在留学之初，对日本也是充满憧憬的，后来他对日本恨之入骨，起于"九一八"事变。此后，他每次夹着讲义上课，首先上堂"政治课"，痛骂小日本。与一般"愤青"与"愤老"不同的是，刘文典恨夷却又师夷，他的学生回忆说："刘先生爱国心的热烈，真是校内无二人……每次上国文课，必花一部分时间，哭丧着脸向我们申说国势的贴危，并且告诉我们赶快起来研究日本。"有一段时间，刘文典上课时总是一副睡眠不足的样子，讲话有气无力，学生开始很不解，后来才知道，原来是刘文典每天晚上都在翻译日本典籍，让国人了解日本，从而制伏日本。

"七七"事变后，日本人看到刘文典有留日经历，想当然地认为他定是个亲日派，多次派人来说服他合作"东亚共荣"，有次还登上门来，刘文典以汉语严词相拒，日本人甚恼："你是留日学生，太君问话，为何不以日语作答？"刘文典凛然相答："以发夷声为耻。"日本人后来又打发周作人来做"思想工作"，刘对周说："国家民族是大节，马虎不得，读书人要爱惜自己的羽毛。"

"以发夷声为耻"的，更有一个苏曼殊。曼殊先生是"混血儿"。其父是广东香山（今中山）人，早年在日本经商，"娶日妇，因生君"，所以，曼殊先生"身形相貌，亦酷类日本人"。以身世而言，"日本为其第二祖国"，但是，曼殊非常痛恨日本，"生平恶日人为寇仇，侨居数稔，不肯操日语"。有一回，他生了重病，不肯就医，在床上呻吟辗转好几天，朋友看见后硬是把他拉到医院里去，日本医生倒是非常热情，望闻问切，"医者款接殷勤"，而曼殊就是不说话，其友在旁边越俎代庖，给他当"代言人"，等医生去拿纸笔来记，转眼工夫，曼殊和尚不见人了！寻遍了医院每个角落，都没影。其友回家，看到曼殊僵卧床铺上了。其友怪怨说："你跑回来，也不跟我说一声。"曼殊说，"我听到你讲日语甚是'乖舛'，你乱说一通，医生开错了药，'疾病岂可乱施药剂耶'"。其友说："你的日语说得那么好，你为什么不说呢？"曼殊敛容道："君忘吾不操日语乎？"

朱自清至死不吃美国的"救济粮"，这是人所共知的事，其实陈寅恪也有这类佳话。陈寅恪曾经喝过日本的墨水，抗战时期，避难于香港，其日本同学写信给日本驻港司令，叫他们别为难陈寅恪，所以日军一直没对陈寅恪怎么的，还经常给他送米送面，但都被陈寅恪给拒绝了，行将饿毙，也不为五斗米折腰；抗战胜利，他与傅斯年等同仁连续三天上街，一边持酒狂饮，一边又哭又笑，情形类同于杜甫闻说官兵收回了蓟北。

像辜鸿铭、刘文典、苏曼殊、陈寅恪等等喝过洋墨水，却一点也不媚洋的，甚至恨洋的，在近代留学，最后海归了的人中，是多而又多的。绝大多数，是因为祖国与其留学之国处于对立状态，他们毫不犹豫地选择了向祖国这边站队。在这里，他们是把祖国与祖国的统治者区别开了的。他们也许很认同外国的治政主导思想，比如很认同其民主与法治价值（辜鸿铭例外）。他们也未必对当时国家统治者认可，对其独裁的执政理念，也很不以为然，比如刘文典，据说还曾经脚踢过蒋介石。但是，他们爱外国的价值观，却不会爱屋及乌，爱他们来侵略祖国。他们恨当时的统治者，却也不会恨屋及乌，恨他们所控制的国家，这是两码事。从这里可以看出，老一辈学人的思想胸怀，远不是所谓"恨老娘不嫁给美国人"的范跑跑之流所能比的。

几颗"吓弹"炸故宫

1916年，袁世凯终于驾崩，据说是被一泡尿涨死的（袁总统，噢，袁皇帝患的是尿毒症），黎元洪化他人悲痛为自己力量，得令得令锵，接任了大总统，手执钢鞭将国人打；强人段祺瑞任国务院总理。在我们看来，当上了科长就落得了气了，闭得了眼了，黎与段，当了那么大的官，还有什么不满足的？他俩该无限感恩祖坟"冒青烟"才是，可是人心不足蛇吞象，当了皇帝还想当玉帝，黎、段两人的职务数一数二，权力却还有高有低。在国务院秘书长人选上，两人斗起来了，段祺瑞想的是，我是国务院一把手，要选我的秘书长，那就得我来选；黎元洪不肯，人事安排哪轮到行政首长的份？黎总要潜伏自己的人去当段的秘书长。你不服我，我不服你，两人斗起来了，这称之为民国史上的府院之争（准确说是民国第一次府院之争，据说后来还有冯国璋与段祺瑞府院之争）。

黎段府院之争闹得厉害，闹到了1917年，黎元洪要撤段祺瑞的职，段祺瑞则下令各省督军闹独立（个人权斗，拿国家耍把戏，狠啊），场面没法收拾了，黎元洪说：喊张勋来。黎的意思明白不过，段某你不听我的话，你得听枪杆子的话吧；段祺瑞也是高兴，黎某你别以为张勋是你的人吧？张勋私下里跟我关系也铁得很的呢！两人都拿张勋做牌打。张勋也就出牌了，他带了五千辫子军，从徐州启程，赶向北京，用枪杆子来主持谈判桌子，调停黎与段争府院。

张勋听黎元洪的？不听；张勋听段祺瑞的？也不听；调什么府院？府院都不要，张勋要皇宫，"本帅此次率兵入京，并非为某人调解而来，而是为了圣上复位，光复大清江山"。1917年7月1日凌晨，张勋穿上蓝纱袍，黄马褂，戴上红顶花翎，带了五千辫子军，还带了康有为以及王士珍、江朝宗、陈光远、吴炳湘等文武官员，乘车进宫。半夜三更的，溥仪正在甜梦中，听得卧室外面踢踢踏踏，吓得瑟瑟发抖，旁有梁鼎芬等帝王师扶持：皇上别怕，近些年来，没发生过一次好事，这次是否极泰来，大好事来了，张勋那好家伙，是来拥立陛下当皇帝的。

干部任职，组织先也是要谈一番话的，其时溥仪只有12岁，面对组织谈话，他哪里晓得如何应答？梁鼎芬与陈宝琛等帝王师抚慰溥仪，首长不要怕，就职议程，讲话材料，座位摆放……都有秘书给安排好的："请皇上勿恐，一切有臣等负责……"果然，张勋找皇帝任前谈话来了：共和不合咱们国情，只有皇上您复位，万民才能得救……政治体制问题，12岁的小屁孩晓得个什么？溥仪旁边有陈宝琛附耳言，溥仪照耳宣答：我年龄太小，无德无能，恐难当此大任。张勋说，您是经过了群众公认，组织考察，辫子军军委研究，是这一岗位最恰当人选，为拯救兆民于水火，请皇上万勿推辞："皇上睿圣，天下皆知，圣祖皇帝（指康熙）也是冲龄践祚。"溥仪也不知如何应答，旁边陈宝琛再打耳语，溥仪再照耳宣谕：感谢组织信任，我就当皇上吧。

1917年7月1日，月黑风高，发生了这场闹剧，史上称张勋复辟。

张勋复辟，别的变化也不是太大，最可道的是服装业，服装股市，主要是清廷朝服，原本是停摆了多年的垃圾股，一夜之间数倍飙升，涨个不停。张勋复辟，溥仪登位，大清旧臣其欣喜为何如？凡在大清任过三品以上官员，原先跑回家去立志当隐士发誓做寓公的遗臣，一窝蜂地往北京跑，要入宫来，恭请圣安，希颁恩命。北京东站，北京西站，几乎成了大清旧臣专列，"必载有鸡皮鹤发之名利客，前门西河沿、打磨厂一带之旅馆，无一闲席"（张霁人《张勋复辟的见闻实录》），大家脚不点地跑来"赞襄复辟大业"。跑到北京才晓得，皇上发了上谕，

"康有为著赏头品顶戴"，原来穿西装穿中山装是不能领旧职的，恢复旧制，得恢复旧装。

民国建立，已是多年，大清朝服，早已停产，哪里去找黄袍马褂？想当六部九卿的，想做翰林院帝王师的，想外放做总督与巡抚的，成千上万，哪有那么多朝服？有家小店，原先藏有蟒袍三身，主要是供人过朝廷命官干瘾，照照相啥的，不料张勋一复辟，这套衣服价格飙升，著名的泰昌绸缎庄，派出伙计寻到了这三身蟒袍，问店家老板说：多少钱一套？店家说：20元卖给你吧。买衣服的人说：不，那不行。店家说：那12元，行不行？买家说：不，我们不让你吃亏，120元一身吧。泰昌绸缎庄的伙计就以360元，拿走了这店家的三身蟒袍（泰昌绸缎庄又以多少钱卖给复辟官家？那是商业秘密，外人难知）。清朝旗人家，这类服装原先都是藏到柜底了的，这回都翻找出来，只是不卖，只愿意租，一天租金可抵半年粮了；大清朝服保存得比较多的地方是戏园，大清已倒了多年，剧院、影院还是天天都演清宫戏，放皇家电视剧嘛。那里是天天要唱戏的，大清朝服还有一件几件的，于是大家汹涌往戏园里去，去跟戏子讨价还价，借一下朝服穿穿。

这是张勋复辟中的一则政治花絮，一段小插曲。你道这是无关政治大局？既关政治，也关世道人心——阁下以为单是五千辫子军在闹？爱上脑后扎帝制那条马尾辫的，多呐——据说复辟那么几天里，北京城里，街头都是扎起了辫子的人在走，张勋派调查组去街头点人头，调查组最后写了个调查报告，得出结论是：复辟帝制是"民心所向"呢——"我说人心不忘旧主，今日果应其言"。（还有佳话：康有为本来是微服来京的，辫子胡子都剪掉了的，复辟成功了，老康要弄个首席内阁大学士干干，瑾太妃说：哪里见过没胡子的丞相的？老康听了，急忙从药店买来生须水，一小时内抹上两三次，"且时时揽镜自照，不啻于农夫之望禾苗"。）

张勋搞复辟，当然不只是一身衣服换过来，一条辫子扎起来，政体变局，若只是演戏这般好玩，那天天演戏也自无妨。可是张勋不是演戏，其他人也不会跟张勋来演戏，那是要动真刀真枪的。张勋复辟之后，国内一片哗然，文者如李大钊，大声抗议；鲁迅先生跑到教育部，提出辞职，不跟当局合污；掌握着相当政治力量的孙中山先生，立即发表讨逆宣言，偕同一批同志乘军舰南下，计划到广州组织武力讨伐张勋；曾经欢迎张勋来京搞"调停"的段祺瑞，也在天津发表讨张通电和檄文，组织起讨逆军，自任总司令。对张勋，文的来，武的来，国内文武兼来；国际上呢，也有公使团来力劝张勋，好话说尽，叫张勋顺应世界潮流，推进民主共和，但张勋哪里听得进去？说是要"贯彻初志到底"。

玩政治的人，人性怪得很，多半是好话一箩筐，当不得一榔头。

段祺瑞在张勋复辟次日，即组织了六万人马，宣布保卫民国。有记者就此去问张勋，这么多人来讨伐你，你还"战否"？张勋拍胸脯，"至死力战"。记者又问："（若战败了）向他处去否？"张勋一副死猪不怕开水烫的姿态："断不他往！"好一派死忠模样，一些重量级人物去劝说张勋，张勋拍胸脯道："唯有一死而已。"

真正要打死他了，他还这么硬气吗？

往故宫扔了几颗炸弹，吓得复辟者屁滚尿流，连声道不复辟了不复辟了，溥仪哭着举白旗：皇位我是不愿坐的了。

段祺瑞帐下，已有空军部队，原叫南苑航空学校，段祺瑞讨张，将这航校改为临时空军司令部。陆军攻张勋，张勋蛮是硬挺，于是南苑空军派一架飞机去炸皇宫，携带炸弹三枚，每枚重十二磅，飞机嗡嗡嗡地飞进故宫，第一枚投掷下，炸伤了一名太监（一说炸死），还炸伤了几只小狗；第二枚炸毁了一只大缸；第三枚投下去，投到了故宫消防水缸里，被水浸湿，没能爆炸。炸弹大概是几个鞭炮的当量，溥仪已吓得浑身打哆嗦；莫说不曾经过战火的溥仪，那些打仗为业的辫子军，其时有一个团在守卫，这团的番号叫禁卫军步兵第二团，从团长到班长，都吓得躲在皇城根脚下，抱头鼠"钻"——不敢窜地上，只敢钻地下，屈膝弯腰，一副钻洞模样。辫子军何尝见过飞机扔炸弹？

不仅是炸弹，更是吓弹。炸弹当量不怎么样，投弹技术也是很低。杜裕源老先生当年担任投弹之轰炸员，他回忆说，当时担任轰炸任务的飞机是"空军"最好的，却只有八十马力，机长是飞行教官潘世忠，以超低空飞行，距地距离三百米，飞机上无投弹仪器，无瞄准机，炸弹兜在裤袋里，两手握着炸弹，看到地面目标，以牙齿咬掉引线，然后扔出去，哪里扔得准？又是那么低空飞行，力气大的，朝天掷石子，若是打中了飞机，那也很可能机毁人亡；而辫子军虽然武器低下，却也是有枪的，若一个团的火力对着飞机射击，杜先生说："莫说我是一架两架，即十架二十架，也早已被敌人打下。"大清以老子为天下第一，以政治为天下先进，以儒学为天下正道，虽然被蛮夷的坚船利炮打了个稀巴烂，依然以为只要讲政治，就可以世界无敌，不去师夷长技——自1840年挨打以来，到1917年了，还是那副不长记性的德性，哪有不亡的道理？溥仪被三颗鞭炮的"吓弹"，吓得大小便失禁，并没挨着炸弹，已是惊吓成疾，赶忙请人去告饶："请贵校飞机不要进城，我们皇帝是不愿做的了。"

复辟帝制之始作俑的张勋呢？南苑航校飞机炸过故宫后，继派一架飞机，带炸弹两枚，去炸张勋住宅，第一枚丢在鱼池里，炸得水花四溅，叫张勋吓了一大跳；第二枚扔到了张勋屋檐上，砖瓦炸了一个大洞，张勋这下吓蒙了，"唯有一死"的誓言丢到爪哇国，"断不他往"的大话呢？张勋这类政治家，哪会真履诺的？保命最要紧，赶紧打电话去荷兰使馆，请求洋鬼子派轿车来，接他去东交民巷的外国使馆"政治避难"去了——溥仪给他封的"忠勇亲王"的封号，只享用了12天。

关于张勋复辟闹剧，还有一件有趣的事。朱家宝原是安徽巡抚，辛亥革命时，朱识时势，当上了直隶省长；张勋搞复辟，听说自己被封为民政部尚书，他感动得泪水奔涌，命人在办公室上摆起香案，望阙谢恩，行三拜九叩大礼。由于久疏跪拜，跪拜技术荒废了，回家后，为不使觐见时失仪，特意每晚练习跪拜至凌晨，直至膝腿酸软。没练三天，被段祺瑞讨逆军逼出了督军府，朱家宝尚书没有做成，直隶省长也丢了，恨得他牙根紧咬："复辟误我，共和亦误我！"

张勋复辟之剧，演了12天，剧终。帝制真剧终了吗？"吓弹"终究只是炸弹，并没完全吓住爱帝制者，待他们回过神来，虽不敢再进紫禁城，黄袍加身，却也行种种变体帝制。恰如两个月后任湖南护法战争（孙中山发动，意在护卫《中华民国临时约法》，打倒北洋军阀专政的虚假共和，重新建立新生共和的民主法统）总司令的程潜所说："今天的中国，不是复辟与共和之分，而是真共和与假共和之争。今天真复辟者少，假共和者多。"假共和害了好多人，如朱家宝所说："复辟误我，共和亦误我！"

朱家宝这话听来沉痛，不过对朱也没甚可悲悯的，他将个人遭遇推归复辟，也推归共和，这固然是"复辟误我，共和亦误我"，然则，他是不是也要检讨自己"我误复辟，我亦误共和"呢？

民国糊涂蛋

说起民国糊涂蛋，太炎先生算一个。太炎先生梅开二度前，没得红袖来端茶送水，没得婆娘寻袜系裤，生活便是一团糟，章门弟子马叙伦曾忆及太炎先生："其裤带乃以两根缚腿带接而为之，缚带不得紧，乃时时以手提其裤，若恐堕然。"出入国事堂，出入名媛局，逢大场面太炎先生便来劲，慷慨激昂做报告，手之舞之，足之蹈之，呀呀呀呀呀，裤带子落了，落到膝盖，呵呵，还好，还好，还没落到脚踝，太炎先生晓得来关"鸡笼门"了。

男人没得婆娘，便如瘸子没得拐杖，便如瞎子掉了棍子，日子过不下去的，太炎先生先前还要硬气，别人给他做媒，他附加条件：女方不得沾染新学堂中主张男女平等之恶习，得仍有从夫之美德者。时代已那么新，哪有这般旧婆娘？后来裤带子掉的次数多了，硬不下去了，便娶了汤国梨女士。婚礼之日，孙中山、宋庆龄、黄兴、陈其美等人前往致贺，都来喝酒，蔡元培给主婚，太炎先生即兴吟诗作答："龙蛇兴大陆，云雨致江河。极目龟山峻，于今有斧柯。"此诗是雅训，还是邪火？龙蛇，云雨，龟山，斧柯，诸词涉黄否？不晓得。

太炎先生婚房布在上海北四川路长丰里二弄，按汤女士说法是，要过平淡日子，新婚燕尔，自以无扰为妙，"生来淡泊习蓬门，书剑携将隐小村。留有形骸随遇适，更无怀抱向人喧"。不向人喧，当然怕人家日里夜里来打扰，破了"春从春游夜专夜"的良辰好局。不过，打杀黄莺儿，莫教枝上啼，连冥要复曙，一天都一晓的。太炎先生总要出门嘛。

太炎先生算是路盲，一出门便不知东西，无计南北。君家在何处？郎住在那里。那里是哪里？那里是那里。每次出门，汤女士都得给太炎先生安排一个门童，人家是大人带小人，太炎先生是小人带大人走。这回，太炎先生从孙中山家出来，拟回家，太炎先生没带门童，中山先生车马也先出去，安排不来，便给叫了一辆黄包车，太炎先生打道回府。司机问：先生去哪？回家。家哪里？家在那。那里是哪里？是那里。那里到底是哪里？"在马路弄堂里，弄堂门口有一家烟纸店。"上海何处不弄堂？弄堂何处无烟纸店？司机载着太炎先生转转转，只在此城中，家庭不知处。

陈三立也是糊涂主。其爹是湖南巡抚陈宝箴，其子是史学大家陈寅恪，有中国最后一位传统诗人隆誉；陈公当年在湘，与谭延闿、谭嗣同并称"湖湘三公子"；陈公入京，与谭嗣同、徐仁铸、陶菊存并称"维新四公子"，公子哥儿气是蛮重的。他不会洗脸，不会穿衣，娶了新娘，新娘要回门，陈公子随夫人左手一只鸡，右手一只鸭，身上还背着一个胖娃娃呀，咿呀咿得儿喂，哪晓得一阵风雨来，淋湿了衣服，吹落了一顶帽，领带与西装，一派横七竖八。到了岳母家，简直是一只落难的凤凰，新娘又害羞，不敢替老公整理衣裳。自己整顿衣裳起正容？他哪会啊，好在有个好岳母娘，给他拧巾巾，揩泥泥，洗脸脸，拉袖袖。

贾宝玉是潦倒不通世故，哪里的事呢？真情形是，愚顽怕读文章，腾达不通世故。世故是什么？是油盐柴米，是衣食住行，这些，潦倒的人都懂，腾达者才不通呢。陈公外出，跟太炎先生一样，也常找不到家，不过腾达之人有办法，打的嘛。陈三立有回外出，家就在对门，他找不着了，便打的，车夫拉着他转了个圈，到了。陈公子掏出一块银洋，塞给车夫，车夫眼睛都鼓大了，站着不动，少了？再掏一块。车夫更惊，还少了？还掏一块。车夫喜得跳，转身就跑。呵呵，一文钱就够黄包车费了的，陈公子一下子给了三块大银元。

若说陈公子是腾达而糊涂，那么张荫麟便是专痴而糊涂。张公自号素痴，痴于书，痴于文，痴于自己兴趣；人有所专，必有所傻；人有所学，必有所蠢；人有所爱，行必糊涂；人有所长，言必犯浑——张公之谓也。

张荫麟以史、学、才出众，与钱钟书、吴晗、夏鼐并称为"清华文学院四才子"，大凡才子类，多半是生性聪明，生活便蠢。他太丢三落四啦，背心在背上，他总找不到；拿一块钱出去打酱油，扔了，当纸屑扔了，到得酱油店，便到处找不着；早晨戴帽子出门，晚上回家是光脑壳了。张公新婚做了新郎，也是一个章太炎，新婚夜过了晓，张公外出拜客，拜了好几家，回来了。回哪？回自己家啊。自己家在哪？大方向是晓得的，往南门口走，没走到北邙山去。走是走对大方向了，结果呢，一头闯进隔壁人家，张公大惊：你不是我婆娘吧？我婆娘好像不是你。还好，还好，这是大白天，不是月黑风高夜，要不，可能就睡在人家媳妇床上了，看他不被人家老公打得鼻子上开酱油铺才怪。

张公好烟，纸烟旱烟毛烟雪茄烟，不论良莠，无分贵贱，只要是烟，张公都要举至嘴边。阁下抽烟，是吧吧吧，张公抽烟却是怪，他是吹吹吹，点上烟后，他不是吸而是吹，你闹不明白，他是要熏肺还是要熏眼睛。吴晗曾见张公在云南护国路桥头，搞大采购似的，一次性买了纸烟数百包，一包洋钱三分（好吹烟，不求甚好吧），估计足够开一家代销店了。张公会抽烟吗？不会；善抽烟吗？不善。但见屋里，地板、床头、书桌、坐凳，满地烟花。有回，人家给了他一包好烟，他不吹了，他吸了，吸了半支，结果是云里雾里，连道醉了醉了，醉死了。

张公常以美食家自诩，他常夸自己炒得一手好菜，炒仔鸡又拿手。是吗？有回，张公买了一只叫鸡公，前天晚上就呼朋引伴，唤大家来尝其手艺。张公忙乎了两天，那仔鸡会弄成什么好味？厨子师傅模样还是蛮像的，满头大汗，围裙系到裤脚，再往上瞧，瞧到脖子上，脖子上有领带，领带上油迹斑斑——你说，这不是炒菜的人吗？不是一级厨师，也是"衣渍"厨师嘛。桌上冒热气，热气腾腾，大家食指大动，准备大快朵颐。不对。咬，咬，咬，牙齿都咬断了，鸡怎么咬不烂呢？仔鸡啊，不是老鸡呢。人家的厨技是：能把咬不烂的老鸡，炒成仔鸡；张公厨技是：能把咬得烂的仔鸡，炒成木石。

张公痴书。1937年春，张公与吴晗等去中原与西北游历，在开封相国寺地摊上，淘得一本《中兴小记》，所记着同治年间史事。这书是吴晗先见到的，吴晗一下把书兜起来，塞腋窝下，躲猫猫来着。张公却眼疾见了，眼放绿光，跑来抢，抢啊抢，抢得跌倒，在地上打滚，还是没抢到。张公便与吴晗做生意：以十部四部丛刊本《明清文人集》相换。一本换十部，划得来嘛。哄人的，张公得了手，两人回了校，那书再也舍不得拿出来了。

说起张荫麟，还有一事，可记入《世说新语》。张公新婚，人家送了很多花篮，五彩缤纷，鲜丽焕然，张公也是喜极，下了洞房床，便上假山岗，吭哧吭哧，挑水挖泥，搬石垒土，干吗呢？张公要造一座鲜花山，将这些花插上山头。浪漫哪，书呆子被新婚冲破天灵盖，也浪漫起来了嘛。只是大煞风景，他朋友去见他，问他干吗？没见我正将亲朋好友送的花圈来布置花园吗？好极好极。花圈？是花篮。张荫麟抢口道："圈与篮虽不同，而其为花则一也。"文人很会掉文哪。

只是花圈说花篮，到底不祥。张公素有贵恙，1942年，张荫麟因肾炎在遵义病逝，年仅37岁。施蛰存曾作诗挽之："海内张公子，临文不肯休。茂先称博物，平子号工愁。论史书奔马，尊生失解牛。笑谈无适莫，道业在春秋。"据说张荫麟弥留之即，依然还是痴的，口诵《庄子·秋水篇》，徐徐气绝。

红袍加身

水浒英雄的成长史，是一部逼上梁山的"革命史"，整个农民起义，一句话可以概括为官逼民反。所谓哪里有压迫，哪里就有反抗，而具体至个人，却是气象迥异，情形复杂多了，有的是生活困窘所逼，如阮小七；有的是贪官污吏所逼，如林教头；有的是官司命案所逼，如武二哥……这种种所逼，都可谓是在"反革命者"的反动统治下所逼反的。例外的是杨志。

三代将门之后的杨志，生活虽有起伏，日子还算过得去，他曾应过武举，做到殿司制武官，只因为花石纲遭风打船翻，自忖难以回京赴任，有点心灰，后来得知朝廷拟将宽大为怀，并不追究，感念"皇恩浩荡"，便又"收得一担儿钱物，讨回东京枢密院再理会本身的勾当"。心里想这事了结了，却又生波折，"复职问题"被高俅"一笔批倒"，但其才华被梁中书赏识，"留在前厅使用"。道路曲折，前途倒也光明，因此，杨志对自个前途充满信心，"早晚殷勤听候使唤"，从没有萌发扛枪上梁山的"革命意识"。在教军场上争功斗狠，在押解"生辰纲"途中"恁地逞能"，他"德能勤绩"，"政治表现"也十分好。没想到，吴用策划"七星聚义"智取了"生辰纲"，使这位杨提辖有主难奔，最后逼上梁山，落草为寇，使这个大宋体制内的"忠臣"反向成了大宋体制外的农民起义英雄。如果说林冲等好汉是被"反革命者"百般逼迫而走上"革命"道路的，那么杨志却是被"革命者"胁迫而违心走上这条道路。他投身革命，既非自觉，更非自为，缺乏革命的信仰与思想基础。不想成农民起义英雄却最终成了农民起义英雄，一个人的人生道路、命运有时真的难以说清楚。

《水浒》是小说家言，杨志这个人物说不定是假的，但清末民初的黎元洪却是真的。

1911年的辛亥革命，意义载之千古而不朽，但故事发展却有点喜剧味道。广州黄花岗起义前夕，黄兴派同盟会员谭人凤到武汉发动革命。是年农历八月十八日，起义军在汉口一个秘密地点装配炸弹，有人在一旁边抽烟边观看，不小心，火星溅到炸药上引发爆炸，致使泄密。湖广总督瑞澂立即下令搜查革命党人，无奈之下，起义军在当天下午仓促决定在次日零点举事，以南湖炮队的炮声为号，但派往南湖炮队的信使中途遇阻，延误了时辰，其他革命党人无法响应，使清廷因此抓住时机大肆捕人，三十多名革命骨干束手就擒。革命遭到如此打击，连瑞澂都觉得"事情已经摆平"，高兴地电奏清廷请功："弭患于初萌，定乱于俄顷。""俄顷"之间破了大案，能不狂喜？然而当夜炮声又响了起来，湖北新军第八营党代表熊秉坤下令"晚上七点发难"，时辰将到，有位仅为班长的金兆龙持枪以待，被查铺的"排长"发现，大叫一声："你想造反？"金班长便大喊："各同志再不下手，更待何时？！"武昌起义就这样爆发了，并难以置信地取得了成功。然而马上得天下易，马下治天下难，武昌起义的领导者，级别再高也只是一个"营级干部"，哪有声望镇得住阵脚？如何安民？谁来稳局？武昌起义的组织工作确实是漏洞百出，原来推定的总理和总指挥都不在武昌，群龙连首都没有，却这样惊天动地地舞了起来，真是一奇；然而既已起舞，开弓没有回头箭，就必须推出一个有一定威望的人来，大家议来议去，决定推举黎元洪为都督，统领革命。

黎元洪时任清政府湖北新军协统领，是清政府"武汉军区"的"副司令员"，长于治军，在军界还算有点声望，但此人满脑子封建思想，视革命为洪水猛兽，是坚决反对革命的。武昌起义爆发当晚，他得知"兵变"消息，二话未说，手令一挥，派兵前往镇压，革命党人周荣棠奉命前往策反其部下，不幸被他抓住，他恨之不已，亲自行刑，亲手将周氏斩杀！后来其"司令部"被革命军攻占，他只身逃命躲藏，被革命军搜寻着了，而让他想都想不到的是，这个沾染革命党鲜血的黎元洪却被革命党推荐为"革命领袖"，要他当中华民国政府鄂军大都督。这是一个"谋逆者"的职位，黎氏哪里愿意，怎么也不肯上任，革命军拿出一份安民告示叫他签字，他吓得舌头打卷："莫害我，莫害我。"他此时哪里想到革命会成功？若不成功，他在清政府的红翎子戴不上了，不但红翎子戴不上，恐怕连戴红翎子的脑袋也戴不上脖子了。而革命军也不管三七二十一，用枪逼着他："你这个清朝大官，本该杀你祭天，今日不杀你，反举你做都督，为何不干？"革命党人李翊东抓过笔来，代黎在告示上签了字，抄写多份，广为贴发，武汉居民争相观看，不胜惊讶："想不到黎协统也是革命党"。民心始定，而湖广总督瑞澂此时躲在长江湖面上，原想"反攻倒算"的，听说黎氏也是革命党的都督，只好绝望而逃，武汉政变的大局于是稳定。

黎元洪被迫当上"革命党"，其实还在观望徘徊，不开口不管事，甚至不吃不喝做"绝食斗争"，闹到后来勉强从了命。黎氏此时所想，觉得这种被逼革命，是有利于个人进退的，革命如果成功，他自然有功，革命若不成功，他也可能保身保位，清廷也许会考虑他是被胁迫这一情节，放他一马，与其他革命者"区别对待"，不至于"格杀勿论"，所以，相对而言，他这种"革命"危险系数小，安全系数高。后来清政府大势已去，革命形势锐不可当，黎元洪终于识时务地剃了清廷之辫子，理了一个"革命"发型，他对心腹说："革命两字，从未之闻，今强制我于此，岂非意外之事？"不但是意外之事，更是意外之喜，革命成功了啊。黎元洪于是以中华民国"开国元勋"自诩，欣欣然以正面形象"照了汗青"。

风云际会，形势造人，历史确实常常有点吊诡。上溯两千年的农民革命，其意义都无法与辛亥革命相比，以往革命成功与否，都是换汤不换药，以一个王朝替代另一个王朝而已，而辛亥革命，却以推翻两千多年封建帝制载诸史册，谁想到，这么意义重大之事竟是由"班长""连长"大至"营长"等小人物促成，而小人物担当不起这一重担，却让黎元洪担当，戴着清朝红翎子的黎氏转身成了身着革命旗帜的革命功臣，于"革命"而言，也许是"统战"的胜利，但于个人命运而言，岂不是一种人生命运的吊诡？庄严的历史常常演绎这种轻喜剧，让人不胜感慨。

一块钱事件

孔门弟子，肯定都是背了孔子精神的。孔子传道授业，皆述而不作，您说孔子自费公费出过什么书？后世孔门弟子，只要在码字，只要在解惑，没有不想坐一台轿、娶一房小、刻一部稿的（最低理想），黄侃或是例外，也只说三十不发文，五十不著书（五十后，怕要火扯火地著述了）。

只是著书是蛮难的，码字百万，字字珠玑，就能出书吗？只好自费，甚羞。自费甚羞？不甚羞。莫说易中天如今如日中天，据说当年也是自费出一本小书，摆摊街头的。莫说易中天，鲁迅先生大著不也自费过？陈明远先生在其《文化人与钱》中说，《呐喊》便是迅哥自费出版的。自费的还有："以《中国小说史略》上卷，寄孙伏园，托其付印。"（《鲁迅日记》1923年10月8日）陈先生说："这部著作也是在新潮社自费出版的。"

《呐喊》是部小说集吧，小说好卖；《中国小说史略》是学术著作呢，为何卖得出？这书，迅哥自费两百银元（《呐喊》也是这个数）。这价说高也高，如是农民，可能是一到两三年的纯收入，自是高了；若是教授，半个多月工资，不算高嘛。

不高也是钱哪，还是农民不吃不喝两三年收入，莫非花这多钱拿来覆酒瓮垫餐桌？《呐喊》走市场路线，卖得挺好，除却成本，到1924年1月，盈余二百六十七元。嗯，小说是赚钱的，也有市场。那么学术呢？迅哥是有销售渠道的，迅哥其时在两所大学做教授，以此书作教材，当教义，期末考试学分考试，"以此书为出题范围"（注：非鲁迅话，乃是我曾听某教授的话），那书能卖得不火？"孙伏园寄来《中国小说史略》印本二百册，即以四十五册寄女子师范校，托诗荃代付寄售处，又自持往世界语校百又五册"（《鲁迅日记》1924年12月11日）。民国图书印两百册，便可保本，弄得好，略有盈余，这本《中国小说史略》，送到高校不足三个月，基本收回款项，"那钱上还带着体温，这体温便烙印了我的心"，鲁迅啥时这么心灵鸡汤过？他太激动了嘛。

教授出书敢于自费，源自教授们有一条稳定的、畅通的、不费劲的销售渠道，回收也挺快，不过是一个学期嘛，顶多再过一年，又有新生了嘛；何况书价也挺高的，一本中学生语文课本，八元十元，一本大学语文教材，不过印张翻一倍吧，价格可能翻三四五倍了。不二价，铁粉掏钱便买，没打折一说。

教授著作，学生全是铁粉吗？也不是的。在北大曾也闹出一回大事件，史称"一元钱风波"，闹得咱们校长蔡元培揎拳捋袖，鼓眼暴睛，要和学生决斗，而事后一纸辞职信，拍拍屁股要走人。1919年入学的北大学生田炯锦回忆这事说："民十一春（陈明远考证：应是秋），学校发生过一次不幸骚乱。学校负责人员以为教员讲课有指定课本，有印发讲义者；课本系由学生自购；则讲义印刷费理应由学生负担。故决定每学期每门功课收讲义费一元……"

这里头有个细节，与他人说法有出入。田生说是每门功课收讲义费一元，而北大其时教务长蒋梦麟则说，是每学期收一元。这里面的差距可就大了，按田生说法，十门功课收取十元，按蒋公说法，是开一百门课也只收取一元。推想来，可能田生说法更准确些，要不，学生为这一元钱，会起那么大的哄，其起哄甚而被定性为"暴乱"？十个教授各印讲义，一起来分这一元钱？教授怕是不肯的——这点钱，他们自费印刷的学术书籍，猴年马月才可收回出版费呢？

这个一元钱讲义费，闹得蛮大的，有几个学生带头，呐喊一声，便有百千学生呼应，云集教务处，"鼓动拒绝缴纳，并包围蒋总务长，要求收回成命"。他们喊口号，举牌子，拉横幅，游行示威的全套手法全使上了，有没有学生往蒋教授身上投鸡蛋吐唾沫？这个好像没有，不过学生那群情激愤的模样还是让人吓一跳的。

一元讲义费，引发这般群体事件，真是成也平民教育，败也平民教育。蔡元培主政北大后，北大逐渐脱离贵族教育，招收了大量平民子弟。贵族读书，莫说交一元钱，就算百元银洋，也是耳朵上掉一根烟而已，对平民子弟来说就不一样了，这一元钱便是负担。那时一元钱可买二十斤大米或七斤猪肉。其实北大学费不是很高，每人每学期是十元，搁如今不足两千元，不多啊。对富户而言，确乎比较低，但对当时的寒门子弟来说，也算是大负担。周扬出身不差，怎么说也是地主（虽然破落），而他到上海读大夏大学，靠自家是读不起的，他的学费与生活费，是靠前妻吴氏淑媛女士典当嫁妆、变卖金银首饰换来的。

一纸通知，叫学生凭空多出十个或十几个"一元钱"，特困学生肾上腺激增，是可理解的，他们团团包围蒋教务长，弄得不好，"激情打人"，也不是没可能——那师道何存？斯文何在？正在骑虎难下，校长蔡元培冲入人阵，来来来，冲我来，"蔡校长告诉他们，讲义费的规定应由他单独负责"。蔡校长冲入学生阵，便开骂"你们这班懦夫"，蔡校长拳头握得铁紧，站在中间，学生都围拢来，蔡校长往前面一走，学生便往后面一退，"蔡校长向他们逼近几步，他们就往后后退几步"，僵持僵持又僵持，最后多数学生还是散了。蔡校长回到了办公室，然则，"门外仍聚着五十名左右的学生，要求取消讲义费的规定"。

看来学生还是理智的，见了蔡校长之决斗架势，多数人都散了，没进一步激发矛盾。这与其说是因为蔡校长职务权力，不如说是因为蔡校长的人格魅力；与其说这是因为蔡校长的人格魅力，不如说是因为学生们对师长的尊敬——学生们到底是可爱的。但这事，在蔡校长心里留下了相当大的阴影，他次日便打了辞职报告，不当这个火药桶一样的北大之校长了。学生对蔡校长真是爱戴的，没有蔡校长，他们这些贫寒子弟哪能来这里读书？与一元钱相比，读书终究是人生大事。故而，当学生们得知蔡校长要辞职了，"乃决定于次日（十月十九日）上午在大礼堂集会，共商挽留办法。届时到会学生踊跃，座无虚席……下午在原地重行聚会，事前声明系挽留校长会议。到场的人数更为众多，一致决议挽留校长"。

这个一元钱事件，最初是由教授讲义费引发的，或可谓是起自教授自费出版学术著作。这或是民国独有的现象吧，这事件自以教授胜利告终，后来可能再也没发生过教授向学生推销其自费讲义而引发骚乱之事，前头有例，后人便可照例嘛——可能还真得感谢蔡校长的担当哪——事情由教授引起，教授却没受任何冲击，所有担子蔡校长给担起来了。教授还不念蔡校长的好，那太没人情味了。

说来，民国教授收入是蛮高的，一级教授月薪五百元，二级是四百五十元，三级是四百元；副教授一级是三百四十元；二级是三百一十元，三级是二百八十元。这是什么概念呢？陈明远先生考证了1920年北京人民的生活，"四口之家，每月十二元伙食费，足可维持小康生活"。三级副教授月俸二百八十元，可维持二十多个四口之家的小康；这是北京市民的情况，农村居民呢？一个教授收入可抵多少农家平均收入？

利不怕高，名只怕低。名利越好的时代越让人怀想（此说法似乎过于直白）。仕宦想溯往宋朝，教授想回到民国。不过，也只是这一群人这么想吧。仕宦想去宋朝，而李顺、王小波、钟相、杨幺大概不会这么想（据说北宋、南宋的农民起义次数为历代之最）；煤油大王想回民国，而我估计，就是北京拣煤渣的老婆子，大概也不太想去民国种兰花（且借语鲁迅先生）。

我们来叙过去的故事，也是跑了的泥鳅大些。嗯，相见不如怀念，怀念原是念钱。

袁世凯出书

为什么人居下僚时，总是好像什么都不懂？为什么人一旦居于高位，便天文地理、经史子集、政军学商都是先知先觉？在人下人时要装傻，在人上人时要装慧，这是成功人士的成功之道焉？

然而，装傻是容易的，装慧是难的，1＋1这道数学题与1＋1这道哥德巴赫猜想，不管你是真知还是真不知，你都说不知，这傻就装成了。装慧就没这么简单了，前者你可以报出答案，后者你能演算出来吗？所以说，装慧需要智慧作底，不是谁都能装的，本身智力不够，如何若愚充大智呢？袁世凯的手法便是窃。

袁世凯要说不傻吧，他当然傻，他读书一直"乱弹琴"，成绩老是上不去，曾两次参加"乡试"，两次都名落孙山，"乡试"这种"中考"复习了一届，都考不上"普通高中"，更遑论"殿试"那个"高考"考"重点大学"了，看来袁世凯的傻是不用装的。但袁世凯傻吗？他当然不傻，他若没有一手，他怎么当得上"直隶总督"？怎么当得上"洪宪皇帝"？他读不了人写的书，但他能写书给人读。"袁项城读书甚少，在前清时，虽以治兵见称，然其兵学知识亦非自读书所得。名誉既著，乃居然以兵家自命，孙吴不当其一盼也。"袁世凯"名誉既著"，成了"成功人士"了，千载无人可堪伯仲间了，就成了当然的"天才"，无所不知无所不能了。但袁世凯读书不行，读书是其天生短处，袁世凯于是急着把"短腿拉长"。"继古今学者，必有著述以传于后世，兵学何独不然，况中国言新式兵学，尤推己为开山之祖，于是著书之心甚炽。"书都囫囵读不进的，谈何著书？袁氏"窘于材料，且苦笔难达意"。句子都写不通顺与遣字不达意的人要著书传世，这不是天方夜谭吗？但袁氏"著书之心甚炽"，他就"招商引智"，借用"外脑"，招了一名"枪手"。"枪手"果然是高手，当即就拟定了著书方案：一是搜罗外国兵书学译本，采辑其精华，供我使用；二是编辑练兵时所有公牍、函件及营规示谕等类，充我材料。盖前者为理论，后者为事实，只须略事点窜，便可成书，而"他人鉴之，洋洋大文章也，何患不驾孙吴而轶司马乎"？

这法子好啊，那搔首断须的苦工夫化作剪刀加糨糊，著书何其易也？某君点了袁氏这个榆木脑壳，袁氏就鸿蒙洞开，豁然通了；但是，就这样让枪手作著述操盘手？这是"枪手"之慧，非袁氏之慧也，人家说出去，不长了他人之智而灭自家之智？袁氏"闻之"，心里已"然其说"，但脸上叱之，"吾所谓著述者，名山千秋之业，岂比生员应试，以抄袭挟带为能事乎？"这话说得义正词严、字调铿锵，相形之下，枪手之品质何其低，袁氏之风格何其高尚！果然，"枪手"闻言，自愧而退。袁世凯呀，他聪明哪，在很长一段时间里，他闭口不言，"项城自此不复言著书事。久之，以他故辞某君去"。当即辞了"枪手"，显得多不地道，设若以"此故"辞了"枪手"，又易"露馅"，久之而以他故辞去，这就好办了。枪手既去，袁氏就"别召一客，使之代笔著书，且授以方法"。什么方法呢？"一一如某君所言。"这样，最佳效果出来了，"此君见项城言有条理，知其于著述之事阅历甚深，不敢轻视。未几书成，名之曰《治兵管见》，一时王公大臣阅之，颇加称许"。袁氏不但在后面那位"枪手"面前露了一把脸，而且在官界军界社会各界中显露了一手。这智慧装得多像多逼真啊！

以马上得天下，以马上治天下，又以"羊毫管"传天下，这几乎成了中华"官族"的优良传统。吕不韦一介商人，以"政治献金"和"政治投机"而谋取秦国相位后，也想出出书著著学耍一耍玩一玩，于是招了一班秘书，专门成立了"创作委员会"，连"编"带"著"弄了一本《吕氏春秋》，悬赏千金征求一字之改，因此而"赢得生前身后名"，在天下人面前展示了其能文能武能商能政的"高大全"形象，凭空把自己的智商提高到了"十分"。吕氏如此，流风所及，几成通则，大凡当官的、唱歌的、跳舞的、演戏的、经商的、耍刀的乃至行乞的、卖身的，一旦成名，便个个著书立说，在文化里玩一把。官者以学者为荣，学者以官者为耀，有文有武，既文既武，乃文乃武，能文能武，歪才成专才，专才成通才，通才成全才，全才成奇才，奇才成天才，一通百通，一知百知，凭小成功赢大成功，凭大成功赢极成功。袁世凯在当总督时，他当然不能满足于当只识弯弓的"兵痞子"，他要装聪明，要装通才装天才，才能赢得更多声誉更大资本，才能晋大阶升大官。所以，袁世凯当了直隶总督，乘胜就成总统，当了总统，乘胜就当皇帝。

值得补议的是，吕不韦弄《吕氏春秋》，他手段还不高，吕氏只当召集人，并不懂得把自己当著述者，在吕氏那里，人家的智是人家的，自己的智是自己的，一是一，二是二，哪比咱们袁世凯，自己的智是自己的，人家的智也经巧取豪夺成了自己的，这才是"真聪明"，这聪明不但给自己长脸，而且给自己省钱！据说，袁氏之书成后，袁氏赠代笔者数十金，其人嫌其轻，袁氏便怒曰："此书全系发挥我之意见，间有参考之书，亦我所指点采择，君不过一抄书之吏耳！我赠君数十金，已待君厚矣，何不自量也！"某君闻言，不敢与论而罢。谁敢与论？袁世凯能文能武的！来文的，可讲这番道理，来武的，那你可要小心脑袋！某君当然只能"罢了"！著述权自然也不敢要了。据说，张二江著有《下级学》，胡建学著有《胡建学文集》，其著述方法是否沿用袁氏方法，其书是否有秘书代笔，不得而知，即或有之，恐怕也是不敢与论而罢。人家官大权大呀，不要说著作权，恐怕连"酬金"也不敢要的。

蔡锷来革蔡锷命

1911年10月31日，蔡锷领导的重九起义军"解放"了昆明，在昆明五华山两级师范学校宣告"大中华国云南军都督府"正式成立了，蔡锷当上了云南军都督。自己当家了，便知道油盐柴米贵，云南自来地远财困，素来是吃国家财政的，该省每年支出六百多万两银子，财政岁入三百万两，这个大缺口要如何补上呢？

蔡锷到任，也没太多办法，也是向中央财政要钱。1912年12月，蔡锷打了报告《为云南财政支绌请拨款协济及借款兴办实业呈答总统文》，其中云："查前清宣统三四年预算案，云南岁出年约需库平银六百余万两，地方行政经费尚不在内，而本省岁入不过三百万两，故每年除由部库拨款各省协济一百六十万余外，尚不敷一百余万。"可是去年搞了革命，把给钱的政府都给推翻了，哪还有"部库"拨款？"自去岁起义，协款骤停，呼吁既已无门，应付将穷于术，而内戡匪乱，外固国防，加以援蜀协黔，在在需款。"

文教卫，党政军，哪不要钱？蔡锷便向上面叫穷，打报告要钱。不过，若以经验来看，凭向上面要钱的报告来看某地的财政，基本上是不足采信的。向上面述职说政绩，决然是国泰民安，金堆银砌，已然小康盛世；向上面报告要钱，俨然是叫花子，穷得没裤子穿。你看他穷吗？马达一响，黄金万两；喝酒一箱，百姓一年粮。哪里穷呢？那是富贵逼人。

蔡锷都督云南，那确是真穷，何以知之？看蔡锷革命，革到自己头上来了，就知道蔡锷叫穷并没水分。1912年1月，蔡锷都督云南之开局之年之正月，按理要给自己挂红才是，要给革命分红才是，可是蔡锷却拿自己开刀："吾滇自反正以来，整理内治，扩张军备，经费骤减，入不敷出，深恐财政支绌，不足以促政治之进，则唯有约我同人，酌减经费，以期略纾民困，渐裕饷源。"话说了一大箩，其实是一句话：干部要减工资。

　　这段话里，有"酌减"两字，似乎蛮宽将帅心，好像是让将帅们放心，将帅九牛只需拔一毛，等到"酌减"表格下来，吓了将帅们一大跳。蔡锷之减薪计划，是按级别来减的，分上等、中等与次等：级别高，降幅大；级别小，降幅小；级别很低的，如排长、班长及士兵，不加也不减。高官减薪幅度是蛮吓人的：上等正都督，原先是月薪六百两，直降到一百二十两，降幅为百分之八十；上等副都督，原先是月薪四百两，也直降到一百二十两，与正都督一个样，降幅是七成；上等协都督，原先是月薪二百五十两，降到一百两。中等的，次等的，原先工资低，降的幅度也就小了，如中等的正都尉，原先是二百两，实行新工资制后，是八十两，削减六成；次等的协校尉，原先是月资二十两，只降四两，为十六两——正都督是降八成，协校尉是保八成。

　　打下江山，不就是为了坐享江山吗？说来，也并不是只赞蔡锷品德高尚，只能说蔡锷之前的都督们太无耻，一方面是财政那么困难，他们却享受高薪；另一方面，基层干部薪酬那么低，都督们却安享超高收入。原来都督月薪六百两，而次等的（也是有级别的）司书生月薪只有十二两，相差五十倍。工资的含金量又何止五十倍？都督们其吃，其穿，其用，其行，七大姑八大姨之吃穿用度，乃至客人来了请客，还要自己出钱吗？工资基本不用的；而越到下层，越是靠工资吃饭。如此去计算，当年的都督与司书生，可能不是五十倍的差距，或是百倍乃至五百倍，一切皆有可能。

蔡锷减薪，首先从自己减起，他是一把手，却跟二把手、三把手一个样，二把手怎么能够不服？蔡锷减工资，最底层的人是不减的，他在下发的文件里白纸黑字明确了："弁护目并匠夫，饷银仍照旧章支发。"这里可知，蔡锷革命，革的是自己的命，革的是大官、中官之命，小官与无品的公务员，他是不革的。底层公务员工资并不高，若把他们也"革"了，那革命的意义何在？

蔡锷革命成功，打了土豪，却不给官僚分田地，反而大损官僚们既得利益。您不晓得，这还是阶段性的自我革命呢；官僚们尚没适应，距首次降薪仅五个月，到1912年6月，蔡锷再次颁发降薪文件："现因国事多艰，再加裁减，凡政军学警各界，除分认爱国公债外，其原薪六十元以上者，均减为六十元；以下递减，惟目兵暂仍其旧。"蔡锷自己的工资再降了五成，由最初的六百两猛降到六十两。

蔡锷自我革命，实在是革命者应有之义。蔡锷所居那时代，各界的收入都低，商人稍微高些，但医生、教师、工人及五行八作，收入都不高；如果大家的收入都高了，教授月薪上万，医院科室主任年薪二三十万，公务员工资处于低水平，还是月资一两千，那么，给公务员涨薪，那是没话说的，是完全应该的。但蔡锷那会，全社会收入那么低，官僚们薪金却那么高，蔡锷将其降下来，不是蔡锷人品高尚，而是原来官僚太无耻。若是一方面经营巨额亏损，另一方面经理们的年收入高得吓人，又屡屡向国家要钱，向国民叫苦，那不是无耻，是什么呢？

蔡锷降薪，确是因政府"经营巨额亏损"，也源于国民整体贫困。

他自我革命，是出于良知。良知在人品序列里，是处于第一层的，说人有良知，并不是很高的评价，与高尚之评，尚有距离，但若社会连良知都缺乏，那有良知，也是值得我们举手，并脚，此致，敬礼的。

蔡锷除给自己减薪外，还有其他八九十项规定，如：不得请客送礼；兼差人员概不得兼薪（抽调到各种工程指挥部，不能领两份工资）；不得受贿和侵吞公款；不得侵吞缺额饷银；不得挪用教育经费……也看不出蔡锷之治政有太高明之处，蔡锷所施政者，不过是平常举措。

把平常举措常态化了，带头执行了，那就是好领导了。蔡锷确是带头廉政的，"公费所入，衣食而外，一以佐军，不欲使家有盈余"。朱德后来也回忆，"（在云南）廉洁成为了一时风尚"。这种风尚是谁引领的？蔡锷嘛。

顺便说一句，有人将人品与制度对立起来，好像人品与制度是水火不容的，有我无他，有他无我，有制度须斥人品，依人品没法建制度，是这情况吗？蔡锷以其人品与良知建立了减薪制度，不是一样有效？蔡锷在彩云之南营造了人间胜境：人品与制度齐飞，秋水共长天一色。

一辆自行车好难穿过上海滩

江苏一位县官，下乡去搞检查，路过一所小学，但听得一声干老声音领，众童稚湿润声音和：王八骑马——王八骑马；亲家骑驴——亲家骑驴；就是骑你——就是骑你。县官听得起火，跑到教室里，把老师揪出来：你这老厮，莫非上星期去了上海滩？学会了骂骑自行车的？老师不明所以，只说是带学生读课本，县官翻开民国版课本，嘿嘿笑了，原来老师领读的课本是：皇驳其马，亲结其缡，九十其仪。

县长这回没抓老师。哪里怪得了老师？带点方言读"皇驳其马"，一读便读成了"王八骑马"。老师是讲政治的好老师，照本宣科，不曾愤激，不曾乱改课文，他带学生齐读欠雅驯句子，乃是教材本身有谐音敏感词。据说，县长把这篇课文专做了提案提交，次年，这课文便从民国教材里删除了。

这事便获得圆满解决，不提。有点悬疑的是，县长为何把这事与上海滩联系在一起？又为何与自行车联想在一起？县长也是前几天到上海滩，见到了一位骑自行车的美女，下身穿款到膝盖的马裤，上身着大红披风，上海滩的时尚风撩起美女的宽裤与披风，县长与众市民一块骂：成何体统，她老公什么人啊，是王八吧。便有人编歌谣：王八骑马……

县长这回去上海滩，时间大概是1869年11月24日。这天的《上海新报》发表了一篇新闻：

兹见上海地方有自行车几辆，乃一人坐于车上，一轮在前，一轮在后，人用两脚尖点地，引轮而走。又一种，人如踏动天平，亦系前后轮，转动如飞，人可省力走路。不独一人见之，相见者多矣。

这新闻之奇异处，不同时代之人来读，那是大不同的。当年的上海人读来，定然是在前一二句，如"乃一人坐于车上，一轮在前，一轮在后"等。如今我们读来，最觉得有味的是后一句："不独一人见之，相见者多矣。"这样的句子，一般是用在什么事物之上？多半是神仙下凡，怪物现世：你不相信啊？不是我一个人见到呢，有蛮多人看到呢。说不定，这蛮多人里面，就有那位民国县长。

1869年那时，见到自行车如见神物，也是不足为怪。当年国人安步当车，都是两人抬、四人抬的轿子，不见人抬还又能走的，是骑马，是骑驴。人们描述自行车的妙处，描绘不出来，只能与驴来比较鉴别。自行车有什么好处？好处多呢："不尥蹶子，不咬人，不知疲倦，不出汗，只有干活时才吃饭。"

县长来到1869年的上海滩，县长他是在玩穿越。那时哪是民国？那是大清朝，当时的市民见了自行车，嘴巴都合不拢，回家逢人说稀奇，真不足怪。这辆自行车骑啊，骑啊，骑了六十年，骑到民国时节的上海滩，还没见自行车穿越过南京路。

1928年10月7日，上海的《申报》登了一则"本埠新闻"：

闸北太阳庙文安坊内，有年轻妇女尹氏，于昨日傍晚骑乘自由车，在大统路一带大兜圈子，更有多数工人随后拍掌胡调。四区巡长么万钧，正率警在该处检查行人，以尹仿佛率众游行，究竟有伤风化，遂命警将尹连人带车，拘送至区署，经署长判罚洋五元以儆。

这新闻里所谓的自由车，就是自行车，名字取得特别好，却最不符实。一点也不自由呐，骑个脚踏车，到街上兜回风，居然被抓到派出所，被罚了五块大洋，这叫自由车？是扯淡吧。

嗯，这则新闻读来，恍然不知昨夕何夕，也恍然不知今夕何夕。1869年（考虑到当年信息不通，或许记者首见自行车，是自行车主骑了年把两年后吧），上海已出现了自行车，也已骑行在上海街头兜风了；到了1928年，近乎过了一个甲子，自行车骑过十里洋场上海滩，还是一个重大新闻。估计江苏那位视察学堂的县长，是这回到的上海滩，他见到了尹美女骑自由车被警察抓去，举一反三，紧跟时局，回到江苏，就去专项整顿风化。

这则新闻内容虽短，信息含量倒是蛮大的。比如其中出现三人物，就别有意思。一是主角尹美女，尹美女果然不愧是上海滩人，漂亮，风韵，领风气之先。二呢，是工人，其时上海产业工人多，工人多为山野村夫吧？可能还是从蛮偏僻的深山老林里来的呢，他们接受新东西倒也是很快的，见到新事物，不是跟着谩骂，而是一路追风去，使劲欢呼，使劲鼓掌。三呢，是官方，警察见到了自行车，如临大敌，赶来维持秩序。呵呵，这真是河与石头之民国版：群众已过河，干部还在摸石头。

一辆来自西方的自行车，骑行在最得世界风气之先的上海滩，骑了六十年，还没骑过南京路。这是一篇寓言，还是一则笑话？自1928年后，貌似没再用六十年，车速加快了，骑过了上海外滩，骑过了南京路，一路风行，骑过了我老家毛马路。当年尹美女穿戴整齐，骑自行车兜风，被抓去警局罚款，如今尹美女脱了披风，脱了外裤，只剩三点式，斜倚在轿车旁，也有"多数工人随后拍掌胡调"，警察是站在那里，却不会将尹美女"连人带车，拘送至区署"。不抓尹美女，并不意味着不抓，可能罚你五百大洋：不怕美女有伤风化，怕你去全盘风化——县长去管教材，便正是这意思。

自行车等事物已骑过了神州大地，而伤风化等理念，又已过了两百年，不晓得是不是骑过了上海滩？当年叫自由车，后来改叫了自行车，为何要改名称呢？车已骑过了上海，车未必已跨过脑海了。

❧ 民主的危急时刻 ❧

黄兴与孙中山是亲密的"革命战友"，为了一个共同的"革命目标"，两人走在一起了，志也同道也同，生死也共患难也共，在风雨飘摇的革命生涯中结下的情谊自然是非常深厚的。但是两人曾经吵过一次大架，甚至差点分道扬镳。据说《走向共和》一书中记载了这么一件事：

孙中山先生领导的二次讨袁失败以后，国民党在东京召开了一次会议，准备通过新的党章。在会前，孙中山说：民国成立以后，国民党松松垮垮，党员目无纪律。我说句丑话，我说话都等于放屁！终于导致二次革命失败了！（猛击桌子三下）丧失殆尽了！丧失殆尽了！我这个党章草案，我的意思，国民党更名为中华革命党。我要找回我们党在民国建立前十次起义的那个劲！那个精神！我渴望团结！有什么意见，今天就提出来！

黄兴：这个党章草案，我已经看过了。大部分我是同意的，但是有几点，我想请同志们再考虑考虑。首先，党员入党，不仅要写誓词，按手印，还要宣誓，服从孙中山先生，这是为什么？我党何时有过这种宣誓效忠一个人的做法？集权！这是专制主义！如果我们这样做了，那我们和袁世凯还有什么区别呢？！

某党员：黄克强！这是党的会议！你怎么能够攻击党的领袖！

孙中山：克强！你接着说！

黄兴：我黄兴愿意终身追随孙中山先生！可是，先生这种做法，我不赞成！还有，在这个党章中，竟然把党员分成了首义党员、协助党员、普通党员，相应的呢，他们被称为元勋公民、有功公民、先进公民，而在这个时期内，不加入咱们这个党的，是不具备公民资格的。这样一个让全党效忠一个人的党，把党员分成三六九等的党，（拍桌子）党员和群众竟然享有不同权利的党！我想问一下孙先生，这究竟是一个什么样的党？是古罗马的贵族院吗？这还是不是那个以平等、博爱、自由为旗帜的共和革命党呢！

我们对黄兴此举，谁不致敬？而更值得思考的是：为什么此时的孙中山先生会以"集权"做为"党章"？为什么这种有点逆民主潮流的举措能够得到认同乃至拥护？国民党起事之初，是以民主与共和号召天下的，孙中山及其追随者为之生死与共，孜孜奋斗，但革命屡屡失败，到了存亡之际，孙中山起了废"民主"而兴"集权"之念头，看当时时势，可能是不得已而为之。孙中山所领导的民主主义革命，最根本的出发点就是建立民主与共和，反对专制与独裁。经过几次革命，也许孙中山感觉到，民主不能成为一盘散沙，他必须有一个坚强的领导核心，这个领导核心，孙中山囿于时代的局限，还没有把他看成是一个集体，只是把他当成一个人，所以他要把权力收拢来，集中到一个人的手里。非废民主，乃时势使然，他基于"至党魁则等于傀儡，党员则有类散沙"之判断，拟倡"首先以服从命令为惟一要件"。这就引起了黄兴的激烈反应，在黄兴的眼中，这是与革命的初衷背道而驰的，民主与共和，是任何时候任何人都必须坚守的底线，这一点无存，道不同则不相为谋，不管两人的个人感情有多深，在牵涉到"原则问题"时是不可让步的。在这次会议后，黄兴与李烈钧出走美国，再次去考察美国的民主去了。

孙中山与黄兴之争，非为私情，只关公义。而从国民党当时党内的"民意"看来，大多数人并不理解黄兴此番举措，"主流党意"是赞成孙中山的，这种"主流党意"出现的背景也许基于两点：一是，现在处于"非常时期"，革命容不得大家扯皮，"团结如一人，试看天下谁能敌"？要搞民主也得等到革命胜利以后再来搞；二是，孙中山是我们的"伟大领袖"，德也高望也重，他有资质有能力带领我们搞革命，我们不要鸡一嘴鸭一嘴搞内讧。这两点理由，是最富有说服力与号召力的。

但是，非常时期与伟大领袖，往往是民主的大敌，如果非常时期出现伟大领袖，那更是大敌的大敌。斯时，民主价值是最脆弱的，民主最容易向权力投诚，权力最会乘机把民主收编。在非常时期，领导者最容易打出"加强领导"的旗号，这个旗号也最容易被人理解与接受，而一旦"领导地位"被无限"强化"，以后要回归正常，是难而又难的。政治往往富有"遗传性"，一个开国皇帝定下的规矩，带下的开头，往往就会成为"祖制"，成为"祖宗之法"，前头乌龟四脚走，后头乌龟跟着爬，以后要扳过来，不知要花多大力气，还不一定扳得过来。也许孙中山个人的政治道德不用怀疑，在孙中山时期，他也许不会因为强化了个人领导而搞专制与独裁，但是孙中山之后呢？拥护一个伟大的领导不如拥护一个伟大的制度。黄兴愿意跟着孙中山闹革命，"可以终身追随"，个人可以为之肝脑涂地，但是民主这个制度却不容破坏，谁也不行，哪怕是他尊敬的"革命先驱"，哪怕是他亲密的"革命战友"。黄兴对民主的忠诚捍卫真让我们肃然起敬。

出现一个伟大的人物是幸，也可能是不幸。蜀国出现了一个诸葛亮，蜀国因此与魏吴三足鼎立，这是蜀国之幸，但是诸葛亮之后呢，"蜀中无大将，廖化做先锋"，一个人把其他人全部盖住了，这不是好事。诸葛亮谁都不太信任，只信任他自己；蜀国人谁都不信任，只信任诸葛亮，对诸葛亮的崇拜使得蜀国人都不太敢有自己的思维了。蜀国在诸葛亮死后不久，在三国中"率先"亡国，从某种意义来看，不能不说是诸葛亮造成的"严重后果"。诸葛亮是一个臣子，不是皇帝，要是皇帝，那后果可能更严重。翻看历史，英明盖世的皇帝之后往往是不但有一个懦弱无能的继承者，而且有一群唯唯诺诺的臣子。强势领导确实是一种不详。年羹尧是雍正上台的"大功臣"，也算得上一个"强势领导"，但是后来被雍正斩首。雍正在解释他这种"过河杀舵手"的行为时说："朕辗转思维，自古帝王不能保全功臣者，多有鸟尽弓藏之讥。然使委曲宽宥，则废典常而亏国法，将来何以示儆？"细细想来，不能说雍正说得毫无道理，他认为一个功太高位太重的"重量级"臣僚，常常会"废典常而亏国法"，这种情形确实也是经常发生的。刘邦杀韩信，朱元璋杀李善长，是不是除了功高震主之外，还有功臣越法之虑呢？重要的不在雍正杀人，而是其提出了"强势领导"与"国法存废"的命题，在雍正的意识里，领导越强，国法则可能越弱。雍正不但如此说臣子，他还如此说过国君，他说皇帝不能太强，能力太强不行，个性太强更不行，否则他就会唯我独尊，搞个人崇拜，只用一人智，不用百人智。这里不能说雍正有多强的"民主意识"，事实上他本身就是一个"大独裁者"，但他这个观点在历史上还是多有"事实"来证其"雄辩"的。

时势造英雄，非常时势造非常英雄。但是非常时势也造非常时态与非常世态，比方国有变故动不动就戒严，就是非常时势的非常举措，布什反恐大破基本人权，就是以非常时期为挡箭牌的。问题不在非常时期的非常态，而在于这种非常态因为政治的惯性或者说是遗传性，非常态往往成为"代代相传"的常态了。历史不能假设，但我们试着来假设一下历史，假如孙中山先生当时推翻了袁世凯，建立了统一政权，按照他制定的党章与党纲"非本党不得干涉政权，不得有选举权"的规定，开国以后，会轻易改吗？孙中山本人不会过于独权，但是谁能保证其继任者也有这种道德觉悟？非常时期的强势领导是民主不可依靠的，甚至非常时期的主流民意也并不可靠。孙中山提出入党要按手印以及"非本党不得干涉政权"的党纲规定，是占国民党当时的"主流党意"的，这符合民主革命的最初宗旨与终极价值吗？

美国独立战争以后，华盛顿的声望空前高涨，群众一致要求他当"国王"，民意支持率多高啊，但是华盛顿知道，此时的民意并不太"真实可靠"，他来了一个华丽转身，毅然离去。俄罗斯经过"休克"与动荡之后，出了一个普京，实现了俄罗斯的"初步中兴"，民众满意率挺高的，支持他连任的民意率在七成以上，人民甚至愿意修改宪法来扫除"法律障碍"，让他"二世三世"为总统，但普京不为所动，他知道这么一动作，就会动了民主的"基因"，政治就会如此"遗传"下去，害民主非浅。

非常时期的民意不等于真正民主，这道理其实很浅显，比如，一个大家闺秀落了魄遭了难，碰到了一个乞丐相助，为了答谢，大家闺秀愿意嫁给乞丐，你说这是其内心深处的"真实想法"吗？民主永远是我们的"大家闺秀"，而非常时期出现的"英雄人物"不过是那个"乞丐"，我们感谢他，但让我们完全以身相许，我们就亏大了。

民国的桌子

工资按什么标准发放？阿Q曾做梦，梦见他闹革命胜利后，"元宝，洋钱，洋纱衫"，想要啥就有啥，想要多少就有多少，"秀才娘子的宁式床要两张"，阿Q梦是：工资按想分配。阿Q想的按想领工资，是美好的，实现起来却遥遥无期（按劳分配，有点按想分配的意思，却到底上不了台面）。我们的工资发放，概念名是按劳分配，也是概念多于实际，比如说莫言的《红高粱》改成电视剧，莫言据说领了稿酬一千万元，而演员周迅呢，演出费是三千万元，这是怎么来算按劳分配的呢？我们普罗大众多半是按职务分配，按职称分配，按资本分配，按文凭分配（比如本科生与博士生的基本工资不一样），按贡献率分配，按底薪加提成分配。

民国以后，有一种分配，不太好命名，姑且谓为按土洋分配吧。这分配起自民国，至今好像还有这种分配的影子在，尽管不曾给命名。

且看几位民国名家参加工作后的工资吧。

1916年7月，沈雁冰（茅盾）进入了商务印书馆，当了一位编辑，他的工资是每月五十元，工作了好些日子后，增至一百元。五年后，田汉当了中华书局的编辑，他实习期工资比沈雁冰翻了一倍，第一个月就领取了一百元。再后来不久，徐志摩也来了十里洋场，同样干起了编辑活计，其工资是两百元。

几位名家工资数目不高，而含金量不低，据陈明远先生在《文化人与钱》里考证，1927年上海市小学教师月薪是四十一元左右，编辑们工资大大高于教师收入；也是陈先生考证，其时一元大致相当于20世纪90年代的三四十元，相当于现在的一两百元是有的，这么一算，沈雁冰与徐志摩们工资不低，还可以说是很高。

沈雁冰、田汉与徐志摩其工资为何有差别？都是在十里洋场，干的都是同一活计，虽则是不同单位，但差别为何这么大？单是因为市场？商务印书馆与中华书局，名气差别并不大，市场所占份额，估计当时商务印书馆还大些；徐志摩不在这两家出版社，他是《文学月刊》的当家刀斧手，文学类刊物当时并不比两家出版社有市场，但他的工资却比两位都翻倍，这又是何故？

陈明远先生考证了，沈雁冰工资低，盖因他当时是"土鳖"，国内大学毕业的，不那么值钱；而田汉有洋学历，他在日本留过学；徐志摩也是留学生，何故还要高田汉一头？沈雁冰与田汉，是按土洋搞分配，田汉与徐志摩按的是洋洋分配——东洋与西洋，分配也是差别蛮大的。民国时期有个说法，西洋的海归，叫镀金；东洋的海归，叫镀银。

真有这种分配体制吗？1927年，二十出头的张光人，来到了江西省党务学校谋差，当上了学校的编辑，他的月工资是六十元。与沈雁冰参加工作初比，多了十元，但是时间差是十一年，除却通胀因素，工资未必比沈雁冰更高。

可能是这种工资分配刺激了张光人吧，他找了机会，去日本庆应大学留学去了。几年后，他回来了，稻粱谋于中山教育馆，干的算是老本行，任《时事类编》的日文翻译员。翻译工资素来不太高，而张光人任日文翻译员的工资却比原来当编辑的时候高了，月薪一百元。这也不算高啊。是的，数目不高，可实际含量高——张光人并不是做全职，他不用去坐班，是半职，貌似兼职；若是全职呢？工资就是两百元不止了。做土鳖与做海龟，不一样啊不一样，工资收入两重天。

张光人不是别人，他是后来大名鼎鼎的胡风。有这份本土"洋博士"工资，胡风在上海，最初日子是过得蛮好的，在上海租了房子（租金每月十三元，大概占工资收入的十分之一，不是与人合租，是全家一套房），还有余钱借与人家。左联大腕周扬常来向他借钱，有次一大早就来敲门："家里没菜钱了，借个三五元吧。"周扬据说常来借钱，多半是老虎借猪，相公借书，肉包子打狗了。

胡风还有个后话，他后来收入少了，得靠左联来支助了。胡风后来辞了《时事类编》翻译员工作，吃饭都成问题，何况租房？冯雪峰见胡风生活困窘，让胡风搬到了他租住的房子去，自然不要租金，胡风便住了冯雪峰所租之房。底楼是冯雪峰，二楼是周建人，三楼是胡风一家。

海归与土鳖，除了工资差距外，还有桌子的差别。曾任《中央日报》总主笔的陶希圣在1955年"伤心忆往事"：

> 我是国内大学毕业而有教书经历的，月薪八十元，坐的是三尺长尺半宽的小桌子，加一硬板凳。桌上的墨水是工友用开水壶式的大壶向一个小瓷盂注入的。
>
> 若是日本明治大学一类学校毕业回国的人，月薪是一百二十元，桌子长到三尺半，宽到二尺，也是硬板凳。如果是日本帝国大学毕业回国者，月薪可到一百五十元，桌子长到四尺，宽到二尺半，藤椅子。桌上有水晶红蓝墨水瓶，另加一个木架子，内分五槅，可以分类存稿。
>
> 若是欧美一般大学毕业回国的留学生，月薪可至二百元，桌椅同于日本帝国大学的留学生。如果是英国牛津、剑桥，美国耶鲁、哈佛，而回国后有大学教授经历，那就是各部主任，月薪二百五十元，在待遇上顶了天。桌子上有拉上拉下的盖，除自己坐藤椅外，还有一个便凳子，预备来接洽工作的人坐。

国朝看不起国人，国人需到国外去镀层金，方才做得金菩萨，这情形在民国那时，便已开始了。

民国的饭局与政局

民国时节，曾经出过一回政治大事故：总理组阁，其提出的六位方面大员，交参议院选定，结果一个也没给选上。

具体情况是这样的：民国肇始，选举了袁世凯当总统，袁大总统推举了陆征祥当总理，陆总理依照权限组阁，提出了六名部长拟任人选，以补齐整个总理内阁，其中有同盟会会员孙毓筠、胡瑛、沈秉三等人，他提着这一名单，于1912年7月18日去参议院出席会议，抛出组阁方案，发表了一通演说，结果在参议院引发了轩然大波，到了次日表决通过组阁人选时，这六位部长候选人全部落选。

为什么呢？说来大家都可能有点不相信，"陆莅院宣布政见，未能邀议员之赞同"，起自陆氏"言辞猥琐"，《辛亥革命史稿》云："陆在参议院说明这份阁员名单时，说了许多鄙俗不堪的话，这就使许多参议员提出陆不配做总理的问题。"《民国人物志》亦云：陆氏"开口便讲'补充内阁名单'就好比'开菜单做生日'，致使全场哗然……将他提出的人选，一一否决"。

陆征祥曾经是参议院推选出来的，他有留洋经历，据说他对国外比对本国还熟悉。大家选举之初，觉得陆征祥这一背景不是其短，恰是其长，近代中国落后，缘由是没人懂洋务，没人会洋务。他被袁世凯提为总理人选时，在参议院是得了高票通过的——1912年6月29日，陆征祥在北京临时参议院，以七十四票赞成，十票反对而选为总理，虽非满票，却也算高票，看来陆氏是得到了议员信任的，可是他按命提出组阁，却被扇了大耳刮子，其国外背景，十多天前为其所长，十多天后为其所短了，所谓是：陆"习居外国，此次乃以西洋文纡曲之故，调演成中语，故一般人听之，猝以为异……"

陆征祥到底说了什么西洋语？到底说了什么猥琐话？其实，看不出什么西洋语，也看不出有什么猥琐话，挑动各位议员敏感神经的话，倒是有一点："征祥今日第一次到贵院与诸君子见面，亦第一次与诸君子办事，征祥非常荣幸。"这一番客套话场面话过去，陆氏还略略说了他个人在国外的经历，之后他说道："回来之时与各界人士往来颇少，而各界人目征祥为奇怪之人物，而征祥不愿吃花酒，不愿恭维官场，还有亲戚亦不接洽……此次以不愿吃花酒、不愿恭维官场、不引用己人、不肯借钱之人，居然叫他来办极大之事体，征祥清夜思之，今日实生平最欣乐之日……"

所谓"猥琐话"，所谓"西洋话"，大体上就是这些话，这几句话蹦出口来，议员听了，极不舒服，引发哗然，引发倒戈，于是议员就以"言辞猥琐""出言无状""无政见提出""无一语及于政务"为由，将陆征祥内阁踢出政局。陆征祥自谓这天是其"生平最欣乐之日"，其实成了其生平最郁闷之日。

自然，后来之学者，探讨这一组阁风潮，总是要深文周纳，总是要去揭秘深层内幕，去挑开背后帷幔，说议员早就不满袁世凯啦，说其中有同盟会、共和党、统一共和党等等党争啦，说这说那的，很多很多。然则，不满袁世凯，为何又选他当总统？有党争，但其中最少有三人是同盟会的嘛，陆征祥事先没与各党派"政治协商"就贸然抛出人选？也不合政治常理，肯定是征求过意见的。

陆征祥功亏一篑，可以不必想得太多、想得太深，就事论事，就足以解释的。

这"一篑"是啥呢？很简单，就是其"不吃花酒"那一句。在国是殿堂,你大吃花酒,没事;而你谈吃花酒,这就被议员视为猥琐了。

陆征祥猛的蹦出这一句话来,可能让议员们被神经针刺了一下。若当年吃花酒者不多,陆征祥这话从何而来,何从谈起?陆征祥这话不是空穴来风,是有所指的。"不吃花酒"视为猥琐,源自于吃花酒这一猥琐也。当年《大公报》的"闲评"评道:陆氏此番演说"谈言微中",其"不吃花酒,不打牌,不送礼三句,已隐揭参议院病根,激起参议院之恼恨……"黄远庸则曰:"其所述不赌不博,不做生日,实系微讽今日人心风俗之病,足为救国之方药,较之寻常敷衍时务策论语者有金屎之别。"

《大公报》之闲评与黄远庸的评论,没有挖体制,没有挖深层,没有挖背后,没有挖主义,这是不是浅薄之论?"折戟沉沙铁未销,自将磨洗认前朝,东风不与周郎便,铜雀春深锁二乔。"杜牧以二乔来论三国演义,以妻子关大义,轻薄为文哂未休,也曾被人视为轻佻之论。

轻佻其实既不轻也不佻,是的论。大家都吃花酒,你不吃花酒,是不是说,你的施政大纲,以后不准我们吃花酒了?今日,是我们决定你的时候,不是你决定我们的时候,今天的日子你都不让我们高兴?你让我们一日不高兴,那么我们就让你一辈子不高兴。

议员们平时地位并不怎么高的,但在选举那几天,那地位好像是坐直升机似的,一下子到了九霄之上,这时的被选举对象,那是得开酒席,得送纪念品,得好言好语,弄得大家舒舒服服的,总之,是一点也不能得罪的。比如,议员们本来是爱吃花酒的,你专拣吃花酒这事来说,那议员们马上抢占了道德制高点:在这国是殿堂,说花酒花酒的,太猥琐!你不吃花酒什么的,不打牌赌博什么的,你"充其极可做进德会会长,而命其为民国国务总理,不亦南辕而北辙乎?"

议员大会,是"政治生活中"的大事与盛事,而官员选举,是"最大的政治"，民国陆征祥这一组阁事，闹成大事故与大笑话，就是源于"不吃花酒"这几句话。

这样立论，太浅薄了吧。

浅薄吗？

可能不浅薄。

孙悟空大闹天宫，原因是什么？红学家看见红，易学家看见易，阶级学家看见劳动人民对统治阶级的极力反抗，然则，孙悟空是劳动人民吗？他户口都没一个，一出身就没见他挖过一回土，种过一分田，有之，也只是无业游民。他几次大闹天宫，可以说，都是为吃饭问题，前头到天庭里去当弼马温是为了升官，后面王母娘娘过生日那回大闹，纯粹是因吃花酒问题引起的。

"一朝，王母娘娘设宴，大开宝阁，瑶池中做'蟠桃盛会'，即着那红衣仙女、青衣仙女、素衣仙女、皂衣仙女、紫衣仙女、黄衣仙女、绿衣仙女，各顶花篮，去蟠桃园摘桃建会……"天庭里的酒会，干啥事的都是仙女，这搞采购，派遣的人也是仙女，那王母娘娘千里筵席上，肯定都是绝色佳丽当服务员的。这场吃花酒，大家都有份，虽没有实权但解决了级别待遇的齐天大圣却是无份，一下子惹起了他的怒火，一不做二不休，孙悟空就奋起如意金箍棒，搅得周天寒彻，把天庭打了个稀巴烂。

每次读《西游记》读到此处，我就很是疑惑，玉皇大帝与王母娘娘所居的天庭，是何等样帝国，这一独立王国，政治局面一直是安定团结的，虽然也有天蓬元帅猪八戒调戏嫦娥等个人作风问题，虽然也有卷帘大将沙和尚弄坏公物等工作作风问题，但这都只是一个指头的问题，整体上，这里是歌舞升平，秩序井然的。孙悟空之前，没谁敢挑战天庭权威，孙悟空之后，却屡屡造反。这孙悟空前两次造反，是要解决饭碗，要解决级别，这次造反，却是因为会议后勤工作没做好，直言之，就是聚餐没有请上孙悟空去吃吃喝喝，引发孙悟空雷霆震怒，激起猴变，激起"千年未有的大变局"。

这确实是让我很纳闷。

我纳闷的是，农民起义，猴哥反天，是极其严重的大事，其发生必然有深刻原因，吴承恩设计的这个情节，却是把这事情归咎于一次吃花酒，设立在孙悟空没被邀请去参加一场饭局的基础上，这样的情节经得起推敲吗？有什么社会基础吗？生活在元末明初的吴承恩，怎么会用这样的细节来推动整个故事情节的发展？以饭局来推动整个政局，可信度高吗？我们怎么就信了，怎么就没对这一情节产生疑惑呢？

读了元代王恽的《吕嗣庆神道铭》，这一疑问豁然而解，原来在元朝，饭局即政局，政局即饭局，官员们的酒会、宴会与国事、天下事是等同的，是提到同一层面来认识与实践的。王恽说："国朝大事，曰征伐，曰蒐狩，曰宴飨，三者而已。虽矢庙谟，定国论，亦在于尊俎餍饫之际。"整个元朝，被列入国家大事的，就是三项，一是军政，元朝是靠打仗得到天下的，这事当然大；二是打猎，好弓好箭，是蒙古人的特别爱好，这事也大；三呢，是元朝官员的吃喝了，家事国事天下事，都在饭桌上搞定。我们常常对公款吃喝不理解，老是幼稚地问为什么百把千把文件管不了一张嘴，总是费解万把个亿被耗费在公车公喝公游之上，现在应该可以理解了：枪杆子里面出政权，酒杯子里面定政局，吃吃喝喝是与打打杀杀同等重要的国家大事呢。宋江拉起队伍上梁山，为的是大块吃肉大碗喝酒嘛，扛起枪杆子，为了酒杯子，没了酒杯子，他当然就得拿起枪杆子了；孙悟空大闹天宫的意图也非常明显：不让他上桌子，他就掀你的台子，不让俺老孙端酒杯子，俺老孙就操枪杆子。

这么来解释孙悟空大闹天宫之起因，就可以理解吴承恩对这一情节的设计不是胡编乱造的。对陆征祥组阁风波，以吃花酒之有无来解释，也不算无厘头。陆征祥内阁组成以后，如果要飞扬跋扈，那也没法，但在没组成之先，那必须得谦恭一时。陆征祥一来就说自己"不愿吃花酒，不愿意恭维官场，不引用己人"，这是什么意思？是说假如上台了，那就要禁吃花酒吗？那就要严禁恭维官场吗？那就要向一人得道鸡犬升天者开刀吗？在我们看来，陆征祥这一演说，很实在，很务实，很切实地，搞廉政建设，关乎国家危急存亡，怎么不是政见呢？如黄远庸先生所言，陆征祥这演说较那些空话套话者强多了，"较之寻常敷衍时务策论语者有金屎之别"，陆征祥这演说谈不上是"金"，但那些套话绝对是"屎"，但吊诡的是，议员们将假大空的这主义那主义视为"金"，却将这些整顿干部作风的大实话视为"屎"了。

我们视为"金"，议员视为"屎"，我们视为"屎"，议员视为"金"，何则？所处位置不同也。站在我们的立场，天下财富不在官，则在民，干部也罢，议员也罢，少吃点花酒，我们就可以多喝点水酒；站在干部与议员立场，民众多吃了水酒，他们就没了花酒，干部与议员会同意吗？问题是，不是人员决定阁员，而是议员决定阁员，不是人民决定阁员，而是选民决定阁员，人员有没有吃，人民有没有吃，是后一步的事情，议员与选民先得有吃，选民是民，但这民与一般民不同，他可以决定阁员去留上下。陆征祥演说的隐含意思是要整顿吃花酒，好像是要叫议员们吃不成花酒，那好，你想来端掉议员的杯子，那先掀掉你的台子，你搅了咱的饭局，那我们先搅了你的政局。

辛亥革命后，穷吃滥喝的封建老朽，已吃不了花酒了，那轮到谁来吃了呢？北京街头，呢冠革履，宝马香车，山吃海喝的，是什么人了？

《大公报》说，"均为新人物"了，"今之军界政界，能以朴素之风者固不乏人，而穷奢极欲，逞一时之快者，实居多数……选色征歌，罔惜十万缠头之费，当筵买醉，不顾半年穷户之粮，固触目皆是"。这些触目皆是的新人物，大都是进了参议院的，他们爱吃花酒，也有资格吃花酒，现在，你要禁革，那就得先革了你。

我曾一直以为，封建帝国的精力主要是花在防止民变之上，其实也错了。帝国主要精力是在防止官变上，最怕的是官员造反，孙悟空大闹天宫，有人解释为是无产阶级革命，错了，孙悟空是无产阶级吗？他从当弼马温开始，一直升到齐天大圣，都是帝国体制里的官员身份。帝国防官变防民变，都是两招，一是给胡萝卜，一是挥大棍子，所不同者，侧重点各有不同也，防官变，一成挥大棍子，九成给胡萝卜，防民变呢，一成给胡萝卜，九成挥大棍子。老实说，官员的造反能耐比草民大多了，他们拥有的智力、信息、武器装备等各种资源，远非仅有锄头、梭镖及一身骨头的草民可以比拟，而历代造反的，官变很少，原因何在？很简单，皇上给他们九成胡萝卜，他们成了既得利益集团，同样，这也可解释民变多之缘故，草民有一份胡萝卜本来已经满足了，但搞到后来，这一份胡萝卜也弄不到了，那就只有反了。

食为天，谁食为天？"我乃齐天大圣，就请我老孙做个席尊，有何不可？"孙悟空当了官，饭局首先必须保证有他，要保障有稳定的政局，先得保证官员有稳定的饭局。至少，进了体制内的孙悟空是这么理解的。

学学术自由

逃学，谁没逃过？所不同者，于我等学渣是丑史，于大师等学霸是轶事（荣辱与成败是对应的）。已故原国家图书馆馆长任老继愈先生，当年就读于北大哲学系，"此时的北大，汇集了令今人艳羡的名师大家，鲁迅、钱穆、胡适、闻一多、汤用彤、金岳霖等等"。有这等大师给你上课，谁还会逃课？

任老说，他在北大上课，他和他的同学们逃课是常事。你以为学校是宾馆啊？学校不是宾馆，宾馆还要钱才能进去，课堂是超市呢，是广场呢，"老师上课从来不点名。学生什么时候进来，什么时候出去，无所谓"。迟到，早退，缺席，都是随你便，没教授发脾气：你能不能尊重老师的劳动？当年北大没哪个教授将学生的自由与老师的尊严，如此简单地挂钩。

高高的讲台，一个人高谈阔论唱独角戏；空空的教室，三五人无精打采各玩各。这般学风成何体统？教授脸挂住了，学校脸没挂住，据说，"那时候学校要求点点名，考核"，学校的意思是，读不读进肚子没事，不来是大事。来了就算学分？扎个稻草人占位置，教授脸上生光了？许是真是教授治校吧，"教授都不愿意点名，嫌麻烦"。

也有听校长话的，孟森教授便是。孟教授有清史奠基人的盛誉，后人称，孟教授著作代表着清史研究第一代的最高水准。有这样的大师传道授业，那是千年修来的福分，教室不挤烂门？脑壳都挤扁了吧。谁想孟夫子夹着讲义，踏上杏坛，瞭望来瞭望去，但见偌大教室，唯有凳百张，人呢？任继愈，到；季羡林，到；张中行，到；张飞，到；岳飞，到；李师师，到；陈圆圆，有；崔莺莺，在这；刘诚龙，来了……谁都没到，喊谁，却谁都高声应了，张某人他答到，李某人又是他答到（如今还有这样的好"童鞋"吗？金兰之交啊，举世无存了吧）——以灵魂的方式坐到北大课堂上，青春的脸庞，承接大师唾沫如沐春风样——嗯，中国现代新诗多是这么生产出来的。

整个教室就只有四五个人在那，空空的，落落的，孟教授笑了：人好像没来齐，魂倒是都到齐了啊，也就笑笑，没给学生打叉，然后是手之舞之足之蹈之，开讲了。

有很多同学，其实是真来了，"孟森教授讲义编得很好，每人选的课都有一份讲义，拿到讲义，他就不一定听了"。但这也只是一部分，另外很多人呢？情况种种，难说了：有的躲到被窝里不出来，有的呢，听了一两回孟教授讲课，不想听了，转学他师去。任老后来说："我就觉得北大这个学风啊，和这个别的学校的确有很大不同，就是它，它还有自己的自由主义传统。"

任老此处所谓的自由主义传统，并非指学者教授们的自由自在，想干吗便干吗，想说啥便说啥。硕导博导，小师大师，在北大其学术自由，后人口唇都说烂了，不提。而教授们的弟子们呢，有无学学术的自由？教授有自由，学生有多少自由？教授讲什么，学生得听什么；教授怎么讲，学生得怎么听。教授讲公鸡生蛋，牝鸡司晨，公鸡母鸡斗架，小鸡大鸡打鸣……学生得老老实实坐那听。只要是教授开课，不管其讲课水平如何，不管其课意识形态怎么样，学生听也得听，不听也得听；不听啊？好，给你记一笔，扣学分；不按教授所授作答？好，给你打个叉，不重考不毕业。

教授有学术的自由，学生有学学术的自由否？只有教授的学术自由，没有学生的学学术自由，教授的学术能高到哪去——自由是：教授有水平，不赞同教授理论，我也逃课，另听教授授课了——如今不要什么水平，乱讲一气，一气乱讲，不管讲得对与不对，合不合适，也因凭借"纪律"在握，生杀予夺大权在握，也能让桃李满教室。

春秋战国，百家争鸣，孔夫子也在争鸣嘛。孔夫子先前是学费（时叫束脩）满乾坤学生满门的，后来见到门前冷落车马稀，教室里椅子还在，学子不晓得哪去了，孔夫子便点名了：颜渊，到；闵子骞，有；冉伯牛，在；仲弓，来了；子贡，刚才还在的，可能上厕所了……孔子可不是北大孟森教授，他可没有自由主义传统，他拎起颜渊衣领，骂了一顿饱的。"少正卯在鲁国与孔子并，孔子之门三盈三虚，唯颜渊不去。"

道家、墨家、法家、名家、杂家、农家、兵家、医家、阴阳家、纵横家……春秋战国，真个百家争鸣。这百家，孔子都不讲，他要讲的是儒家。您看，多自由啊，那么多家，孔子不讲，他要单讲儒家，孔子多学术自由啊。有孔子的学术自由，有学子学习自由吗？孔子教室空了，孔子便发飙了，人呢，人哪去了？有三次，孔子的教室几乎是空的，他便发了三次飙，最后这个问题得以彻底解决了，他的解决办法是什么？是挂考勤？是扣学分？有比这更猛的，"夫门人去孔子归少正卯"。只有我这里学术自由的，为何少正卯搞学术自由主义了？"孔子为鲁摄相，朝七日而诛少正卯。"孔子一举，百家毕，北大教室一间，彻底解决学生逃课现象。

课堂上下，教室内外，唯余茫茫然。教室内，有学术自由，无学学术自由，这是不消说的，若不，有教授给点名的；教室外呢？刘瑜《送你一颗子弹》，众人便喊缴"腔"不杀，不改腔？把刘瑜送他的那颗子弹，杀刘瑜去；于丹讲《论语》，粉丝那么多，影响那么大，这般大家为何不来我门下？不站我这边来壮声势？点她名。

以纪律点名，还是以法律点名？学阀有学术自由，学子无学学术自由。

知识分子"见官死"

闲读陈四益先生与方成先生合作的《新百喻解》，中有一则齐子仙的故事，读来满腹生了一大狐疑：知识分子"见官"即会死吗？是文不长，姑录于下：

> 齐子仙，豪爽敢任事。揖郡守，侃侃直刺权要，略无忌惮，郡守惧，屏左右，俯首唯唯而已。子仙出，大笑谓人曰："乌纱一顶几许重，乃曲项喑哑不能做人言？"郡守惧，心衔之，阴荐子仙于权要，授以官。
>
> 及入京，居清要，甲第连云，奴仆成群，日熙熙而乐，不复思有建树者，一日，郡守致书曰：兄官居言路，又非曲项喑哑不能做人言者，遥想风采，当有所建言，可得闻乎？子仙大惭，乃上书言事，书成，聚妻妾子女谋之曰："圣意难测，或当贾祸，奈何？"妻曰："荆衩布裙吾不能。"妾曰："咽菜吞糠妾不甘。"子女曰："出无车，入无婢，所遇侧目，何以为人？"满室唧啾，泣涕相向，如丧考妣。
>
> 子仙仰天长叹曰："今始知乌纱几许重矣。"

这个齐子仙，前后判若两人，当他在野的时候，何等英姿勃发，慷慨激昂，直刺权贵，无所忌惮，并放出大言：我齐某何许人也，有什么话不敢说的？而一旦戴上了乌纱帽，却是瞻前顾后，缩头缩脚，沉湎富贵，顾忌其老婆穿不上绫罗绸缎，顾忌其小妾吃不上山珍海味，顾忌其子女当不成公子哥儿纨绔子弟，居言官之位而不履言官之职，庸庸碌碌——他当上了带着乌纱帽的"行尸走肉"。

套用臧克家先生的诗句是：齐子仙死了，他还活着；齐子仙活着，他已经死了。当了官之后，这个齐子仙活得有声有色，滋滋润润，出有车，食有鱼，华服美食，妻妾满堂，但是这时候的齐子仙作为一个知识分子，他还活着吗？死了！彻底地死了。

什么叫做知识分子？按照西方鲍德里亚、乔姆斯基的定义是：

"知识分子从定义上说是处于对立面的。"

"知识分子是否定性的传播者。"

"知识分子的最大贡献是保持异议。"

"知识分子扮演的应该是质疑者而不是顾问者的角色。"

按照这些定义，过去的齐子仙是称得上知识分子的。他豪爽敢任事，保持自己批评者的立场，对官僚与权贵毫无惧色，甚至当"郡守"来收买他，把他喊到"密室"以金钱来封他的口，他大笑而出，不为所动。"知识分子是光明的隐者，白天的朝市里看不到他的踪影，因为白天需要赞美，而知识分子却偏偏拒绝加入，他无心去做任何意义上的'光明颂'。"如邵建先生所说："知识分子是白夜人。"人类社会的黑暗与自然界并不相同，自然界的黑暗出现在夜晚，人类社会的黑暗出现在白天，知识分子应该是"白日见鬼"的人。作为在野时的齐子仙，他正是这样的"白夜人"，所以也是当之无愧的知识分子。

但是齐子仙死了，他不是死在"棒杀"，而是死于"捧杀"。"郡守"是个特别厉害的人，他不但洞悉人性的死穴，而且洞悉"体制"无所不扼杀的"力量"。他对齐子仙的"陷害"不是"打压"，而是"抬举"；不是送之上"西天"，而是把他送上"天堂"："阴荐子仙于权要"，而且"推荐成功"，让他一步步升官，让他一天天发财，结果他"陷害成功"，把一个意志刚强、意气风发的知识分子"害死"了，永远不再是知识分子了。

遥想大汉奸汪精卫早年，也曾豪爽任事，斗志昂扬。汪氏早年作为一个"知识分子"，追随孙中山"闹革命"，其人生实在也是"可圈可点"的。他参与筹建"同盟会"并成为其中的骨干，他参与创办《民报》，当上了《民报》的重要撰稿人，一篇篇似匕首、似投枪的充满思想的文章从其知识分子的胸中喷薄而出，富有相当威力的战斗性。作为一个热血青年，他也曾置生命于度外，力行"荆轲之勇"，毅然不顾孙中山不做无谓牺牲的劝阻，去行刺"反革命"的"摄政王"："谋一击清廷重臣，以事实表现党人决心。"行刺失败后，他在狱中口占一绝云："慷慨歌燕市，从容做楚囚，引刀成一快，不负少年头。"以此时的汪精卫比彼时的齐子仙若何？上齐子仙百倍也；然则，以后来的汪精卫比后来的齐子仙若何？下齐子仙百倍也。后来的汪氏当了官，而且当了大官，其"思想性"大死，其"官奴性"大生，在民族大义之前，甘做了汉奸！是不是汪氏顾及其老婆"荆钗布裙吾不能"？是不是顾及其小妾"咽菜吞糠妾不甘"？是不是顾及其子女"出无车，入无婢，所遇侧目，何以为人"？把板子打在其妻妾子女身上，实在是太轻佻了，主要因素应该是汪氏"恋栈权位"吧。而最最重要的，也许是所有的权位都是一个"套子"，人一旦进入，就不能不成为一个"装在套子里的人"。

在野外的老虎是一只"猛虎"，在笼子里的老虎多是"病猫"。

以如是而观，汪精卫即是齐子仙，是比齐某上百倍而又比齐某下百倍的"齐子仙"。设若当年的孔子周游列国，谋得了一官半职，孔子还会是孔子吗？世上也许多了一个齐子仙，定然少了一个孔圣人。战国时期思想家辈出，所有的思想家几乎都"在野"；"五四时期"多出知识分子，那是因为大多数也都"在野"，保持了在野的"批评权"，陈独秀、李大钊、鲁迅都可作如是观。"不保持批评权的知识分子不是知识分子"，若是，也是死了的知识分子。

中国不少"读书人"，少的是"知识分子"。读书人不就是知识分子吗？不，他们两者相隔很远，前者习得文武艺，来给权力唱赞歌；后者怀上思道义，多给权力逆龙鳞。读书人还少吗？数千年来，出了那么多的秀才，出了那么多的举人，应该是能出思想家的啊，但是，出了多少思想家呢？学而优则仕，有"仕"则无"思"，"仕"而优则"思"死得快。鲁迅先生说："真的知识阶级是不顾利害的，如想到种种利害，就是假的、冒充的知识阶级。"知识分子几乎都"见官死"，广而言之，也是"见利死"，有些知识分子虽没"见官"，但沦为"利益集团"的"奴才"，这种"见利死"，更是等而下之，无复可观，不说也罢。

穷死不要"特别费"

夜读王了一先生《领薪水》，不禁唏嘘。"薪水本来是一种客气的话，意思是说，你所得的俸给或报酬太菲薄了，只够买薪买水……在抗战了七年的今日，薪水两字可真名副其实的话，那就是反了过来，名为薪水，实则不够买薪买水，三百元的正俸，不够每天买两担水，三千元的各种津贴，不够每天烧十斤碳或二十斤柴，开门七件事，还有六件没有着落。"这篇文章写于抗战时期，王先生时任西南联大教授，当时，国民党为了敛财，趁国难之机大发纸币，通货膨胀十分厉害，使本来过着小康生活的教授们陷入困顿。闻一多先生的"月工资"发下来，只够一家吃十天，其余日子得靠典当衣服与书籍度日。王了一先生的感慨自然让众人感同身受，"自从读了领薪水，瞒人流去多少泪，所悲非为俸微事，惟叹国贼良心昧"。

西南联大教授的困顿生活一方面是因为国难当头，国家经济枯竭；另一方面也是国民党腐败，轻薄教授所至。西南联大的教授们为了争取自己的生存权，进行了许多的抗争。1942年5月17日，教授们在《大公报》发表联名文章《我们对当前物价问题的意见》，要求当局正视教授们的生存，引起了很大反响。与此同时，西南联大又派了部分教授到重庆政府请愿，无果而终。

为了压制教授们的怒火，当局按照"擒敌先擒王"的思路，决定在非常时期对国立大学主管人员发给每月三百元以上的特别办公费，按照这个划定的政策范围，西南联大大约有三十人可以享受"政府特别津贴"。有了这些银子，不管怎么样吧，这少数人虽然不能先"富裕"起来，起码是可以先"温饱"起来的了，这是一件"暖人心"的事啊。然而，出乎当局意料的是，这些"大学领导"一个也不买账，与联名请愿要增薪一样，西南联大的二十五位教授领导他们联名上书不要津贴。这真让当局看不懂，要钱的是他们，不要钱的也是他们。

没有骨气的人哪里能理解有骨气的呢？教授们在联名信上说了两点原因，一是当官只是义务，不可另外加薪；二是要发大家一起发，所有教师都要享受："盖同人等献身教育，原以研究学术启迪后进为天职，于教课之外兼负一部分行政责任，亦视为当然之义务，并不希冀任何权利……且际此非常时期，从事教育者无不艰苦备尝……当局尊师重道，应一视同仁。统筹维持，倘只瞻顾行政人员，恐失均平之谊。"联名上书的教授都是当时及以后声名很大的人物，有文学院院长冯友兰，文学系主任罗常培，商学院院长陈序经，政治学系主任张奚若，理学院院长吴有训……

在这里，教授们提出的两个"命题"放诸当下，实难理解，"国家"对行政人员或者说"领导同志"高看一眼厚爱一层，不是理所当然的吗？应该感恩戴德才是！何况当时的领导是由教授们兼职的，莫说是第二职业吧，莫说是搞特殊化吧，更别说搞腐败吧，最少也是教授的额外劳动，给予特别办公费，是一桩名正言顺的事。但教授们就是不要。教授治校是清华、北大的老传统，我们现在对此还在津津回味，教授们当领导只是教课之外的一种义务，并不希冀任何权利，这是不是有点天方夜谭？但当时他们是这么认为的，西南联大的校长梅贻琦说："教授是学校的主体，校长不过是率领职工给教授们搬搬椅子凳子的。"领导就是服务的概念，大概是梅先生首先提出来的吧。不想先温饱？不想先富裕？在以谁拿钱多谁就是好汉的今天，这也是难理喻的。不但现在，就是当时之当局也以为这是教授在作秀，在惺惺作态，你不要我也一定要给你！教育部部长陈果夫又下了一纸命令，"仰乃造册请领，并转知应支公费各主管人员。此令"。要"强行"给教授领导发"红包"发"福利"，此令下达后，教授们仍然拒绝，校长梅贻琦也梗脖子："该等愿本通甘苦之义，虽办公费较薪额加成数稍有增多，仍请不予支领，拟请不支发。"

对这一"特别费"风波，当时的西南联大教授费正清后来进行了深刻的解读：国民党委派陈果夫任教育部部长，给行政人员"送温暖"，"是加紧政治思想控制的一个步骤，它当即引起了北京来的那批开明教育家的不满"。国民党给大学领导们"特别费"，从某种意义上来说，确实是一种"非常经济"的收买手段，把几个人买了下来，通过这几个人再来驯服其他大众，这是最经济的。砸一笔钱，买通头领，不是一些人的惯用手法吗？捍卫思想自由，是历来士子们、教授们以生死许之的大事，真正的士子对这个问题是不含糊的。但是，我以为如此理解教授们，虽然立论高，但是在某种程度上说，不能完全解释教授们拒绝"特别费"的真诚。事实上是，教授们不是不要钱，他们对"特别费"，只要"费"，不要"特别"。独乐乐不如众乐乐，以领导身份"带头致富"，对他们而言，这不是光荣，而是耻辱，他们想的是大家一起温饱，一起致富。同样是教授，同样是教书，他们觉得没有理由"先致富"。他们当时的思想确实如此。

在20世纪50年代，北京一些大学的知名教授也曾经有过"不要钱"的"神话传说"。当时教授们的工资超出了一般劳动者，他们觉得很不安，于是联名向中央写信，说是中国的经济目前不很发达，我们当与国家同甘苦；同时，农民是一种劳动，工人是一种劳动，教授的劳动只是与工人农民分工不同，他们的劳动报酬高出许多，实在"不好意思"，因此主动请求中央给他们减薪。当时教授们的这种举动，也许没有其他过深的含义，他们有的只是真诚，只是真心，是对大同社会的忘我期盼。现在若来"反思"，这是"平均主义"的"落后观念"，还是"不愿独享"的"先进品质"？是先天下之忧而忧，还是后天下之乐而乐？这是范仲淹给我们的"精神拷问"，国民党给教授们以"特别费"，大概也是国民党给教授们出的一个"道德试题"。

当然，我们现在不能动辄把这样的命题摆到教授面前。多劳多得，优劳优得——我们的观念必须与时俱进。但是这种观念的进步似乎也不应完全割断教授们士子们的"良心血脉"，现在我们的一些经济学家多次扬言：经济学家不必为大众发言。这话听来寒心。许多学者为了弄钱，不择手段，这些事听来，也是寒心。记得曾看过两则新闻，一则是：某大学聘请教授，开出了十分诱人的条件，年薪两百万，外加安家费若干，还给住房一套。这说明当前教授们的要价是越来越高了，不怕超出同人了，这或许不足非议，但与另一新闻当"套餐"来读，却让人有点异样的感觉，另一则新闻是新华社的报道：今年高考结束，××一中的陈力考分为六百多分，这是一件多么让人高兴的事啊，可是他的父亲服毒自杀，原因是他不堪承受每年一万多的学费而走上绝路，新华社报道说，类似事例已经发生了许多起。我不知道，教授两百多万的年薪，其中有多少是"陈力"们的父亲负担的？教授的工资显然不全是学生的学费，但其中肯定有学生的学费，两百多万年薪要多少学费呢？每所大学，教授成千上万，他们的开支都从哪里来？

好像是一位大儒说过：知识分子独自富裕是一种耻辱。这话让知识分子听见会不服气，"搞原子弹"的不先富，难道还要"卖茶叶蛋"的先富？如果知识分子独自富裕是知识分子的一种耻辱，那么让"卖茶叶蛋"的先富就是全社会的耻辱。确实，全社会应该尊重知识分子，应当说，现在知识分子应该是受到尊重了的，年薪两百多万，谈不上高度尊重，但肯定不是"低度"尊重。现在的一个尴尬问题是：社会尊重知识分子，知识分子值不值得尊重了呢？那位大儒说这话，我想肯定是站在知识分子是社会良心这个基础上来立论的，一味追求高高在上的生活也确实不见得是太荣耀的事情。知识分子独自富裕是一种耻辱，这是大儒对知识分子的一种道德期盼，而现在，有多少知识分子不以为耻，反以为荣呢？

一样婚配三样情

鲁迅、胡适与茅盾，都是在包办婚姻与自由恋爱激烈交战之下谈情说爱的，三人的恋爱观都是差不多的，都猛烈抨击包办婚姻，都激情地向往自由恋爱。只是思想归思想，观念归观念，幸福的恋爱人人相似，不幸的婚姻各有各的不同。

鲁、胡、茅三大家，都是在单亲家庭里长大成人的，他们最初的婚配也是惊人的一致，父母之命媒妁之言，都是由寡母做主，搞的是拉郎配。1898年，鲁迅18岁，按旧时代结婚年龄，鲁迅也是男大当婚了，其母亲爱子心切，给他定了一门亲事，与朱安女士初步议婚。鲁迅虽然反对，但礼教之下，孩子讨老婆即是婆婆娶媳妇，鲁迅反对无效，于1902年将前往日本留学之际，他正式订婚。鲁迅不肯就范，但只能一味拖延，并非高策。1906年，母亲以重病相逼，召鲁迅回国，与朱安女士完婚，鲁迅说："这是母亲送给我的一件礼物，我只能好好供养她。"供养确实是供养着了，但"好好供养"，这怕是没能兑现。鲁迅与朱安，新婚之夜相对无言，孤男寡女，都是守身如玉，空听阶檐滴沥到天明。夫妻"营业执照"是办了，却是从没"营业"过。朱安女士曾对人说："老太太嫌我没有儿子，大先生终年不同我说话，怎么会生儿子呢？"说话不说话，本来跟生儿子没多大关系，闷声生孩子的，也是有的。问题在于鲁迅根本就不与朱安敦夫妻之礼，他虽然明白朱安女士为其"做一世牺牲，是万分可怕的事"，但他为了自己"血液究竟干净"，"也只好陪着做一世牺牲，完结四千年的旧账"。

胡适博士是13岁订的婚，其母亲23岁做了寡妇，胡适即到中国公学读书，母亲为了给他打根木桩，拴住少年驿动的心，就自作主张，给胡适定了一门亲，与江冬秀缔结百年盟约。江冬秀女士与朱安女士，在文化上相齐，都属于无才便是德的古典女子，与拥有三十多个博士文凭的胡先生，并无多少共同语言的。然则，胡适虽然受新文化熏陶，立意反对封建礼教，还到美国留学，受过欧风美雨，也曾经逃过婚。但在1917年，胡博士旅美7年归来，做了北京大学最年轻的教授后，他还是与江冬秀龙凤合卺了。"当初我并不曾准备什么牺牲"，后来与江冬秀洞房花烛了，"若此事可算牺牲，谁不肯牺牲呢"，胡适也就一生牺牲在小脚江冬秀的温柔乡里了。

如果包办婚姻是一种不幸，那么最不幸的当是茅盾。鲁迅与胡适，尽管他们定亲时仍是未成年人，但终究也是情窦初开，朦朦胧胧懂得一些男女之事了；茅盾呢，他完全是懵懵懂懂进入恋爱状态的，他在四五岁之时，就与同镇的孔德沚定了娃娃亲。茅盾祖父与孔德沚祖父都在镇上开小店做生意，茅盾祖父开纸店，孔德沚祖父开蜡烛店，两个店老板碰到一起喝一回酒，就私订了子孙的一生。相对而言，茅盾的思想保守一点。1916年，茅盾进了商务印书馆，青年才俊，纵使不主动去惹草拈花，也是会有蝶舞蛾飞的。其时，与茅盾同学的王会悟爱慕茅盾才华，主动示爱，茅盾何尝不心动。他曾回家跟寡母商量，要毁童年盟约，他母亲说："对方未必允许，说不定要打官司，那我就难了。"茅盾只好"遵纪守法"，履行早年"合同"，茅盾说："父母前定的婚，除因特种情形（如确知该女性情乖戾或伊父母不良，或其主见上之不同等等）

外，皆可以勉强不毁。"孔德沚恰是没有"特种情形"的，所以茅盾也只能是"勉强不毁"。

鲁、胡、茅三人的婚配，实在是太相似了：都是包办的，都是大才子配小脚女人，配的都是有德无才的女人，都一样在婚姻革命的大激荡岁月结了婚。三人心灵的冲突都一样，都在百善孝为先与恋爱自做主之间痛苦与彷徨；都是反礼教的激进之士，最后向封建礼教举手投诚。只是其中也各有不同，胡适先生的自由观是最强烈的，在恋爱自由上，却先"缩了头"；鲁迅先生反封建礼教最坚决，却是只反皇帝不反母亲；茅盾介乎鲁、胡之间，心向往新式爱情，而身倒向了旧式婚姻。

鲁迅在反礼教里，毕竟是最坚决的。他母亲安排他谈了一次爱，他自己又谈了一次。鲁迅与朱安，有夫妻之名，却无夫妻之实，他讨婆娘确实只是为母亲娶媳妇，朱安只是母亲的媳妇，几乎跟鲁迅没关系。鲁迅与胡适、茅盾都不同的是，他有一段完全自由恋爱的婚姻，他与许广平先生的结合，无父母之命，也无媒妁之言。但鲁迅就完全不在封建的三界内，完全脱离了礼教的五行中吗？

实在说，鲁迅与胡适比，他更是恪守礼教的。鲁迅与许广平结婚后，好像没什么花边新闻，对男人贞操看守甚严，不越雷池；胡博士却是一生游走于旧道德与新观念之间。他在上海过了一阵孟浪日子，直白说吧，就是在青楼里留连戏蝶时时舞；后来到美国留学，又与韦莲司女士恋爱；回得国来，又与其嫂子的妹妹曹珮声痴痴缠缠，牵牵扯扯。"非关木石无恩意，为恐东厢泼醋瓶"，最后是怕了江冬秀女士一把菜刀搞婚姻保卫战，胡适才与江冬秀琴瑟和鸣，白头偕老。

与鲁迅、胡适都不同的是茅盾。茅盾不像鲁迅，要自己谈一场恋爱，自己结自己的婚。茅盾完全听命母亲，跟孔德沚进了洞房的，只是茅盾心里也是特别矛盾。1922年，茅盾在上海平民女校结识了秦德君，互留爱的伏线。1928年，两人东赴日本，同居西京，茅盾许多作品于此时问世，都获益于秦德君红袖添香，秦氏因此被茅盾高誉为其"命运女神"。只是这段婚姻终为露水，茅盾归国，还是弃了彩旗，生活在新社会，继续成长在红旗下。直到孔德沚先茅盾离世，茅盾才心想再与秦德君重圆旧梦，但碍于部长高官身份，最终只把"那份爱，深深地埋在心窝"。

　　三位大家，其爱情与婚姻，各有各的取舍，各有各的苦衷。但真说来，说不一样，其实也一样：都是在爱情的围城里左冲右突，都没有真正从围城里冲出来。爱情这事，谁能挣得脱，看得破？纵如今恋爱可自由的你，我，还有她，谁走出了爱情的困局？

第二辑

当年国士个个牛

好歹上了《清史稿》

缪荃孙进史林，大概是没太大问题的，问题是进哪个史林，进文人撰的文学史，还是进国家撰的国史稿？我估计这是他刚著了一本小书，便睡不着的事。但他入史却没问题：缪荃孙，字炎之，又字筱珊，晚号艺风老人，江苏江阴人；其名号尤多，藏书家、校勘家、教育家、目录学家、史学家、方志学家、金石家，诸家名号外，还被尊为中国近代图书馆鼻祖——教育卷不收录他，图书馆史将专辟列传，重彩绘之嘛，别人半行字，他最少可赢得两页纸。

缪荃孙晚年有个事情，让陈三立很不解，陈问缪，您老人家有了生前身后名，干吗还干那茧子事？说的是民国四年，陈公寓居南京，听说老缪也在，便叫学生胡小石去寻家雅座，饭局一聚。陈公与老缪也是老同事了，当年同在张之洞帐下当过秘书，代张做过文章枪手，如"《书目答问》，光绪二年刊成，署张之洞，实缪荃孙代撰"。老缪弟子柳诒徵，最知其情："文襄之书，故缪艺风师代撰。"清亡，老缪欲做清民而不得，便与大家呼朋唤友做遗民，生怕不好玩，还办了个诗社，叫超然吟社："其为人也多暇日者，其出人不远矣，吾属海上寓公，殷墟遗老，因蹉跎而得寿，求自在以偷闲，本乏出人头地之思，而唯废我啸歌是惧，是超然吟社所由立也。"其中"本乏出人头地之思"，这话有点假，而"求自在以偷闲"多少有点真，故而吟社诸君，时不时聚聚，喝点小酒，打点小牌，吟点小诗——诗吟得顺口，还感动自己，流点小泪，总之，日子过得蛮有韵味，还附带，不，还富含爱国意义精神。

超然吟社成立于上海，南京离上海不远，陈三立也便多往来"京沪"。其时恰居南京，听说诗歌群的"微友"老缪来了，不做东道主也不好意思，在秦淮河边寻了家小馆，酒前有什么活动，不得而知；酒后是没有了的，按胡生所叙，酒局进行到一半，冷场了，大家一句话也不说了。冷场情形是，纵柳如是在，陈圆圆在，马湘兰与顾横波、董小宛、卞玉京俱在——点花不用走二家，够配齐——他们也索然无味，哪怕八艳招手摇，他们也都脑壳摇如拨浪鼓了。

先前兴致高昂，为何瞬间窘迫不堪了？原来是老缪喝了二两"马尿"后，脸红了，脖粗了，话多了——话多不是事，喝酒其目的不就是以酒精激发话唠吗？这酒局话虽多了，也没人吵，没人闹，都是文化人，这点涵养还是有的。冷场原因是老缪大发牢骚，骂袁世凯轻慢了他。为何轻慢呢？袁世凯招安大家去，谁，招安价位是一万；谁谁，买卖价位是五千；谁谁谁，怎么也是一千。给我只是五百，分开来，不就是二百五吗？

这里还得插个话，一根稻草压死了骆驼，一个连营长推倒了大清朝。趁着史上空档期，好几人你方唱罢我登场，登场没唱两句，便下了台（多半是被轰下去的）。袁世凯腰间挎了枪杆子，当了民国总统后，貌似稳住了，龙椅下面顶了枪托，他便再做美梦，要做皇帝。要做皇帝，民众拥护与否无所谓事，最关键是要精英来捧卵子，老袁便花大价钱，请来鸨母班头、意见领袖、实力军爷、商界会长……贸易其人其心，来捧卵子——价格虽不菲，还是划得来的：若花钱给百姓，价格低而量大，那是巨资啊。袁世凯，原世凯，现世凯，做民心生意，都是花大钱，单买精英心的。

老缪虽加入了大清遗民团体之超然吟社，这并不等于老缪奇货不可囤居，只要价格合适，没有谈不拢的生意。刘成禺在《洪宪纪事诗》中写到，老缪应诏入京，袁世凯站在门口，"手赠三千金"，真个是现钱交易。老袁好样的，真金白银现对现，一买一卖没诈骗。老缪便感动了，不过迟疑了一下，望了望外边，见周边还站着一些手机拍拍族，老缪便跨进门去，"缪荃孙入谢"，脚后跟估计还在门外吧（要不，外人怎么会晓得其后边情状呢），扑通一声，跪了下去：万岁，陛下万岁，"连呼两声'万岁'"。

老缪或前或后，有位王式通，不晓得价位如何。老王见袁世凯，在门外就跪了，门外有自媒体微友围观噢，老王也跪拜了，然后再进袁皇宫。没作隆中对，作的是"笼"中对，作了一个小时，有秘书记字数，再统计加分析，某字使用十次，某字出现十一次（这般领导讲话分析法，原来古已有之）。王某作"笼"中对，谈话六十分钟，足足称臣六十声。一个是三千金，一个是六十声，时有促狭鬼，把老缪与老王相提并论，对联合论之：三千金呼二万岁，一小时称六十臣。

喊一声亲爹，能得一台苹果手机；呼二声万岁，可得美金三千块，这钱来得轻松。老缪得了三千金，当着老袁面，你要他再喊，他还会喊；不过，背了老袁，来到反袁群友这儿，他得转口骂袁才是。老袁待他不薄啊，那喊老袁薄他嘛，三千金只说有五百金，受袁世凯骗了嘛。在老朋友陈三立饭局上，老缪便是这么算着账说话的，不料，陈三立不曾陪他起舞，不接腔，连"嗯嗯""嗯哪"都没一声，只是喝闷酒。

太闷了吧？陈三立闷得不好受了，便端起酒杯，一对铜铃眼逼视老缪："七十老翁何所求？"此句本王维诗，前句是"向风刎颈送公子"，是说革命气节的，陈公化其意，追问老缪早节还尚可，何必七十再嫁、自毁晚节？陈公问得陡，老缪答得急："好歹上了清史稿。"

原来大清亡后，民国继承古志，隔代修史，缪荃孙好歹是藏书家、校勘家、教育家、目录学家、史学家、方志学家……被聘作清史稿总纂（这职务有无争抢，争抢程度如何，不得而知）。老缪的意思是，怎么着？我干尽了坏事，我坏尽了名声，我丧尽了气节，又如何？现在我争得了修史权，是修史一把手，我给自己作史，还怕我坏我自个形象？再如何黑穷丑与矮穷矬，身后名必是白富美与高富帅，莫非我还会让自己进《贰臣传》与《奸臣传》？笑话。老缪这话一出口，陈公与之"不交一言，直至终席"。

老缪打着饱嗝说这话，其时清史稿没写完，他底气来自于他已是修史总纂了，国政之执法权没争得，国史麦克风已牢牢掌握手心。朝野鸡鸣鸭叫，说来只有两权，一是执法权，一是"执话权"，执法权尽得现世之利，尽享现世之乐；执话权尽得后世之像，尽得后世之名。单赢得执法权，后世将你骂死——你死去元知万事空？死后不能配祠，没冷猪肉吃，也麻烦；麻烦的更是，你后人咋过？姓秦者，到得秦桧墓前只堪破帽遮颜——让后人做不起人，前人造孽呢。赢得了执话权，现世可享受，后世也有冷猪肉吃嘛。据说秦桧是蛮想赢得著史权的，"此君他日必操史权，能以毛锥杀人"。若真抢到了，那跪着挨唾沫的，不是秦桧，而是岳飞了。

老缪被特聘为清史编修总裁，全史凡例，都是他老人家亲自确定的；他老人家更亲自去做的是，负责《儒林》《文苑》《循吏》《孝友》《隐逸》《土司》《明遗臣》七传之编写，好人都归他亲自撰写，自然好事歹事，自己或都做了，却好歹上了《清史稿》——只见好，不见歹了。

林纾自抬杠

林纾是近代著名文学翻译大家，自小读书特别用功。据说他曾在书屋的墙壁上自画一副棺材，旁边大字书写了一副触目惊心的另类座右铭："读书则生，不则入棺。"他一生皆遵从少年志，读书不倦，笔耕不止，勤奋不辍，进取不休，且多才多艺，能文能画。其书房内置有两张桌子，一高一低，高者放宣纸颜色，低者放笔墨砚台，在低桌上作文倦矣，即起身就高桌，濡色作画。作文为作画之憩息，作画为作文之休闲，坐也赚钱，立也赚钱，故时人呼其书屋为"造币厂"。其耕耘如此，所以成就斐然，单道翻译一项，字数高达1200万字，而译文之广，涉及英、法、美、俄、日、希腊、挪威与西班牙，翻译字数之多与翻译国别之广，时人无出其右。

林纾为翻译大家，想来当是学贯中西的吧，但让人惊讶的是，他对外文一窍不通，所精者乃古文也。不懂外文，何以翻译？林纾翻译之缘起，特有名士风。清光绪二十三年，也即1897年，林纾其时中年丧偶，郁郁寡欢，恰其友王子仁自法国归来，久别逢故友，自是谈笑甚洽，冲淡了妻故之悲。王子仁谈及法国见闻，开林纾眼界。王又谈到法国大作家小仲马的《茶花女》，极言其妙，怂恿林纾变法文为国文。林纾心动了，但他为了提高"要价"，推三推四，不肯"就范"。王氏再三"强之"，林纾趁机提出要求："须请我游石鼓山乃可。"王氏一口应承，不日买舟而下，登名山而览秀色，边旅游边构佳文，由王氏口述，林纾捉刀，一部《巴黎茶花女遗事》横空出世。书是翻译好了，他却不敢署其大名：我煌煌大清之高才，岂能把"蛮夷小国"推崇？林纾翻译之而心耻之，他就署了"冷红生"之名。不料，书出，暴得大名，首印万册，不日售罄。

　　林纾之翻译，其实是将口头语翻译成为书面语也。不懂外文而以外文为生，这算是林纾自己与自己抬杠之一端。林纾一生，大都充满着这种自乖自违的自我矛盾。

　　林纾翻译的外国文学里头多情，外国的姑娘小伙谈情说爱开放得很。有人说，中国小说翻读十页二十页，还不见男女拉手，外国小说在第一页就已经进入接吻阶段；林纾浸淫于"西洋"爱情小说当中，想必已然"西化"了吧。林纾其实也是个情种，他在翻译之余，也搞创作，其创作大受翻译小说之影响，他自述是"以国事为经，以爱情为纬"，其长篇小说《金陵秋》《京华碧血录》不乏男女私情，儿女情长。林纾情是如此多，当是特别敢于"用情"、善于"用情"的吧，可他却是比处女还处女，比羞涩更羞涩。"林氏译文，婉约而富情感，诵其文者，辄为倾倒。"

　　林纾所处之时代，可以说是个"准文学时代"，少男少女对文学是特别倾慕的，时无明星，唯有文星，不崇拜文星就无甚可崇拜的了，他们不爱林纾能爱谁呢？追求林纾的"粉丝"实在不少。时有名妓庄氏者，是林纾福建同乡，色冠诸色，才高诸才，有诗妓之称，美女加才女，所向披靡，谁都甘赴其石榴裙下的，本来应该是男追女才是，但庄氏却是女追男，"每读林氏文，叹赏不已"，"欲择其而许身"，于是以诗为贽，身往拜见林纾，自荐枕席。但一张热脸贴上了冷屁股，到得林府吃上了闭门羹，林纾拒不相见。有日，庄氏摆了一桌好酒席，唆使他人请来林纾，面对满目佳肴，林纾食指大动。食将尽，庄氏盛装，姗姗而来，一抒爱慕，直言表白，林纾顿时面红耳赤，手足无措，"终托故而去"，落荒而逃。中年汉子了，见了女人还"脸红"，庄氏特是不解："林某言情小说，不知赚多少痴儿女眼泪，而其人乃薄情如此，真怪物也。"林纾是薄情吗？林纾后来说起这事，说自己不是"薄情"，而是怕"担负责任"。林纾是一个"爱一个人"就要给"这个人"一个交代的人，他说自己不敢"乱爱"人："不留凤孽累儿孙，不向情田种爱根，绮语早除名士习，画楼宁负美人恩。"林纾真是个挺"可爱"的人。

　　林纾心中拥有的情多，林纾向外抒发的情却少，"真怪物也"。而林纾之怪，何止在情之这端？林纾一生未尝入仕，但特别关心时政。甲午中日海战，清政府签订丧权辱国的《马关条约》，林纾"感奋郁勃，无可自适"，乃与人奋笔上书。不在其位，却谋其政，为振兴国家，他特别支持康梁"戊戌变法"，思想是很进步的。袁世凯复辟帝制，林纾坚决抵制，袁世凯多次征用，他都拒绝，袁逼迫得甚急，林纾还准备吸鸦片自杀。他对袁之使者说："将吾头去，吾足不履中华门也。"其对袁世凯倒逆之决绝之心，可见一斑。而正是这个林纾，思想保守也是相当"可以"，他对孙中山领导的革命多方诋毁，骂那些激进的革命者为人中禽兽："荡子人含禽兽性，吾曹岂可与同群。"末代皇帝溥仪称帝，他欢欣鼓舞，与当初反对袁世凯时判若两人。他还曾自作《御书记》，告诉家人，若其死后，墓碑上当书写"清处士林纾墓"，家祭时别忘了他是"清朝人"。天天翻译反帝制、反封建的"西方文学"的林纾，对帝制、对封建是这般痴情无改，这般死心塌地，"真怪物也"。

林纾所处的时代，风云变幻，是五千年未有之变局时代，其中最重要的变局是新思想、新文化、新道德大行中华。林纾大获成功，应该说是得益于此的，没有西方文学引入，哪来林纾？若人人都抵抗西方文化"入侵"，即使林纾把西方文学翻译得再好，也肯定没谁来买其译著的吧，他那书屋"造币厂"是怎么也造不出"币"来的。林纾是新文化运动最大的"既得利益者"之一，可是，林纾吃"新文化的饭"，却骂"新文化的娘"，一边顺应新文化大搞"新文化"，一边又是反对新文化，大骂新文化。在他看来："学非孔孟均邪说，语近韩欧始国文。"他说："新道德，是盗贼的道德；旧学术，是保种的学术。"他学必韩愈文必欧阳修，认为只有古文才是美，才是"赵飞燕"，才是"杨贵妃"，而白话文是村姑是丑妇是东施，不堪入目，以白话文入中华语文，是不伦不类，"是引汉唐之燕环，与村妇谈心；陈商周之俎豆，为野老聚饮，类乎不类"。

林纾确实是"自拧"的，他多是自己抬自己的杠，但这么一抬，却不仅"抬出了一个怪物"，而且"抬出了一个卓然大家"。

自己与自己抬杠，自己与他人抬杠，他人与他人抬杠，人生无处不抬杠，抬杠是人生一道好风景。

保皇派保底人性

晚清的梁鼎芬是个很好玩的人，其政治上是顽固的保皇派，其人格上是顽皮的大名士，顽固与顽皮叠加于一身，也就趣人多趣事。

梁鼎芬被逊帝溥仪谥号文忠，梁先生是相当当得起这个忠字的。革命进行到了民国，大清气数尽矣，原先那些高唱"皇恩似海臣节如山"的遗老们，解放思想，更新观念，在"识时务者为俊杰"的理论指导下，高调也高价转队民国，"清室既亡，所谓遗老者，多任民国官吏，独节庵仗节不屈"。本来呢，像梁鼎芬这样的忠臣，清室应该给予物质奖励才是，忠勇者有赏，才多有人来行忠义事嘛，但梁鼎芬却是自费守忠的，他每次到宫里去向皇帝请安，得交四两银子的买路钱，"每谋入宫请安，其时，太监索门包四两，方为通报"。梁鼎芬并不发脾气，忠义是大事，哪计较门包小节？"节庵每照付"。有诗为证："一律夷齐去做官，首阳薇蕨采难完，忠臣要算梁星海，四两门包请圣安！"

梁鼎芬忠于保皇，除了门包可证外，其眼泪也堪作据。"梁每与人抵掌谈天下事，往往悲声大作，涕泗横流"，他主讲两湖书院，讲到西太后与光绪帝"西狩"西安，讲着讲着，讲道："你们想想看，皇太后同皇上每天只吃三个鸡……""尚未说及'蛋'字，已呜咽流涕，语不成声"。左手用手帕揩泪，右手轻轻地将长髯，揩眼泪揩得哀痛，将长髯将得从容，下面学生哄然大笑，他老人家沉浸悲痛其中，"纾徐良久，始申前说"。两湖书院有一口水塘，不深似海，但足有效屈原的蓄水深度与精神高度，梁鼎芬每至塘旁，则表忠心："若两宫不回銮，此我死所也。"光绪皇帝驾崩，人家亲属都不哭，"奕劻独后至，亦无戚容"，梁鼎芬却是哭得地动天摇："素衣往送，纵声大哭"，他看到皇上亲属没掉眼泪，大发脾气："梁正色厉声，数其误国殃民，不忠不敬之罪。"

梁鼎芬是皇帝的骨灰级粉丝，自然也就铁杆守旧，对东洋西洋的玩意儿更是痛绝得很，谁穿洋衣谁留洋发谁说洋话，他就举杖敲你脑壳。也是梁鼎芬在两湖书院当教授时，他有个学生，那天来上课，不穿长袍，穿了件羊绒马褂，梁教授喝这学生站起来，站讲台上来：快把这不忠不敬的非国学皮子给脱下来，学生不脱，梁教授发火：还要老师来给剥你这洋皮？"梁大怒，欲褫之。"这学生调皮得很，老师发脾气了，他却是一副嬉皮相：老师，我是学习老师好榜样，才穿洋衣的，"门生闻老师已破洋戒，故敢以此衣相见"。梁教授听了这话，气不打一处来，老师臣节如山，铁杆挺皇，哪里崇洋媚外了？"梁愈怒，问其何据"，举起戒尺欲打，这学生说：我们交学费，交的是纸票子，不是大清的银两，老师您不是也给收了吗？"各生贽见，例用银封，今老师洋钱亦收，非破洋戒者而何？"这话堵得梁教授拍胸脯抚释气噎，"梁不能答"，说不上话来。

梁鼎芬坚不崇洋媚外，坚定崇皇排外，自然也不排除他对洋玩意儿的喜爱，比如洋衣不能做甲衣穿，不能招摇过闹市，做内衣内裤穿，没人看得到嘛，梁鼎芬外面一身故国装，把里面一件洋绸缎包得铁紧，应不对其爱皇主义产生啥不良影响，只是清风不识爱皇主义，乱翻保皇派裤子。"见人着洋布者必怒骂之"，梁文忠多么忠啊。那天，文忠同志呼朋唤友，踏青清国万里风光，大热天的，太阳照得紧，火烧火燎，一身长袍，将人快蒸成馒头了，梁文忠同志也就脱了黄马褂，风凉风凉，不禁是洋色满园关不住，一件洋褂出裤来："一日与友做埠之游，俄而解衣，则所着之裤衣洋布矣。"其朋友大不解"为什么呢"，友曰："若亦作法自弊耶？"这朋友俏皮得很，把其裤子给褪了下来，褪到脚底，站在那里拊掌大乐，梁文忠同志光屁股大露光天化日之下，做声不得，"立褪之，梁大窘"。

人读梁鼎芬此故事，皆谓其可憎可笑，梁氏节义何在？我读之，立觉其可爱可乐，梁鼎芬节义或有亏，然君独不见其人性的微光在闪烁吗？梁鼎芬非节义木头，乃是活泼泼的人也，有弱点的才是人，一点弱点都没的，几不是人，只是挂在某种精神神龛上的标本。梁鼎芬对洋事物的暗暗喜爱，"大窘"可证他人味与人趣。

梁鼎芬保皇，也是真心保的，保皇帝没保住，但保住了人性。他有个学生，在革命史上赫赫有名，乃辛亥革命时期的英雄黄兴是也。梁鼎芬做两湖书院院长时，最是器重黄兴，黄兴以"能文工书，最为院长梁鼎芬所赏器，恒以国士目之"。但这师生俩，一个是死心保皇派，一个是铁心革命派，政治立场不共戴天，师生友谊却是情同手足。梁鼎芬曾谆谆教诲黄兴，要做忠臣，不要做逆贼，黄兴偏偏做了逆贼，闹得清政府"索捕甚亟"，被追捕得在国内活不下去了，"欲赴日暂避"，出国没钱，咋办？他投到梁鼎芬这里来了，"乃潜至武昌，乘夜密谒梁氏"，梁老师就做黄兴思想工作，说你再转队吧，站到清政府来，清政府那头，我给你去说，保证你没事，"称颂大清功德，劝其改节。谓子洗心革面，为朝廷效忠，当为设法开脱"。革命者哪是这么容易改变革命气节的？"黄意对以师意至厚，敢不敬聆，惟三军可夺帅，匹夫不可夺志，既已许身革命，万无易节之理"。革命派来求反动派，根本不听反动派之劝，那不是自投罗网吗？梁鼎芬却没把黄兴捆起来送到官府去，说的是："士各有志，余亦不再费词，从此子为子之革党，余为余之大清忠臣，各行其是可也。"

单说这话，不算啥，梁鼎芬还以经费资助黄兴呢，"旋询知东渡乏资，遂赠银两若干"，足够黄兴亡命日本了。黄兴走了多日，梁鼎芬屈指一算，黄兴应已逃之夭夭，走得蛮远了。尽了师生之谊，当尽臣子之忠了，于是他起草了一份捉拿逆贼的文件，发布全湖北，"梁度黄已行远，乃行文全鄂"，文云："风闻革命党首黄兴，潜来鄂境，应严缉务获。"

反革命者，既彻底反革命，也彻底反人性，多见矣；革命者，既彻底革人命，亦彻底革人性，也多见矣。这梁鼎芬，却有点好玩，若与革命对立言，他是彻头彻尾的反革命，但这反革命，却并不完全、彻底、坚决地消灭人性，他坚定排洋，却不妨碍其内衣着洋，他坚定反革命，却不妨碍他保人命，比那些反起革命来六亲不认者，比那些革起命来大义灭亲者，其心深处，保住了做人最低的人性底线，良可爱也，良可赞焉。

太炎先生二三事

"章太炎先生高文硕学，蔚为近代鸿儒。"其个性特立独行，被人目为章疯子，当然是人文学上的疯子，不是病理学上的疯子，这是一种极高的名誉。一得名高学硕，二得超拔群氓，二者必须得兼，方可获取疯子盛誉，诚如其自道曰："大凡非常的议论，不是神经病的人不能想，就能想亦不敢说。所以古来有大学问成大事业的，必有神经病……为这缘故，兄弟承认自己有神经病，也愿诸位同志人人个个都有一两分的神经病。"

太炎先生是神经病，首先是因为其敢想敢说。比如说，社会爱的是尧舜，恨的是桀纣，而太炎先生却放言高论，"但愿满人多桀纣，不愿见尧舜"。他希望清政府从皇帝到保长个个暴戾无比，比夏桀商纣过之；都因太炎先生反清之故，盼望清政府"多行不义必自毙""满洲果有圣人，革命难矣"。

庚子事变后，张之洞创办《楚学报》，请了梁鼎芬为"总办"，请了太炎先生当主笔。人家梁总编是清政府的喉舌，谁反清他就毙谁。偏偏这太炎先生是反清斗士。这两人搞到一起，将会如何？有人分析两人前景，肯定会打架："他日梁节庵（即梁鼎芬）与章太炎必至用武。"果然，《楚学报》第一期出版，太炎先生洋洋洒洒写了六万字，字字都是"驱除鞑虏"，呈报"梁总编"审稿，梁总编气得七窍生烟，口呼反叛反叛，杀头杀头，有好事者给其记数，喊打喊杀者上百次。言喊又脚行，马上叫人备轿，往张之洞之总督府，请捕拿章太炎。张之洞也拟照办，旁有人明骂实保，说章太炎是"章疯子，即日逐出境，可也"。张氏就采纳了"驱逐"一策，领导发话了，梁总编还有什么话可说？可是，人家梁总编是忠臣，为清朝出了这样的逆子气愤难平，"命轿夫四人，扑……太炎于地……杖太炎股多下，蜂拥逐之"。活活被打了一顿屁股，太炎先生对此段情节并不咬牙切齿。他日，太炎先生与人争决，有人就喊："叫梁鼎芬来！"太炎先生都是一笑而过了。

太炎先生因为革命意志曾经十分坚定，不但与梁鼎芬之流闹翻了，而且与其老师也断绝了师生关系。他师从俞曲园先生七年有余，师生情谊甚是深厚，此后太炎先生出乡梓，流日本，与其师不见者十又余年，一日归省恩师，被俞老师臭骂了一顿，话语难堪死了："不忠不孝，非人类也。"且十分绝情，要永断师生关系，说"曲园无是弟子"。惹得太炎先生生了点毛毛火，做了一篇《谢本师》，谢者，非谢谢也，乃谢绝也，意思是，你不认我这个弟子，那我也不认你这个老师。在太炎先生那里，师情，我所欲也；革命，我所欲也，二者不可得兼，舍师情而取革命也。非常吊诡的是，太炎先生的弟子周作人先生也写过一篇《谢本师》，因为太炎先生后来思想渐趋保守，引起了其时革命性很高的周作人强烈不满："先生现在似乎已将四十余年来所主张的光复大义抛诸脑后了。我相信我的师不当这样，这样的也就不是我的师。先生昔日曾作《谢本师》一文，对于俞曲园先生表示脱离，不意我现今亦不得不谢先生……"

敢自嘲者真名士也。太炎先生因反清，而国家国家，国已非家，国这个家，已不容他了，所以，他出走日本。到了日本，他的生活曾经极度困窘，常常是一连好几天都冷火冷灶，举不了火，每天买一块小麦饼过日子，穿在身上的衣服，盖在肚皮上的被子，也有三年而未洗的，"困厄如此"而"德操弥厉"，性情也不曾稍改。他与日本人山根虎次郎一起办报，文斗解决不了问题，就斥诸武斗，互挥老拳。他又常常上街，高呼"反革命"口号，多次差点进"局子"。一日，日本警察来查户口，叫填写调查表，太炎先生一挥而就，填的是——职业：圣人；出身：私生子；年龄：万寿无疆。太炎先生并非私生子，本来是私生子者都极力遮掩，非私生子而敢以私生子给自己头上扣粪的，太炎先生可能是千古一人吧。

鲁迅先生曾经在《章太炎先生二三事》里说："太炎先生虽先前也以革命家现身，后来却退居于宁静的学者。"其实，在革命家与学问家的中间，太炎先生还做过小段时间的宦家。他与袁世凯恩怨两难忘却。袁欲复辟帝制，太炎先生曾于1914年1月7日，手持羽扇，扇柄上挂着袁世凯授予的二级大勋章，大摇大摆地来到总统府，袁明知其来者不善，拒不接见。章太炎在传达室久等不至，好不耐烦！章太炎暴跳如雷，口口声声大骂袁贼，掀翻传达室的桌椅，打碎门窗玻璃，这就是当时京城家喻户晓的章太炎大闹总统府事件。此后袁下令对章太炎监禁，两人因大义而交恶。

其实，在此之前，太炎先生与袁世凯曾有过一段蜜月期，他曾致书袁世凯，力陈人才之重要，袁世凯看了，高兴地答道："至理名言，亲切有味。"还把太炎先生招致麾下，于1912年委任东北筹边使。太炎先生曾自供："兄弟看来，不怕有神经病，只怕富贵利禄当面现前的时候，那神经病立刻好了，这才要不得呢！"在东北筹边使"现目前的时候"，太炎先生的神经病是不是立刻好过？不太清楚。我们只知道，太炎先生获得了这一任命，高兴地往长春走马上任了。太炎先生本色是书生，哪知道这所谓筹边使其实是个光杆司令，装相罢了，可是，他不太懂，上任之时，想象场面一定隆重热烈欢迎的：机场有官员列队拍巴掌，路边有小学生列队打腰鼓，晚上有文艺明星弄歌舞晚会，结果呢，什么都没有，惹得太炎先生大发雷霆："本使为民国政府所任命，吉林地区官员竟敢目无本使，就是目无国民政府。"太炎先生还真把这帽子当回事了，可是呢，吉林都督陈昭常也不抗辩，只是微微一哂。这不是自找难堪？这是王蒙先生所谓的尴尬风流吧，却是没了风流，只剩尴尬。

是真名士自风流，可是，一入官场还会是真名士吗？一入官场谁也名士不起来，哪怕是章太炎先生。太炎先生后来脱了蟒袍，又当名士去了，敢掀袁世凯桌子了，敢砸袁世凯家的玻璃了，好！好！好！这才是真名士。

日光族首苏曼殊

"月光族"是"体制"催生的一族，没有月工资制，哪里会有月光一族呢，一月工资领到手，一月就花个精光，所谓是，再富也不过一个月，再穷也穷不了三十天。人谓，月光一族是市场经济孕育的人类新品种，故有新人类之称呼，其实，这既非市场经济所育，也谈不上是崭新的新人类。因为：第一，月光族最少在三十天内是搞计划经济的，怎么挨也要挨到月底；第二，月光族古已有之，谈不上太新，而且有更甚者，是"日光族"。据鄙人的"非正式考证"，月光族应该起自于日光族，日光族起自于谁呢，想来当是清末民初的苏曼殊。

苏曼殊有一半血统归属于日本。他爹到日本从事"外贸工作"，顺便就娶了一位日本女子河合氏，生下了苏曼殊。曼殊非其本名，是其皈依佛教后所取的法号，其幼名子谷，后名元瑛，早年在日本谈恋爱，爱得深切，所爱病亡，所以削发为僧。然则，俗已非俗，僧亦非僧，其诗书琴画，样样皆通。所谓是："工诗善画，握笔成文，演为小说，亦清丽可读，佯狂放浪，不矜小节，风流儒雅，有名士风。"苏曼殊人特别聪颖，博学多能，梵文以及英、法、德、日诸国文字，无不精谙。像他这样，家庭条件有"海外关系"，自身条件又多艺可谋食，一生食禄，虽不比邓通，但想必无忧了。而实际呢，却是饱是一顿饱的，饿却饿得卧床不起。

因为，苏曼殊是个日光族。

苏曼殊是画家，作画可以糊口，但他作画不卖钱。向他求画，他若应诺，则无不兑现，而兑现时，你什么都不能说，什么东西也不能回礼，你二话不说，兜起来走，可矣。如果，你谢个不休；或者，你一手接画，一手交钱，那么，事情就坏了："若感于盛意，见于言词，语未出口，而曼殊已将画分为两半矣。"曼殊作画不要钱，他再穷也不会向人讨钱，也不向人借贷，"囊空如洗，不称贷友人"。但是，你如果在其他场合给他钱，他二话不说，收了；而收了，你也别指望他会还你："有周济者，受而不谢，亦不复偿欠。"再多的钱，他也马上用完。"偶有所蓄，便谓若炸弹在囊，必欲去之始快。"钱兜在身上，好像是兜颗炸弹，火烫着一般地要出手。

有一回，有朋友来见曼殊，给了曼殊纸币数十元。钱一到手，曼殊就兴冲冲地到街头商家去买蓝布袈裟，从袋子里抓出一把钱，拿起袈裟就走。这些票子都是大票子啊，商家喊：先生，还要找您呐。曼殊和尚头也不回，派头十足地摇手："不用找了。"一路奔去，奔到家里，友人再看其袋子，却是空空如也。买袈裟其实并没花光钱，是因为曼殊倒披袈裟，在他一路奔跑中，那些票子一张张飘落而出，如天女散花，散在马路上了。

苏曼殊特别喜欢抽雪茄，他读英美小说，每读到有雪茄字样，就在书眉加上批注："雪茄，雪茄，又是雪茄！"似乎一见雪茄两字，就犯烟瘾，就喃喃自语，不胜其状。有一回在日本，雪茄烟瘾犯了，而兜里不名一文，他就走到店家，张开大嘴，从口里拔出一颗金牙来，当烟钱付："至敲落金齿，付质以买吸之。"

又有一回在上海，曼殊收到了三百元的稿费，这在当时算是巨款啊。有钱的日子，曼殊过得特爽，呼朋唤友，天天上馆子，香车美食，不在话下。有人向他打听上海的出租车价格，他说起步价是八元，旁人大惊："吾人雇车，日仅三元，君胡此昂？"别人租一天车，都只要三元，他坐一程，却三倍价钱，为什么？因为有钱了的曼殊和尚不坐一般车，非豪华车不坐！如此花钱，千元也罢，万元也罢，一日两日，自然囊中羞涩了。听说曼殊得了三百元的稿费，杨邠斋先生闻讯赶来，准备撮他一顿，打个秋风。对不起，迟了，苏曼殊已经花了个精光。杨先生大奇，曼殊领到稿费还没出三天，怎么就没有了呢？杨先生以为曼殊是月光族。误矣，曼殊是日光族。

有钱，作死地用，作死地吃；没钱呢，那就作死地饿，作死地熬，这就是曼殊。曼殊住在上海的时候，常常是十点钟才起床，袋里有钱，则买一大笼小笼包，一口一只，死死地往肚子里塞。塞不进了还塞，塞得小笼包齐了喉咙，腹胀得像只大皮鼓，连走路都走不了。那么，就睡吧，一动也不动地睡吧，睡得昏天黑地，三天三夜不起来："腹胀难受，则又三日不能起矣。"

一日只管一日，今日事，今日毕。然则，人生不单只有今日，更有明日啊，而明日却是何其多！曼殊今天的钱今天花了，明天怎么办？他的独门绝技是：睡！他念的超度之经是一字经：饿！睡在床上挨饿。

有一日，有朋友自远方来，看到曼殊已是"断炊数日"，睡在床上"偃卧呻吟"。有一声没一声地呻吟不已，想来也是饿得够呛，"吾迟来一步，君为饿鬼矣"。朋友马上给他买米买菜，做了一顿佳肴，让曼殊吃了一顿饱的，末了，又给了一百大洋给他。十天后，再来探视，又看见他睡在床上，饥寒交迫，婉转呻吟，又挨饿了。其友惊骇曰："君欲绝食自毙耶？"曼殊答曰：前些日子得你大钱，我饱了好几天，吃饱了，有劲了，我兴奋得很，上了街去，看到一辆自动车，"构制绝精美，好之，购置家中。又遇乞人，不食三日，倾余囊以献。"莫说曼殊是挨饿人，更有挨饿胜曼殊者，曼殊就倾囊而出，全部做慈善了，这当然好理解。不好理解的是，曼殊又不会开车，买车干什么呢？朋友就问："君未习乘坐法，购车奚为？"曼殊答道："无他，从心所欲而已。"

呵呵，这可能就是月光族与日光族的本质特征了啊，散漫使钱原是"无他"，只求一个心里爽。

风流自有苏曼殊

风流有种，风流更有品。以生理论，谁都是个风流种子；以精神论，却不一定谁都是风流神品。李敖论风流，有一说是：风流不下流，出神不出精。敖哥论风流之上流下流，紧紧抓住"精神"两字，以之为风流标尺。精神精神，精是精，神是神。对待美人，有些汉子只出精，不出神，得手即松手，所谓始乱终弃是也，肯定是下流；有些汉子只出神，不出精，这也谈不上上流，譬如你和我，见到街上二八佳人袅袅娜娜，姗姗而过，让你半天转不过眼神，只能出神，你我是什么上流人呢？有些汉子既出神又出精，如徐志摩，如郁达夫，也如李敖，见到绝色女子就移不动脚步，非得到手方罢，风流则风流矣，然则依然不是神品。风流的神品应当是：南方有佳人，面前而独立，可让你出精，也可让你出神，而你却是只出神，一点也不出精。

谁可当之？苏曼殊可以当之。

苏曼殊是个风流坯子，种种风流禀质都是具备的。其父早年经商日本，抱得日妇归，在日本生下苏曼殊。因混血的缘故罢，曼殊异常聪慧，语言能力超强，会日语，会英语，会德语，会法语，还会印度梵语，诗词曲赋，无所不通，琴棋书画，无所不晓。哪个女人不爱？爱财者爱他"海外华人"之身份，弄个绿卡很容易；爱才者爱他百般技艺集于一身。说苏曼殊是个风流种，不如说他是个痴情汉，说他是个痴情汉，不如说他是个和尚身。他在日本长大成人，少年钟情，爱上了一个日本女子，"与一日女名菊子者洽，两情缱绻，早咏同心"。就在与这位菊子小姐谈婚论嫁之时，苏曼殊父亲大病，他归家省亲，而菊子相思成病，一病不起，"芳魂一缕，玉殒香消"。曼殊伤心惨痛，就削发为僧，古佛青灯，愿以此终老。

可是，世人只晓神仙好，还有美女忘不了。曼殊到得寺院，酒照喝，肉照吃，有时袈裟不着，爱着西装革履，如是形状，寺院哪里容得着这般菩萨？所以，曼殊发是削了，佛也是信了，但多是不带发修行，常常居于十里洋场的大上海，过俗世生活。他爱画画，像爱作诗歌的郭沫若一样，喜欢有美女在侧，红袖添香，则文思泉涌；孑然孤身，则江郎才尽。曼殊每画，身着禅绸，旁有豆蔻佳人，磨砚牵纸，裙琚飘动，燕语呢喃，斯时斯际，曼殊才情迸发，纵笔如飞，据说，他画桃花，常常画笔直取女人唇边胭脂，为花着色，所以，其画幅上的气氛，往往凄艳动人。其诗曰："日暮有佳人，独立潇湘馆。"也是其身着袈裟而身挨女士的如实写照。

而你若小人蠡测曼殊之腹，以为曼殊对侍侧女宾有什么染着，那实在是穷思滥者滥思人。曼殊端的是个好柳下惠，坐怀不乱。他每到他人家做客，碰到女主人，总是正襟危坐，谨守拘束，一如道学先生。有次，一友新婚，邀了曼殊，人皆嬉笑无拘，打情骂俏，大闹洞房，独有这个曼殊僻居一隅，"乃竟羞涩甚于新妇"，脸上始终红扑扑的，直到婚礼完毕，未尝"褪色"，见之者无不窃窃笑。一个和尚，见人家新婚燕尔，不知道为什么那么脸红！

曼殊爱女色而不犯女色，怜香惜玉，不惜克己。有回在舞台看戏，曼殊之隔座是前清某财阀之眷属，颜色非比寻常，穿衣戴帽，极其艳丽奢华，是个动人的女角。她在那头一边旁若无人看戏入迷，一边醺然上瘾抽吸水烟，不料，吹了灰屑落于曼殊衣裳上，这衣裳是貂皮裘衣，昂贵难买，曼殊眼见了，却不做声，先是烟，后是火，把衣服烧了大半边。那艳妇沉浸戏中不可自拔，旁边有人闻到臭味，艳妇方知。而曼殊呢，自始至终，"夷然置之，任其延烧，盖以为不拂美人之意也"。为了美人，即使身焚，这曼殊和尚，恐怕也不会哼一声的。

曼殊其一生，大都是穷苦伶仃，在潦倒中度过的，不是他没钱，而是他爱乱花钱，钱到了他手，几乎不过夜。有人比喻，说金钱于曼殊而言，是已经点了引线的炸弹，到了其囊中，总是以最快速度把钱给扔出去。华衣美食，香车宝马，用得着的东西买，用不着的东西买，没东西可买，也就搞慈善，漫撒给比其穷者。而作为和尚与僧人，曼殊是个大反动。有钱了，他就喊上朋友，往烟花巷里奔，"作青楼之游，为琼花之宴"。而到了红眉绿黛中呢，别人是纵情游戏，在"花丛"中笑，他却对"其所召之妓，瞪目凝视，曾无一言"，任由他人喜笑颜颜，他在一边打坐参禅，真个"肉蒲团"了，"则又合十顶礼，毫不顾其座后尚有十七八妙龄女"。如此，搞得朋友意兴索然，只得打道回府。而不日，又有钱了，他又喊人去，说那里有个好妓女，名唤某某，一打听，果然有这妙龄女。对曼殊这一形状，柳亚子说他是："姹女盈前，弗一破其禅心。"

佛教里，有一公案。两和尚过河，路遇一女同涉，女子见河战栗，有老僧一怀抱上，携女渡河，过河去，小沙弥不解，过了很久，犹在询问，老僧说，我身上有妓，而心中无妓，你身上无妓，而心中有妓。心中无妓，是佛门高境界。曼殊呢？身上有妓，心中也有妓，这又是什么境界？曼殊由于常常饱一顿，饥数餐，常年得胃病。1918年，他病入膏肓，被人抬入医院，三日不食，瞑目僵卧，好像是心有挂碍。有护士近前告他，说有个姓肖的人从广州带来了一块玉。曼殊听到这里，就睁开双眼，用尽全力起身，紧抓玉佩，叫护士帮忙扶其手，将玉放到唇边，亲了一下，然后，"欣然一笑而逝"。

这玉是谁的呢？引得曼殊如此眷恋！原来，这玉是曼殊之生死恋人的信物。当年，曼殊东渡日本，无以为资，这女子解下佩玉以赠，曼殊以其碧玉易资赴日本，等到回国，"闻女子以忧愁逝世"，等曼殊将归道化，友人再斥资赎回，曼殊一见，所以欣然而逝。

苏曼殊风流乎？不风流；不风流乎，特风流，苏氏风流，当是苏式风流。天下估计是独此一式。有其痴情者，未有其纯情；有其纯情者，未有其痴情，而其有情吗？好像也没有，他不是我等这般俗人，在各种纠缠的情感里出不来了。他可是四大皆空，不在情场里落脚的。

想来还是学问长

有人谓张竞生是"中国第一性学家"，此话可能不确切。张氏做了一部《性史》，赢得青楼厚性名，鲁迅先生曾对他开过玩笑，说张氏性学之观点，"25世纪或可通行"。鲁迅先生对时代估计过慢，不足怪，当年已有火车，三四十码就不错，何晓今日高铁时代，"和谐号"快如飞，故而张氏性学所论21世纪便通行了，性学已为当代显学了。不过，今人以张竞生为近代性学鼻祖，却是未必，在张之前，还有一位性学大家呢，湘人叶德辉是也。

叶德辉是湘人，他自称吴人，也是对的。叶公非湖南土著，祖父挈妇将雏逃兵祸，乃从江苏吴县迁移至湘。叶公不好龙，好学，人谓是湖南读书种子。只是这种子撒错了时代，若种生于承平世界，定然大家，著作藏诸名山，著名刻着青史，是可期的。可惜生于激变时代，死于非命，命乎？

　　叶德辉读古书起家，考过进士，入京都，不是京漂，而是京居，当过两年吏部主事，好前程啊，却是"天子不得臣"——他的一生，真是：我爱皇帝，皇帝不爱我。没两三年，不晓得何故，退籍南蛮了。时代板荡，读不得古书；时代板荡，潮流一味求新。而读古书的人，思想多半守旧，时代秋风新起，不将守旧者如扫落叶？叶德辉死得快，种因于读古书——读书得与时俱进，读时文才行呢。

　　叶德辉做过很多学问，著述以《书林清话》影响为最。有人称他"实为近代三湘唯一读书种子"，此话或过，不算太谬，源自其藏书真富。叶公所好多多，醇酒美人，都是所爱；最爱者，是藏书了。好像是胡适吧，也许是梁启超，说过一句唯书与老婆不可外借，此话产权是叶公的。叶之藏书室就叫"观古堂"，竭四十年心力，凡四部要籍无不搜罗，充栋连橱，藏书数量近三十万卷。这么多书，何以保护？法子是书中夹春宫画。人问其故，叶谓：此种画片可防火灾。吾家别无资产，视书籍为生命，故不能不以有效办法，驱逐火神。女人不穿裤子，夹在书页间，何以能驱逐火神？叶公自有解释：火神原为贵小姐，其侍婢达三十六人之多，后为玉皇大帝降为灶下婢，其神力与灶神相等。平时好着黄色服饰，怒则穿红衣，但因其出身闺阁，即在怒发之际，一见猥亵画片，亦不能不远避之。

　　春宫画能避火？裸女之用大哉。清国将帅打不赢洋人坚船利炮，曾用过春宫法子，只是那不是虚画，而是实物：一边伫满粪桶，一边叫城里女人脱掉裤子，朝着洋人，谓为可以避洋人炮火。清之将帅没多少本事，唯剩厌胜术矣。叶公夹光屁屁于稀世珍品，与大清将帅意出一辙？我看那是虚词应付人。多半是，叶公好色，书籍里夹了春宫画一兴不可遏止，便时时记着去翻书，隔三差五，被色诱去珍品书房了，对外人则说不过是殷勤检查火患，预防火灾于初萌。这才是春宫避火之道。

叶德辉是蛮好女色的，据说娶了六房姨太太。读书与读色，一样钟爱。既好读书又好读色，书与色便一同纳入视野，同时兼胜。叶公曾著了一部《双梅影暗丛书》，书名雅致，其实呢，是古代性学著作大全，所收"房中书"五种，分别为《素女经》《素女方》《玉房秘诀》《玉房指要》与《洞玄子》，集书宏富，足可称古代性学大全。荷兰汉学家高罗佩在《中国古代房内考》，引用此书最多，并夸叶公曰："叶德辉的书证明，他是一个博学严谨的学者。这亦可从他对这五种书的处理方式得到证实。"

可惜的是，这位严谨学者，不把自己关在书房里，而是置诸乱世里，乱走笔，招致非命。有书事可干，足可消磨一生，还去干其他啥子呢？叶德辉却总以文人干政为最高理想，晚清每次变局，他好像一次都没落下，所谓十处干塘，九处在场，鱼没拣一尾，命却掉了一条。

叶德辉是读古书的，读古书者抱残守缺，虽不能一概而论都是保古派，但往往是的概率极大。叶德辉搞文人干政，干不着之处，便处处与政治相杵。本来清朝并不爱他，奈何他死爱大清。康梁公车上书，大求变革，叶公视之为大敌。"梁启超唱新学于湘垣也，郎园纠合旧学同志，大驳议之，编《觉迷要录》二卷、《翼教丛编》二卷。"叶德辉大骂康梁，他那刀锋一样的嘴，骂起人来哪会有好话？又，叶德辉曾闹了一件坡子街事件。辛亥革命推翻帝制，黄兴居功至伟，湘人为记黄兴功勋，将长沙老街坡子街换名黄兴路。叶德辉据说有产业正处坡子街，何况他一直视革命为造反，大骂黄兴为妖孽，某日夜半时分，他带人去坡子街，砸了牌匾。这下不得了，待黄兴复返长沙，革命党人要来抓他，吓得他连夜逃之夭夭。

逃了，也就算了吧。叶德辉却是蛮顽固的，事情稍平息，这人手痒，又作了一篇《光复坡子街地名记》："黄兴乃须眉丈夫，怎么能像个女人一样？长沙只有鸡公坡、鸭公桥，不闻以人名称地名。"嬉笑怒骂，刻薄为文，还沿街散发呢。好在黄兴闹民主革命，搞的是真民主，未对他怎么样。但军阀不一样了，唐才常起兵反清，叶德辉作了《觉迷要录》，箕口开骂（其诗自谓：九死关头来去惯，一生箕口是非多。箕口者：欲言则言，欲行则行，不知趋时，亦不知避谤），差点被弄死。再后来，叶德辉以口业得罪湖南都督汤芗铭，汤氏何许人也？人谓汤屠夫，被汤抓去，哪有活路？因叶德辉学问优长，他始入狱，好友易培基就上告黎元洪求救；随后徐世昌、徐树铮、叶恭绰、李燮和等达官名流纷纷致电，威逼言诱汤芗铭莫乱来；连章太炎先生也发来电文："湖南不可杀叶德辉。杀之，则读书种子绝矣。"众人施以援手，叶德辉逃过一劫。

这一劫是逃了，下一劫却是逃不了了。民国初年，民运大兴，革命党人欢呼好得很；视新事物为洪水猛兽的古董，自然不爱见，大呼糟得很。据说在农运会上，叶德辉撰了一联，把革命党人全得罪了。国民党湖南党部组织公审，十万民众高呼口号，要求判叶德辉死刑。法官退居审判末席，主席让与民众，专业的法律作业，让与情绪高涨的民众，这是近代法庭常见景观。也就在这次公审会上，叶德辉被判了斩立决，被执行了斩立决。

毛泽东曾在1968年中共八届十二中全会闭幕会上，脱稿论了一下叶德辉之死："这个保孔夫子、反对康有为的，此人叫叶德辉。后头顾孟余问我，有这件事吗？我说有这件事，但是情况我不大清楚，因为我不在湖南。对于这种大知识分子不宜于杀。那个时候把叶德辉杀掉，我看是不那么妥当。"这话太晚了，叶德辉的头早已落地了。

叶德辉被杀，倒不是时间早晚问题，若其苟活N年，其命运也未必佳。最堪悔的，或许是不该掺和政治。他做他的学问得了，干文最好，干政干吗？

姑且事后诸葛亮：叶德辉，若老实做学问，何致有此劫？做学问好嘛，哪怕作些春宫画论也无妨，何况他确是做学问的好料子——否则，性命有虞，小命不长。

花痴易实甫

才子风流，本无甚可道，但风流痴症如易实甫者，却不大多见。

易实甫为湖南人，光绪举人，官至广东钦廉道，袁世凯篡政时任印铸局局长。此人天赋高，有神童之称，17岁即中光绪之举，此后却仕途不顺。仕位与天赋不太相称，而才子与佳人却是十分相符。他年轻时出版《眉心室悔存稿》，被世呼为才子，实际上隆其誉者，几乎都是咏美人的句子，如 "生来莲子心原苦，死傍桃花骨亦香"；如"寸管自修香国史，万花齐现美人身"；如"秋月一丸神女魄，春云三折美人腰"。

易实甫任印铸局局长时，天津有名妓叫李三姑，三姑溷身青楼，却俏丽脱俗。易与三姑勾上了，过起了周末夫妻生活，每到周末，易即赴天津，与三姑幽会。平时在北京，也见不到三姑，他就往东安市场内一摄影处，盖那里有三姑的巨幅影像，挂于壁间。易就手持一壶酒，坐在三姑影像对面的一座面馆内，凝神聚视，半天不去。面馆老板羞他，他不怕羞，面馆老板赶他，他不走，非得坐上半天，过个眼瘾。

易对当时女明星，尤其崇拜，五六十的人了，比骨灰级粉丝还骨灰。有个女明星，叫刘喜奎，易对她痴得不得了，每天都要到她家去一趟，一进门，把帽子一扔，就高声喊："我的亲娘，我又来了！"他以诗言志道："我愿将身化为纸，喜奎更衣能染指；我愿将身化为布，裁做喜奎护裆裤。"此诗甚得陶渊明神韵，其间尽是绮思。

易氏自拟为贾宝玉，只爱往女人堆里钻。易倾倒于女伶，不只是一个刘喜奎，凡京城有名有色者，他都爱。另有鲜灵芝者，也是易的偶像，鲜氏是有老公的，他老公高筑墙，广扎栏，对鲜氏管理得甚是紧，一步也不离，所以，对于鲜氏而言，易只是一种单相思，从没得过手。虽然如此，易氏始终是痴情不减，一见机会就大献殷勤，即使碰一鼻子灰，也不以为意。有回，鲜灵芝患了贵恙，在德国医院入诊，他就天天往那里奔，第一天就吃了闭门羹：他去时，恰好鲜氏之老公也在，其老公是个醋罐子，哪里容得下他人窥视卧榻？鲜氏为在老公面前彰显己志，把易捧送而来的那朵花掼丢于地："何物狂奴，时来溷我，欲陷我于死地耶！"话说到这档了，一般人可能是受不了屈辱，不再来的，但这个易实甫，仍然是天天如故，一日也没有停过，每天都带上名片，手捧一束鲜花。那些护士对他说："先生休矣，鲜姑娘嘱不见客。"易实甫讨了没趣，却自我解颐："吾固未尝挟必见之心，然不可不来也。"鲜氏住了多少天的医院，易就来了多少次，一次也未曾见着，他却是乐此不疲。

也是妻不如妾、妾不如妓、妓不如偷、偷不如偷不着吧。易实甫摘不了鲜灵芝这朵鲜花，他就自我苦恋，自编自演一出易鲜恋。易死后，有人来整理其书箧，发现鲜灵芝写了几十封情书给易实甫，信中缠绵缱绻，情意殷殷，对易氏有无限爱意，那整理者看到这里，感叹道："鲜伶待此老不薄，毋惑于此老之迷惘失志也！"是这回事吗？非也！这些情绵绵肉麻麻的书信根本不是鲜灵芝写的，写者不是别人，是易实甫自己。易实甫女儿道了实情："此皆吾父自纂者！"

易氏举止孟浪，行为荒唐，一半归于文人习性，一半归于仕途蹭蹬，文人心性常常是：官场之路走不下去，就使劲往情场里走。易实甫与袁世凯之子袁克文特别要好，时人把他与袁克文的关系比拟为杨修与曹植。袁世凯帝王梦断，易氏也跟着前途路断了，跟人的政治就是这样：跟对了人，前途远大，跟错了人，树倒猢狲散，主子倒霉，奴子当然也倒霉，所以晚期的易氏"浮泊京华，放荡益甚"。其诗句壮其心志云："焉知饿死但高歌，行乐天其奈我何，名士一文值钱少，古人五十盖棺多。"这诗是一位八卦先生给他看八字，说他活不过五十九时所写，果然，易实甫死于民国五年，时年恰好是五十九。

❦ 天地康轻师 ❦

天下狂士差不多，都是一个狂样，除了对天上老天、地下阎罗，他不敢大言炎炎外，天地人三才，人间就是他第一了（也有例外，如唱"我就是玉皇，我就是阎王"者）。君以为你是大师？哼，在康有为眼里，君根本就上不了神龛——以康有为来排位，当是天地康。康有为对父母双亲，是什么看法？这个我没去细考，但康圣人对老师，是没怎么放在眼里的，他不是亲师，他是轻师——古文题目不叫天地君亲师，而是天地康轻师。

康有为自称康圣人，这称号在成名之前就已有。他穿开裆裤的时候，立志圣贤之学，开口圣人，闭口圣人，自称圣人。小把戏喊他一句圣人，可以分一块糖吃，也乐得喊他圣人，于是他就叫康圣人了。康圣人够狂吧？不狂，后来更狂了呢。康圣人谓圣人，还自低是等于或略低于圣人，后来他人长大了，名气弄大了，他给自己改号了，谓"长素"："复改用原名，以长素为号。"素，即素王，也就是孔子；长呢，是"自命长于素王"，意思是，孟子是给孔子提鞋的角色，孔子是给康老提鞋的角色。孔子弟子三千，贤者七十二，康老弟子之贤者，个个超七十二贤者：弟子陈千秋，康老给改号为"超回"（超过颜回）；弟子麦孟华，这名没怎么听说过，却不妨碍康老给他起大号，叫"驾孟"（孟子只堪给他当座驾）；曹泰，号"越伋"（超越子思）；韩文举，别号"乘参"（把孔子弟子曾参当马骑也）……也难怪康有为弟子多，若有老师这么给学生封号的，我也愿意烤一块腊肉，作束脩拜师去。

孔子都是提鞋苍头，谁还会被康老放在眼里？也有人去向康有为讨没趣。康有为考过科举，落第N次，"以会试不捷为奇耻"；后来，"命噪甚"，考上了（这很怪，科举自谓是发现人才，却好像是拣现人才）。阅卷老师喜得跳呼啦圈，喜得跳绳一样跳，喜得跳大神一样跳——康有为超孔子，我是康有为的老师——哪有不"我为你骄傲，我为你自豪"的？不但是康有为的阅卷老师如此，"清代主考皆欲罗致知名之士为荣"，大家都一个样。老师并不高尚，"盖喜其易于腾达也"。康有为若是做了帝王师，继而做了大清相国，那么做康有为老师的，莫说子孙安排工作容易，就是打招生广告，也好措辞多了——我的学生是康有为。"康既脱颖而出，房官喜而不寐"，好多个夜晚，笑醒了。

高考出榜，已是很久了，房官自家地板擦洗多遍（便于康有为来跪拜啊），把自家椅子检修多遍（怕自家在康有为跪拜时，喜得大顿屁股，将椅子顿坏），只是左等不见来，右等也不见来："康久不拜，房官惑之。"憋不住了，打发人去问询，仆人将康有为原话原样照转（不曾添油不曾加醋）："吾以学力获隽，渠不过为朝廷甄拔真才耳，宁是以沽恩耶？"耶，耶，耶（莫道新新人类才呼耶耶耶，呼耶其实是返古）。听得这话，脸皮薄的老师，多会是：你一声耶，我一声呸。

但主考老师性情也超常，他非要康有为来给他认师（拜改认了）。康有为还是不来，房官继续交涉，来往几个回合，签了合同，康有为做甲方："必欲吾往，须依吾条件。"什么条件呢？"第一：不下拜；第二，称谓不以师生！"房官答应第一条，第二条不肯，要康有为来干什么？不就是让他来认我当老师吗："吾正欲为之师耳，彼不肯承，来亦奚为？"可怜转话人，又得打转，再把房官意思转去，康有为呢？"执不可！"唯我是天下师，天下谁能做我师？万般无奈，"房官遂听之"。好为人师，是师者之大好，好到这样子，也算是大奇。

康有为这做派，算是狂士之狂吧。这般狂，龚自珍也曾有过。老龚去国考，房师拿起其卷子，旁有人提醒：这厮是龚自珍，一定要录取他啊，不录他，他那张利嘴会骂死你的。座师听了，赶紧取了龚自珍。录取了他，等着他来拜师，他来拜个矮子鬼！又把座师骂了顿饱的。康有为不拜房师，舆论汹汹，物议腾腾，毕竟这是大清祖制，一个人不拜师，万千人学样，房师利益不因康有为而扔黄河、丢长江了？人言可畏，康有为再狂，心里也有脆弱时，他之表达脆弱，就是给自己辩解，他说这是移风易俗，康有为在其《自编年谱》中云："然以吾不奉考官房官为师，时论大哗，谤言宏起由此。盖变千年之俗，诚不易也。"

这千年旧俗，确也是烂规矩。平时没曾授课，没曾朱批，没曾传道授业，没曾诲语敦敦，阅一次卷就得终身为父？启蒙老师、授业老师教育多年，不举谢师宴，主考官打了个钩，画了个圈，就得"呼为受知师，终其身不改"，细究其中，更可闻出腐败味来。主考官与启蒙老师比，他已是朝廷命官（房师也称房官，启蒙师却不曾称过启蒙官），手握大权，新进士子都去拜他，安的是什么心？不就是找个由头，去接近攀附，拉帮结派吗？而房官乐于弟子来拜，也是给自己在官场接脚，搭架，拉队伍，壮自己山头，这与搞宗派、搞小圈子有何不同呢？

看到康有为自述，让我从士品与政品来发论，再往下看，我只好收回目光看人性。康有为坚决不认师（此坚决是针对应付他人非议而言），后来却又坚决去拜师了（此坚决是针对应付自己内心相斗而言）。康有为搞维新，没搞成气。在大清搞改革，哪能搞成功？不但没搞成功，差点连命都搞掉了，慈禧太后派人到处抓他，康有为"欲央人缓颊，环顾无可恃者"。来拿办他的大臣，恰是当年房官最好的朋友："大吏派员究其事，其人系房官挚友。"康有为不计"前嫌"，放下架子，虽不负荆，却也"肃衣冠往拜，执弟子礼甚恭！"——不知道"恭"字好写些还是"狂"字好写些？好在这房官人情练达，"房官善款之"，还替康有为去跑关系（康有为立志要破关系中国之局，中国关系大局与僵局哪是说破就能破得了的？）——康有为在《自编年谱》中说不拜师是为了变千年旧俗，不知后来修正了说法没有？

房官跑是给跑了，心里终究有疙瘩，以后关系也没真修复，"二人过从殊简"。看来房师不是想从康有为那里得到什么，只想获得"我是康有为老师"的虚名吧。如愿了吗？我从《近代佚闻》之《康有为不礼座师》里，读到这则故事，硬是不晓得这房师姓甚名谁，我去百度，只晓得当过康有为座师的，有徐桐，有翁同龢，不知道这故事中的主人公是两位中一位，还是另有他人——座师本要求个名，作家只传其事不传其名，作家也是真刻薄。

太炎先生挨屁屁

若说梁鼎芬是灰太狼，章太炎则是喜羊羊。章太炎与人大辩论，大吵叫，奋须吹胡子，横眉瞪眼珠，一副吃人样。有人争不赢了，喊："叫梁鼎芬来。"太炎先生顿时兔子乖乖，讪讪笑，不作声了。章太炎是国辩手，逢人自是嘴巴痒；"叫梁鼎芬来"，那将是屁股痒了——章老先生曾经被梁鼎芬打屁屁，打得龇牙咧嘴，鬼哭狼嚎，皮开肉绽，三佛升天。

梁鼎芬与章太炎是同事，曾入张之洞幕府，一同做张氏秘书。张之洞招秘书，大概走的是曹操路子，单搞才审（搞的是唯才是举），不搞政审（未曾搞政治挂帅），不同立场者，奔趋其下，谋食稻粱。其时康有为与梁启超闹变法，先是大清国请康梁来，颁请康梁入台阁；后来大清国却要捉拿康梁进牢狱。"张之洞本新派，惧事不成有累自己"，看到大清国川剧变脸，张之洞赶紧政改转向，"乃故创学说，以别于康梁"，办了一份表态性质的《楚学报》，做大清国喉舌，"以梁鼎芬为总办，以王仁俊为坐办，主笔则余杭章太炎炳麟也。"

梁鼎芬是大清国的油漆工与裱糊匠，章太炎是大清国的挖墙者与掘墓人，不是冤家不聚头，聚了头来仍冤家。章太炎当的是主笔，却不搞"主旋律"。"《楚学报》第一期出版，属太炎撰文"，他撰的是什么文？"太炎乃为排满论"。好家伙，"凡六万言"，一字一弹，一句一梭子弹，装了六万发，都是射向大清国的。张之洞花金子、银子来办《楚学报》，是想向大清国剖自个忠心，不是去剖大清国之腹的，请来章太炎帮忙，章太炎却帮起倒忙来，不让人气得吐血，恨得切齿？"文成，抄呈总办"，梁鼎芬看后眼里火舌子如蛇信子吐，"口呼反叛反叛，杀头杀头者，凡百数十次"。

呼"反叛反叛"，给章太炎定性，自是梁鼎芬职内事，但"杀头杀头"，却不在其权力范围，梁鼎芬便去报告张之洞："急乘轿上总管衙门，请捕拿章炳麟，锁下犯狱，按律制罪。"一状告准，会有人头掉地，人命关天，十万火急，章太炎先生同事如朱克柔、邵仲威等人有不忍之心，急忙去找坐办王仁俊，说利害关系："今因排满论酿成大狱，朝廷必先罪延聘者，是张首受其罪。"报纸出政治事故，朝廷肯定是要先办张之洞，后办梁鼎芬（告密有功，顶多折算自首），您也难脱干系……给领导说一通理，吓领导一通，王仁俊果然被说服，被吓住了。梁鼎芬前脚去告状，王仁俊后脚去说情。"仁俊上院，节庵正要求拿办"，王仁俊却发表意见，谏言张之洞："章疯子，即日逐出境，可也。"

张之洞是聪明人，采纳了王仁俊的意见，转头对梁鼎芬说：逐章疯子出去，"快去照办"。梁鼎芬表忠心切，"归拉章太炎出，一切铺盖衣物，皆不许带，即刻逐出报馆"。本来驱逐出馆可以了嘛，梁鼎芬要提高表忠指数，"命轿夫四人，扑太炎于地"；还不解恨，叫轿夫取来轿上棍棒，扒开太炎先生裤子，往狠里打屁屁，"以四人轿两人直肩之短轿棍，杖太炎股多下，蜂拥逐之"。可怜我们一代国学大师，既被活按了一瓣嘴巴在地上吃灰，又被褪露出半边屁股挨棍打，温良恭俭让的儒学仁道，全被梁鼎芬与几个首长司机，辱没在地上，中国斯文，一地鸡毛。

太炎先生挨了乱棍打出，反清立场未曾转过来，狂诞性格也未尝更改，大家骂他章疯子，他也自认为是疯子，"……兄弟承认自己有神经病，也愿诸位同志人人个个都有一两分的神经病"。章太炎神经病有十分，人家只有一两分，辩论起来，哪辩得赢太炎先生？太炎先生口齿锋利，逢人便辩。他定然做正方，辩得忘神处，则脸红脖粗，则攘拳撸袖，则须眉奋张，反方反对无效，反不赢了，便祭出制胜太炎先生之法宝："叫梁鼎芬来。"小孩子爱吵，哄不住，吓他一下："狼外婆来了。"小孩子顷刻变乖；众职员爱闹，止不住，吓他一下："一把手来了。"众职员立马就位，埋头工作去；太炎先生爱辩论，辩他不赢，给他吓一下："喊梁鼎芬来。"章太炎自哑了。

梁鼎芬来了，会打他屁屁，太炎先生哪还敢做声？"太炎乃微笑而已"。

一个"笑"字，性情全出。

太炎先生挨梁鼎芬打屁股，这是太炎先生的哀惨事，隐痛事，狼狈事，伤疤事，怎么说也是走麦城往事嘛。当面揭这般老底，若是陈胜，将三尸暴跳。陈胜的发小，看到陈胜闻达于王侯，也来叙情，说小时候陈胜睡得好，睡得尿裤子，裤子湿到脚跟……陈胜眼一瞪，同过窗、同过床的友情也不讲了，将发小推出去给斩了。太炎先生已闻达于大师了，与人相辩，被人揭起当年糗事，却不曾眼珠喷火，不曾摆出决斗姿势。辩者"叫梁鼎芬来"，太炎先生只当是温噱，"微笑而已"——新敌如眼前人，这一笑没了水火，旧仇如梁鼎芬，这一笑也泯了恩仇——

太炎先生这老头不也是蛮可爱吗？都说太炎先生是狂士，性情猛，是神经病；不曾晓得，太炎先生也是慈师，心性也温，也蛮富有人情味。

若说一个"笑"字，让太炎先生性情境界全出；太炎先生还有一个"悟"字，则可谓思想境界全出了。

晚清时候（包括任何时代），人们观点多不同，立场自各异，如章太炎一样誓死反清者，很多很多；如梁鼎芬一样当铁杆保清派的，也是不少。两派碰到一起，先动口，后动手，这般言论风景，常常可见。然则政敌归政敌，诤友归诤友，也是和平相处，不全想要把对方彻底完全消灭之。比如金梁先生是保皇派，章太炎先生是倒皇派，章太炎先生以反清名，而与金先生却"一见如故交，往来无忤"，碰到演说场合，章太炎说"反清当首诛金某（即金梁）"，政见发表后，则"二人交往如故"；太炎先生与金梁先生之外的政敌争辩政论，争得情绪渐起激动，有时也不免舌战成拳击，但并不是那么视若仇雠，非置之死地而后快，他也是蛮听劝架的。比如说"太炎于日人山根虎次郎，办东亚报，偶论事不合"，就"互挥拳至破玻璃"，金梁先生一去，"数语即解"。金梁先生之数语，肯定未曾解开相辩者其各自政论纠葛，但或许解开了正反双方其人情疙瘩——太炎先生君子动口不动手了。

观点不合，站队不同，可以与辩，岂可将他打倒再踏一只脚使人永世不得翻身？"冤亲平等，太炎悟矣"，其悟是：正方我方有尊严，反方敌方也当有尊严，正反敌我方都是具有平等地位的人。佛经云："冤亲平等，万法一如。"要将冤家仇家与亲人友人，置于平等地位相待。一经通一切经通，这一平等世界一切平等。

眼力与笔力

甘蔗去头斫尾，取其中一段，嚼起来滋味格外甘美些；人事断前绝后，取其中一节，舌论开去论点尤其鲜明些。章太炎先生骂袁世凯，把前因摘掉，单拿来使酒骂座事迹，便可让文化偏执论的士子到茶馆里去痰涌水喷，得意洋洋高头讲好一阵子。

章太炎先生北上北京，看不惯袁世凯包藏祸心，要做窃国大盗，他乃强闯总统府，要指着袁氏鼻子，臭骂一顿。老袁晓得难免挨骂，一再推拒不让进。总统秘书长梁士诒被老袁叫进办公室谈过了，国务院总理熊希龄也被请进老袁办公室又出来了，轮也该轮到他了吧？可是袁世凯偏偏不（谁想请个爹来骂？），叫办公室的人点名向瑞琨进去接受接见，这下太炎先生脾气来了，操起桌上一只花瓶朝袁大总统画像掷去，恶毒攻击伟大总统，将大总统的画像砸了个稀巴烂。袁世凯哪里会放过章太炎？袁世凯是很聪明的，将太炎先生表达异见的政治罪，转为扰乱治安的刑事案（老袁安的罪名叫"疯子病发违禁"），捉起太炎先生，幽禁在北京龙泉寺（杀国士，袁世凯是不会的，他是蛮聪明的"皇帝"）。

投了北京龙泉寺，按老袁的意思，写个检讨认个错，便可让太炎先生过关，但那是太炎先生吗？太炎先生脾气未敛，怒气未消，气势不降反升，整日整夜骂袁不歇。太炎先生还在高干牢房之四壁，写满了"袁世凯"三字，后操起手杖，诲人不倦，予以痛击，大过骂袁干瘾。

这当然不是厌胜术，而是一种政治表达与气节表现。太炎先生在"软狱"里发起了绝食反抗，墙壁上除写"袁世凯"以供泄恨外，还以八尺见方的宣纸书"速死"两字，以死明志，以示与袁世凯决绝。袁世凯称帝之心愈显露，太炎先生痛恨之情愈强劲，誓不与袁同戴天，同履地："公今忽萌野心，妄僭天位，非惟民国之叛逆，亦且清室之罪人。某困处京师，生不如死，但冀公见我书，予以极刑，较当日死于满清恶官僚之手，尤有荣耀。"

太炎先生的政治操守，没有人不佩服的；太炎先生的个人气节，该让如今士人上香；太炎先生的笔力千钧，尤当让我等罢笔。只是太炎先生的眼力呢，后人当送老人家一副眼镜才是。

太炎先生京都骂袁之人生事迹，最可称义，设若往前看，也就请阁下先吞一下痰吧。太炎先生本在南方闹革命，何以又去了老袁掌控的京都呢？源自太炎先生此前举目四顾，觉得时无英雄，唯章疯子（太炎先生自许，非骂语，乃嘉誉）与袁也。南北议和时节，太炎先生将天下英雄打包，拿来自己心中过秤，四方风动，剑在手，问天下谁是英雄？章疯子心中，唯袁世凯最重。太炎先生的推断是，若无袁世凯逼清室退位，便无民国，民国首功，非袁不能当，带领老大帝国走上民主与共和，也非袁莫属。袁乃"一时之雄骏"，故而雄赳赳跨过长江，兴冲冲抵达京师，当总统军师来了。后来的情节即如上，原来是太炎先生看花了眼。陈胜吴广搞农民起义，哪是要换新华夏？仍是要坐旧龙庭。

民国枭雄如走马，谁是真英雄？太炎先生先是看上了孙中山。太炎先生为躲清廷追捕，流亡日本，经梁启超引见，在横滨得会孙中山。初相见，两人畅谈甚快，太炎先生对中山先生印象好坏参半："斯言即流血之意，可谓卓识。惜其人闪烁不恒，非有实际，盖不能为张角、王仙芝也。"此后交往日多，两人结下了深厚的革命友谊，后来太炎先生眼力未深入，又一次看扁了中山先生。中山先生曾接受日本政府与日本商人一万五千元馈赠（赞襄其革命），中山先生另有他用，未曾将这笔经费交给"组织"。太炎先生闻风是雨，横笔撰文，起草了《七省同盟会意见书》，把中山先生两脚儿根底从头数，列数了民国国父十九条罪状。后经黄兴百般调解，他心头意不平，笔锋稍稍钝挫些。

太炎先生认袁贼做民国之父，望京都奔去，其时南方正在悼念革命烈士，革命党诸公大都出席，太炎先生也从北京寄来联语。那联语是用来悼念的吗？不，是来谩骂的："群盗鼠窃狗偷，死者不瞑目；此地龙蟠虎踞，古人之虚言。"将革命党悉数斥为鼠狗之辈，笔力够威够力，眼力呢？

袁世凯露出了真面目，太炎先生想都没想，与之撕破脸皮，毅然决绝。站在民国十字街头，太炎先生独立苍茫，睁眼问自己：谁主沉浮？自然是"项城不去，中国必亡"。那谁要来，才中国必兴？只有孙中山。太炎先生离开京都，再度与孙中山先生合作，使出如椽大笔，为孙中山"二次革命"摇旗呐喊。

太炎先生心力可供人超级佩服。他患了近视眼，以为袁世凯是雄骏，便去找袁递万字平戎策，而近距离看清了袁氏面目，宁可自掌嘴巴，也要与袁世凯决裂；他认可孙中山革命，但看到孙中山有"贪污"行为（是没认真看明白），便割袍断义，毫不留情，严词痛责。这比那些桀犬吠尧之属，心底要坦荡得多，明澈得多。

民国乱花迷人眼，英雄遍地，狗熊乱走，可谁是擎天巨手？你看不清楚，我看不明白，真得生一双巨眼才看得略微清楚，稍微明白。太炎先生算一支巨笔，也算一张巨嘴，但算不算一双巨眼——最少，其眼力与笔力好像有点不太搭配。他后来不愿给孙中山做墓志铭，倒是对黎元洪不吝赞词，誉了墓。孙中山较黎元洪如何？真不晓得太炎先生看人是怎么看的。太炎先生还给杜月笙写过颂词，其《高桥杜氏祠堂记》，据说笔力了得，甚得杜氏欢心，一字值千金。杜氏不过青帮领袖，按王安石说法，杜氏大概属于鸡鸣狗盗之属，真值得国士为之作传吗？

笔力须得眼力奠基，眼力需得笔力飘旗，这或才可当是文章真巨手。笔力了得，眼力若缺，那笔扫千军，纵使有心力，也未免仓皇失措，所托非人，乱点英雄谱，错认狗熊榜。很多人只练笔，不炼火眼金睛，只见其替人描红或给人上墨，一心学太炎先生运笔，却既无太炎先生心力之良，也不补太炎先生眼力之缺。实在不可问，不堪论。

王阎运的官运

官做到一定程度，常常说起话来是很温吞的。曾国藩官做得大，说起话来那是滴水不会漏的，但他有句话我觉得比较猛："不信书，信运气。"这话看起来稀松平常，但应该是他这个级别者最生猛的话语了，老曾是依靠皇家科举而举的仕，依靠四书五经而当的官，说的却是指定教材信不得，科举考试不可信，官场当官是靠运气的，这是杂文腔，没搬社论调。单凭这一句，我们杂文界可把老曾拉进队伍来当会员。

书本不可靠，运气才可靠，这本是常识，人人都知道的。王阎运他爹，僻居湖南湘潭，这是南蛮之地，也很懂这个道理。他爹生出小王来，给他取名为开运，显然，不取名为开书，而取名为开运，也是不信书而信运气的。开运姓王，开王运嘛，其意不言自明，后来王阎运多读了点书，觉得这个开字太土气，一看就是老农民给取的，一点文化也没有，他就改开为阎。阎有什么新意吗？一点也没有，《新华字典》释阎：开。一个多余的字也没有。这肯定不是名字受诸父母不敢毁伤的意思，而是王闿运本人也相当相信要升官发财，机会靠遇，运气靠碰。

王闿运的机会蛮好，但运气不好。咸丰癸丑那年秋天，王闿运参加高考，遇到了张金镛督学湖南，得其卷，大吃一惊："此奇才也！"那年，王秀才一举夺魁，经张氏渲染，名满天下，因之被肃顺延请家中，做了西席。这时候的肃顺可了不得，在咸丰皇帝那里是数一数二的宠臣，也算不是宰相的宰相，在这样的人家当家庭教师兼文字秘书，可谓是当官的终南捷径，当官，翻手间事罢了。比如有天，王闿运"为草封事"，替肃顺起草了一个材料，肃顺带到皇宫，给咸丰阅读，"文宗阅之叹赏，问属稿者何人"，肃顺对曰："湖南举人王闿运。"咸丰纳闷，这人为甚不当官，只当秘书？"上问何不仕"，肃顺答道："此人非衣貂不肯仕。"此人还很讲价钱呐，搁别人，皇上也许发火了，但对肃顺推荐的人，皇上想都没想，现场解决问题："赏貂！"所谓衣貂者，非衣饰，是翰林也。

王闿运想要什么，皇上二话不说，就给他什么，他若是当了翰林当烦了，想当个省长干干，想来皇上也是很干脆"赏官"的吧。只是不久，咸丰多吃了三五斗，一命归西，靠山崩了。其实，咸丰之死，对王闿运当官来说，不是坏事，反而更是机遇。咸丰死时，将江山交给肃顺帮着打理，咸丰的接班人同治接班。同治只有五岁，还穿着开裆裤，小娃娃办事，老爹爹自然不放心，所以咸丰就叫肃顺来帮忙，名义上是帮忙的，实际上呢是代理，还不是肃顺说了算？原先要用个把人，还要经过皇帝同意这个法定程序，现在，都是他拍板算。王闿运跟对了人，迎来了千载难逢的好机遇。可惜的是，这机遇只到手边上，手指尖好像触摸到了，却突然跑了：肃顺办事，慈禧不放心，肃顺当政没几天，实力派慈禧搞了个宫廷政变，把肃顺给办了，莫说官帽没了，连身家性命都掉了，脑壳从脖子处斩去，滚落在菜市口。"文宗崩，西后用事，时湘绮（王将其室题名湘绮，故称之）方客游山东，先是得肃顺书招，入京将大用。"这个大用将如何大用法？估计位置比省部级不会小，只会大，但是"稍迟行，而肃顺伏诛矣"，政治斗争向来是激烈的，成王败寇往往只在一瞬间，王闿运的主子垮台，他当然是"遂临河而止，狼狈而归"。王闿运是国士，有经天纬地之才，按理说是金子在哪里都会发光的，在肃顺那里可以，到慈禧那里难道发不了光？金子有金子的理，官场有官场的理，官场的理是：跟对了人，点铁成金；跟错了人，点金成铁；有了靠山，是废物，也可废物利用而成宝，没了靠山，是金子，也自是黄金如粪土。

如果说王闿运在肃顺那里没当上官，是命犯官场第一忌：跟错了领导，那么他在曾国藩那里也没当上官，那是他命犯了官场第二忌：拍错了马屁。"王与桂阳陈俊丞同为入幕宾，其后陈受提携，位列专阃，王独抱向隅。"何止桂阳陈氏受提携？跟着曾国藩闹革命的，哪个没升官发财？单是封疆大吏，都有十几二十个，一省以下，更无论焉，都数不过来；陈某名不见经传，才能与王闿运相比，根本不在一个档次，他俩同时给曾国藩当秘书，最后陈当了大官，王却回家去当教书先生，到角落里哭去了，是曾国藩不识人，不容人吗？

不是的，是王闿运拍马屁拍错了。王闿运到曾国藩那里当秘书没几天，老成的世故，正确的做法，应该是逢人且说三分话，不可全抛一片心的，王氏却是交浅而言深："清祚既衰，宜自为之计。帝王本无种，依人胡为？"这马屁拍得够大：曾兄啊，你可以取清而代之，可以当皇上啊，要是赵匡胤，可能马上顺着杆子往上爬，来个黄袍加身了，但曾国藩呢，人家可是忠臣，听不得这话。其时，他俩正在家里喝茶，就他两人，没第三者，老曾没应腔，坐在老板椅上，把那杯喝剩了的茶倒在桌上，手指头蘸着茶水，在桌上练书法，写的是什么字呢？据说，满桌都是一个"妄"字。老曾为什么是这样一副不吃牛肉的样子呢？老曾有"疥癣之疾"，满身长鳞片，他自己弄了个神话传说，说是蟒蛇精转身，其实就是俗话说的牛皮癣，这种皮肤病是吃不得牛肉的。小赌怡情，大赌丧身，造反当皇帝，是赌命的事，老曾做事一向沉稳，从不豪赌。如果老曾要"彼可取而代之"，能不能成功很难说，清廷虽衰，未必马上亡，百足之虫，死而不僵，即或老曾做如是想，恐怕也不容易，估计左宗棠就不答应。曾国藩没想过做帝王？梦肯定是做过的，只是早晨一醒，出了一身汗，就不想了。这也就是说，领导那个心思那个意图，王闿运没领会到。当秘书的，领导意图领会不了，这秘书怎么当得成？王闿运拍马屁拍到了马腿上，被马一脚给踢了。

对酒当歌，人生几何？官场里，年龄是个宝，王闿运靠了肃顺，没靠多久，靠山倒了；王闿运去靠曾国藩，想靠牢，却没靠上，青春只一晌，哪里禁得起如此折腾？万事成蹉跎，王闿运习得帝王术，用不上；他的纵横术，大多数时间都是纵横谈，够不着纵横捭阖。

然而人老了，官运终于来了。皇帝轮流做，今年到我家，袁世凯都当总统了。老袁当总统那会，王闿运带着他的生活秘书兼编外夫人周妈到得老袁那里，他指着老袁对周妈说：这家伙，我晓得他是有出息的，现在不都做总统了吗？有话为证："此今之大总统也，吾早年尝为汝言，此公子神健，必贵，今果验矣！"据说，这话说得袁世凯很不好意思，"世凯局促无以应"。袁世凯是王闿运侄子辈，袁世凯呼他为壬老，王闿运很不高兴，他对人也对袁世凯说，"不称太世祖而曰老，非礼也"。言外之意是老袁你应该喊我老爷爷！

袁世凯这龟孙子当总统，把这位老爷爷请来，给了他一个官做，官位是国史馆馆长。这实在是王闿运生逢其时，才当得这官。这话怎么说呢？袁世凯要用人才来做个摆设。王闿运学问做大了，国人都喊国宝了，这国宝级大师不用上，那岂不是袁世凯轻慢知识分子？老袁将他喊来装潢门面，王闿运也来了，七老八老，行将就木了，一直没尝过官味，见过猪跑，没尝过猪肉，能尝不尝也不对，所以他来了，过把官瘾就死。

可是，这国史馆馆长跟那帝王术与纵横术有什么相干？王闿运一生抱负是要做宰相级人物的，这馆长自然做得嘴里淡出鸟来。

据说，这馆长他没做多久，就"拟返湘"，与一个叫做宋育仁的人谈及告老还乡之事。王闿运不在乎这位置，宋氏在乎，宋氏就说：老师您离任，馆长职务应有人代理，王老师，您就给我压个担子吧，"如师意尚无所属，弟子亦可勉任此劳"。很好很好，积极来挑起重担，精神可嘉！"汝能代理，甚善，一言为定。俟吾行，吾即下令矣。"王闿运离任那天，没食言，他叫宋某去看他签发的文件，"顷已亲书令文一纸，交秘书处，汝可往视"，宋某觉得有戏，兴冲冲地去了，一看，傻了眼："本馆长因事返湘，所有馆长职务，拟请谭老前辈代理，如谭老前辈无暇，则请唐老前辈代理；如唐老前辈无暇，则请宋老前辈代理；如宋老前辈无暇，则请馆中无论何人代理。好在无事可办，人人均可代理也。此令。"这一令，纸面上的意思，是给这位宋某开一个玩笑，内里呢，是说这工作，闲差一个，没鸟味。这是吊儿郎当地面对这馆长位置也。

王闿运有运而无官，这时节却当了个官，是什么官？事业单位的官！很冒牌，级别倒有，这职位相当不正宗！同时，这袁世凯手下的官，说起来很不好听，相当于是"伪政府"的"伪官"。如果说王闿运在肃顺那里寻找官运，是跟错了领导，在曾国藩那里寻找官运，是拍错了马屁，那么，王闿运在袁世凯这里寻找官运，那是什么呢？是上错了花轿！错！错！错！东求西求，求官求位，到头来，官位就这样多次与王闿运错身而过了。

王闿运也知道自己上错了花轿。那次他坐公车从新华门走过，那是袁世凯的白宫，王闿运叫人停一下车，看了一会，问部下，这是什么门？部下答：新华门。王闿运说：错，是新莽门！这是新时代的王莽家门哪。据说他曾经给袁世凯撰写过一副对联，曰："民犹是也，国犹是也，何分南北？总而言之，统而言之，不是东西。"

王闿运给袁世凯撰了一联，嘲讽了一回，他死后呢？他的周妈，也就是前头所说的他的生活秘书兼编外夫人，也给他撰了一联："忽然归，忽然出，忽然向清，忽然向袁，恨你一世无成，空有文章惊四海；是君妻，是君妾，是君执役，是君良友，叹我孤棺未盖，凭谁纸笔定千秋？"这个周妈是个村姑，土老帽，人也长得很丑，"貌奇陋"，本来是王闿运的保姆，亦妻亦妾亦秘书那会，虽比王闿运年少二十多，但到底也是五十来岁的人了。都说才子佳人，像王闿运这样的国家级才子，何愁没有年轻貌美的二八佳丽？王闿运身边实在不乏美女，"有金妪、湛妪、狐妪、房妪"，唯独这个周妈，王闿运哪里都带她去，"不可须臾离也"，一般人不理解，其实，从她这副写王闿运的对联来看，答案出来了——周妈虽丑，却如朝云知东坡，除了周妈，谁是王闿运的知心与良友呢？

"空有文章惊四海"，王闿运虽着意于政治，但到底是书生，想弄政治而不愿做政客，可乎？弄政治，王氏所欲也；做书生，王氏所欲也，二者不可兼得，一般人是舍书生而就政客的，王氏却不，他自始至终不丢弃其书生气，到哪都是名士做派，这政治怎么弄得成？一世无成，心愿落空了，"忽然归，忽然出，忽然向清，忽然向衰"，此话看似批判王闿运首鼠两端，其实呢，描述了这个既想弄政治又不愿做政客的书生之进退困局。周妈这副挽联，下联自叹，上联叹他，摹尽了名士奔趋官场的仓皇之态，也道尽了书生寻觅封侯的沧桑之味。

芙蓉姐姐与辜鸿铭哥哥

芙蓉姐姐与辜鸿铭哥哥怎么也是不能拉郎配的，这是哪跟哪呢？一个是摆"S"形腰子的，一个是挂"8"字形辫子的；一个恨不得裙子越短越好，恨不得一丝不挂，一个要穿蛮长蛮厚的长袍，粗看，他俩真是八竿子打不着，但细细一想，这哥们与姐们，不但形似得很，尤其神似。

芙蓉姐姐与辜鸿铭哥哥相似之一是，辜鸿铭先生是近代人物，可称近古人，芙蓉姐姐是明日黄花（网络时代，江山辈有明星出，各领风骚三两天），姑且称呼其为新古人，这哥们与姐们都有点古了，而其立名立身立言手法却是万古常新。相似之二呢，他俩也都是有才气的。芙蓉姐姐POSE摆得好，她木桶也似的腰子，硬是能够扭出个"S"形来，因此非常自信，美其名曰"长了一张妖媚十足的脸和一副性感万分的身材"，不但如此，芙蓉姐姐据说现在趴在电脑旁边码起文字来了，她说她正在撰著一部自传体小说呢，腰子摆得，文字码得，正所谓是文也文得，舞也舞得，谁能说她没才呢？说才，谁也不能与辜鸿铭哥哥叫板，辜哥哥曾经留学英国、法国、德国与奥地利，精通多国语言，举凡文史哲，谁人出乎其右？或许只有芙蓉姐姐可以与之有一比。

在才上，将芙蓉姐姐与辜鸿铭哥哥来相提并论，自然是笑话。他俩真正能够摆在一个台面上来说话，来个一争短长，鄙人以为，是在他俩爱表达"个性"上，是其"反社会性"上。表现在于，大家都要穿西装，都要剪辫子，我辜鸿铭哥哥偏偏不，我要穿长衫马褂，我要挂辫子打屁股；大家衣要蔽体，腰也竖直，我芙蓉姐姐偏偏不，我要衣不蔽体，腰要歪七扭八。这么一反叛啊，这么一出格啊，不看广告，真可看疗效了。鸿铭哥哥以一条辫子垂名几百世，芙蓉姐姐以一节腰子遗名数百天。

芙蓉姐姐暂且不说，我们先说鸿铭哥哥。"时代潮流滚滚滔滔，锐不可当。" 鸿铭哥哥的时代是什么时代呢？那是德先生与赛先生迈开大步，乘海而来的时代，推翻帝制，民主共和，成为革命洪流。想来鸿铭哥哥不说成为这一潮流的掌舵人，最少也应该是这一潮流的划桨者。他的背景与康有为之流大异，康氏是土生土长的土著中国人，生在帝制下，长在皇恩中，读的是三纲五常，他当保皇派，自有其理；其所谓公车上书，也是先有个举人资格才有斯为，举人是谁给他的？皇帝给的嘛，换句话说，他是帝制的"既得利益者"，他要上书，要维新，很大程度上也是想维护其既得利益，所以，他要当保皇派，一点也不让人讶异。而鸿铭哥哥呢？虽是中国血统，但其出生在南洋之槟榔屿，后来他随养父布朗赴欧留学，其留学时间长达十一年，长在西学中；其留学的国家也特别多，想来应该是地地道道地被西化了的，他还有所谓完成全部英式教育第一留学生之美誉呢。

可是，有如此雄厚西学背景的鸿铭哥哥却是白留学了，他回国来，第一桩事情，就是把辫子留起来。"辜鸿铭的头发稀少而短，半黄半黑，结成辫子，其细如指，弯弯曲曲，十分怪异。"据其学生周君亮先生回忆，宣统皇帝都曾颁发文件，叫前清遗老遗少剪辫子，独有他坚守中国国粹，所以当遗老们遵诏剪发后，"全世界只有一条男辫子保留在辜鸿铭的头上"。如果说，一条辫子的剪与不剪，无伤大雅，不影响中国大局，由他好了，那么，他组织"宗社党"，一力复辟帝制，为皇帝招魂，则是大伤大雅，大伤大局的了。他曾在北大讲堂上对其学生高言说论："现在中国只有两个好人，一个是蔡元培先生，一个是我，因为蔡先生点了翰林之后不肯做官去革命，到现在还是革命。我呢？自从跟了张文襄张之洞做了前清的官以后，到现在还保皇。"这话真有意思，他觉得"革命"如蔡元培先生是个好人，而"反革命"的辜鸿铭自己也是好人，在他那里，是以什么来评判人物的呢？

这就特别吊诡了，没有一点西学背景的士林人物、非士林人物，都在引进西学以拯救中国，而基本上是西学背景的辜鸿铭却在一味复古。到底是西学才能拯救中国，还是儒学才能拯救中国？换句话说，真理在哪里呢？再进一步说，辜鸿铭是凭什么来死霸蛮地坚持帝制呢？是他真心研究了社会人生，觉得只有皇帝才能救中国，只有皇帝才能发展中国吗？

可能未必，在举世都越来越认可民主的时候，辜鸿铭却独自逆势而为，不是他跟不上潮流，而是他特意来反潮流。辜鸿铭有过民主国家的生活经历，有过帝制皇朝的生活体验，有比较才有鉴别，谁好谁坏，他心里应该有一杆秤的，但他偏偏反民主而拥护帝制，何也？无他，只是表达"个性"，表现其"反叛性"而已。当时同在北大任教的温源宁说："他辜鸿铭度着与人对抗的生活，众人所承认者，他则否认；众人所欢喜者，他则不喜欢；众人所承认者，他则藐视。因为剪辫子是流行的，所以他便留辫子，倘若人人都留辫子，我相信剪辫子的第一人，一定是辜鸿铭。"

因为人人都在欢呼民主，都在推翻帝制，所以，他要拥护独裁，以一条辫子来维系专制于不坠？

我不知道，温先生对鸿铭哥哥这一论述是否是的论，然则，像这种立论以扬名的方式却是许多人孜孜以求的。有许多大名士、小名士、非名士，都是抱着语与惊人死不休的信条，总是怪力乱语，你说这事好，他偏说坏，你说这事坏，他偏偏说好；无所谓真理，无所谓对错，他们只在乎"特立独行"，只在乎"危言耸听"，只在乎"抓人眼球"，为了"现眼"，不管"丢人"，为了"出名"，不管"出丑"。这些言论方面的事情，不说也罢，单是"留辫子"之类的事情也多了去了，比如吧，出书而卖，多雅的事情，但他偏要裸体跑街；比如吧，穷而诗工，多好的事情，他却要富婆包养……因何如此？无他，怪诞可以赢得青楼薄幸名存也。

名士没派头，赶紧弄个怪论做噱头；明星没名头，赶紧弄个绯闻做由头。

正是在这一点上，芙蓉姐姐与鸿铭哥哥"好有一比哪"，为博取功名的手法是相似的：为做名士强作怪，为做明星特丢丑。只是我没弄明白的是，芙蓉姐姐是明星之类，而鸿铭哥哥是名士之属，在复古如鸿铭哥哥的眼里看来，明星是古之优伶，为士林所不齿的。而现在明星爱卖绯闻，爱奇装异服，名士爱卖新闻，爱奇谈怪论，他们都已经合流了吗？我更没弄明白的是，这种为博声名强作怪的手法，是明星向名士学的，还是名士向明星学的？

世上已无梁启超

袁世凯当上了民国大总统之后，野心勃发，无以抑制。在袁氏看来，大总统虽是一人独大，但只能各领风骚三五年，哪里比得上当皇帝，可以传至二世三世乃至万世而为君。但袁氏也知道，民主的大潮汹涌喷薄，复辟帝制殊为不易，除了枪杆子为第一要物之外，笔杆子也至关重要。"认识是行动的先导"嘛，行动未行，舆论与理论先行，这道理，袁世凯是懂的。

笔杆子在哪里呢，袁世凯环观宇内，放眼华夏，除了梁启超，无人能当此重任。于是袁世凯打定主意，拟请梁启超任"复辟帝制理论小组组长"，为其"制造"理论。他打发长子——也就是将来不久的"储君"和将来的"皇帝"——袁克定前往梁府，充当说客。袁克定身上所带银两叮当响，共带了多少银两呢，说来吓人，是整整二十万。这笔钱权当是稿费，事成之后，当然还有高官厚禄。这二十万是个什么概念呢？袁氏请梁启超捉笔出笼的时间"理论"上是在1915年，这时的钱是非常值钱的，陈明远先生在《文化人与钱》一书中替我们算了一账：1911—1920年，米价恒定为每旧石（三十九公斤）六元，一块钱可买八斤猪肉，陈先生的计算是，此时的一块钱大约折合四十五到五十元人民币，这也就是说，这二十万相当于当今九百万到一千万的样子。事实上，陈先生算的是20世纪90年代末的价，到现在，肯定已经不止这个价格了。一篇理论文章润笔达千把万，普天之下，绝后不太好说，空前是绝对的。重赏之下，必有勇夫，自古文章不值钱，梁启超的文章价值这么多钱，试问，天下士子，有谁不动心？梁启超不动心，不但不动心，反而动反心。梁启超后来的确写了一篇文章，题目是《异哉所谓国体问题者》，对帝制进行了猛烈抨击——袁氏要他写颂帝制的，他却写了反帝制的。文成之后，风传天下，海内称快，袁世凯连忙组织了另一套"写作班子"来驳斥，可是天下有谁能驳梁启超？徒增笑谈耳。

在袁世凯看来，他是非常自信能"摆平"梁启超的，原因有三：一是有旧谊，袁氏曾参加过康有为、梁启超组织的"强学会"，算得上"同志"，康梁变法行进到"政变"环节，不是首先就想到袁世凯吗？袁氏不帮康梁反害康梁，对此，袁氏是有点心虚。但是袁某行事一向都是"只讲利害不讲是非"的，他自以为过去的事已经过去，只是"政见不同"，不会"影响私谊"。他打发其子去说服梁启超，是建立在这种他自以为是的"旧情"之上的。二是有重赏，有钱使得鬼推磨，文人无行，有钱还买不到文人？多几个钱不但能买到文人推磨，而且可以买到文人当磨推，大文人者，价高而已矣。三是有权在手啊，袁世凯是大总统，天下第一号人物，谁不服"领导"，那就干掉他。袁世凯是心黑手辣的，他对付"不服管教"者的最后一招就是杀无赦。宋教仁是国民党里反袁最坚决的领袖之一，袁氏也就不讲"客气"，请了"职业杀手"暗杀了他，据当时的杀手应桂馨（宋不是他杀的，他不肯去杀）说：买应某来杀宋教仁的，出价是一千元（从这里可以看出二十万稿费的价格）。袁氏料想，你梁启超看我袁某有刀，是不能不怕的。

在袁氏的三大杀手锏中，除了第一招有点软外，其他两手那是刀刀见血的，人情不算什么；不讲人情，总要讲钱情嘛；不要钱，你总要命吧。不说别的，单是一个钱字，就能囊括天下好多英雄、士子，也许士可杀而不可辱，但要有钱呢，往往是杀也可辱也可了的。房地产商若能出大钱给经济学家，莫说写一篇理论文章，十篇都写；企业主若出高"稿费"，你需要"左理论"马上可给你"左理论"，你需要"右理论"马上可给你"右理论"。但想不到的是，在20世纪初的袁世凯失算了，他想不通，他出那么高的价，居然有人不买账。袁世凯会不会有"生不逢时"的感觉呢？

梁启超的"出场费"之高，即或是当今娱乐界巨星，也无人能出其右。"稿费"之高，梁启超可当古今中外读书士子第一人；在这么高的"稿费"面前不动心，梁启超也应该算得上古今中外读书士子第一人了。富贵不能淫，贫贱不能移，威武不能屈，话是容易说，真正要做到那是比登天还难的。但是梁启超做到了，梁启超算得上绝无仅有的伟丈夫，算得上独一无二的真士子。梁启超之前有谁？梁启超之后有谁？

知音高境是高义流远

蔡锷幼有神童之誉，宝庆府（今邵阳）流传其很多聪慧故事。他十三岁时，老爹带他从洞口山门老家来宝庆考秀才，走不动了，他爹便背起他走。路人见了，口出上联：儿将父作马；小蔡锷脱口答下联：父愿子成龙。对得甚是工整又应景。后来到了宝庆府，知府见他聪明，出了个难题给他：你这小小年纪，做得什么事，你给我绕着宝庆府跑一圈看看。据说小蔡锷答知府：这个不难，分分钟的事。他踱着方步，绕知府太师椅走了一圈。知府代表着宝庆，围你绕一圈，便代表着绕宝庆府一圈。

蔡锷十五六岁考上长沙时务学堂，做了梁启超的关门弟子。学台徐仁铸来校视察，遇到梁老师，恰好蔡锷在旁边读书，徐学台便带了蔡锷来："此宁馨儿，捷才凝行，果敢沉毅，勤于思，讷于言，敏于行，将来必成大器。"梁老师听了，自然含嘴一笑，笑了也就笑了，没放心上去。梁启超应邀来湖南，年龄不大，比蔡锷大七八岁吧，二十三四，却已是名满天下，对一个小不点能如此高许？梁老师脸上是笑了，心里不太信。

梁老师布置过一篇作文，蔡锷一挥而就："宋万弑其君，闵公自取之也。孟子曰：君视臣如草芥，则臣视君如寇仇。可以痛警巨乱之世矣……请论学时，此条万不可不先及之，不然，再阅百年，则黄种成豕马，成木石，听人舞弄而不知矣。"作文还有很多铺陈与推论，姑且不引了。梁老师读到此，拊掌书桌，乃知徐学台嘉言并不虚，起笔给蔡锷批朱："今日已为豕马木石矣！何待百年？吾辈日日以此呼号于众，而一二之口犹无济也，愿诸君之学速成……以发其热肠，则此义或可不绝于天壤也。"

十余岁的学生能认识到"此义"，二十余岁的老师能对学生期许"此义"，师生二人以"此义"缱绻后辈子，真是佳话。考蔡锷一生行状，其短暂的一生，都是在践行"此义"的。这是后话。还要说的是，梁启超与蔡锷在时务学堂，教学相长，相互砥砺，对蔡锷一生影响巨大。梁启超回忆在湖南的教学经历，忍不住其喜悦之情："学生仅四十余人，而李柄寰、林圭、蔡锷称高才焉。启超每日在讲堂四小时，夜则批答诸生札记，每条或至千言，往往彻夜不寐。所言皆当时之民权论，又多言清代故实，胪举失政，盛倡革命。"而梁老师传道授业，是蛮民主的，并不搞灌输，捉起鸡鸭喂嗉囊，而是师生在求学求道上，皆为平等主体："除上课讲授外，最主要者为令诸生作札记，师长则批答而指导之。发还札记时，师生相与坐论。"

长沙时务学堂，让天之北的梁启超与地之南的蔡艮寅，合璧而隆起，成近代史文武双峰，此后两人亦师亦友，亦战士亦知音，在中国近代史掀起了卷海巨澜。确实是的，梁启超对蔡锷不仅有师生之情，更有人生之义。1905年，广西巡抚李经羲奏调蔡锷去广西，三顾茅庐，蔡锷不太想去。广西那地方，哪是英雄用武之地？梁启超则不以为然，给蔡锷来信，叫他去广西砥砺英雄气：广西东连湘粤，西控云贵，乃东南战略重地。洪杨之后，地方势力扫荡殆尽，正好可以广树桃李，再图东进湘粤，北上川鄂，到时天下之事可图。

蔡锷听了梁老师的话，去了广西，干了一些事业，他创办了测绘学堂，又创办了广西陆军小学，后来这些学校出了很多大人物，如李宗仁，白崇禧，皆为一时之选。在蔡锷的成长历程中，梁启超支助蔡锷赴日学军事，犹可记。戊戌变法后，梁启超亡命天涯，逃往日本，蔡锷其年二十岁，也赴了日，家里贫困，带到东京的钱，不剩一文了，是梁启超给解的围。梁老师回忆道："当时我在日本东京小石川久坚町租了三间房子，我们几十人打地铺，晚上同在地板上睡，早上卷起被窝，每人一张小桌念书。"师生一起打地铺睡觉，那般岁月足可回味。师生间有这般情谊的，那是难遇的。

梁启超在亡日期间，对蔡锷最大的助益不是给蔡锷免费租房，而是帮蔡锷确定其人生之路。其时蔡锷立了大志，要弃文从军，在日却不得路，屡屡请教梁老师，梁老师笑谓："汝以文弱书生，似难担当军事重任。"梁老师用的是激将法吧，蔡锷立即并脚敬礼，立保证书："只需先生为我设法得学军事，将来不做一个有名军人，不算先生门生。"梁老师便动用关系，使蔡锷得遂其愿。1902年8月，蔡锷入日本仙台骑兵第二联队；11月，转入东京士官学校，从此，确定了从武之路。

或是老师教导之因，或是师生相通之故。梁、蔡思想几乎同调又同步。梁启超最先信仰的是改良主义，蔡锷起先并不是革命派，其与孙中山领导的革命多有抵牾，后人述其人生履历，谓他民国初年，有保清、附袁、反孙三大人生败笔，还在滇西戡乱了"民主革命军"，倒转了历史车轮。这算是与梁启超"同罪"。说来，也不能太怪蔡锷，民国那会唱拯救中国"非袁莫属论"的，也不只是蔡锷，孙中山不也唱过这首歌？蔡锷最先反对革命，可能是与梁启超的改良主义通了声气，或者师生间本来就息息相通。在梁蔡看来，为国家国民计，改良与革命，须是先改良后革命，这次序颠倒不得，第一是改良，只有改良无法进行了，才可革命。

梁、蔡师生间，思想真个是同步的。他俩先是都拥护袁世凯，后来却一起起义了，梁启超是以笔杆子搞起了文章起义；他学生蔡锷以枪杆子搞起了武装起义。袁世凯紧锣密鼓，要恢复帝制，先造舆论，组织了很多学者专家（组织两字最堪疑：挑拣人搞论证嘛），讨论中国适不适合搞民主，袁世凯组织的学者下了决断：搞不得。梁启超呢？奋然写了一篇《异哉所谓国体问题者》，给袁世凯一顿棒喝。袁世凯听说梁启超写了这稿子，赶紧来协调。梁启超回忆道，"前几天，袁忽然派人到天津送我二十万，以十万为我父亲的寿礼，十万叫我出国作旅费"，袁之此举，不是侮辱人吗？不是驱逐人吗？梁启超肺都气炸了，"到了这个时候，这篇文章非发表不可了"。

梁启超这里所谓"袁忽然派人"，其人是不是蔡锷，不好说。蔡锷确也是曾做过袁世凯说客的，听说《异哉所谓国体问题者》其文要发表，袁世凯知道梁蔡师生有谊，也派遣过蔡锷去天津。蔡锷回来，给袁世凯汇报：我先生是书呆子，不识时务的，书呆子能做成什么事呢？别去管他。

其实是在演双簧，蔡锷与梁老师一唱一和，跟与小凤仙打情骂俏，都是一个意思。意思是"定策于恶网密布之中，冒险于海天万里之外"，师生在此定好了反袁大计，师生并密约："成功呢，什么地位都不要，回头做我们的学问；失败呢，就死，无论如何不跑租界，不跑国外。"

梁启超文章起义，蔡锷武装起义，没失败，成功了。蔡锷云南首义，全国云集响应，做了八十三天皇帝的袁世凯一命呜呼，忧惧而丧。

20世纪80年代，以蔡锷事，拍过一部电影《知音》，叙的是蔡锷与小凤仙的故事。这故事搬上电影，自有缘故，一个妓女助一位元帅，做了一件"再造共和"的惊天大事，亮点是不用说的；其中带有香艳故事，也是看点。若说知音，梁启超与蔡锷，更知音些。小凤仙支持蔡锷举义，在多大程度上理解蔡锷的"革命理想"？这是难说的，恐怕有美女爱英雄因素吧，或爱情成分要重些。而梁启超与蔡锷呢？更在道义上心心相印，心灵共鸣。

知音，钟子期与伯牙算一对，他们两人唱和的是高山流水，弃了荣华富贵，向山林奔去，算是"私奔"吧，那是为个人道德而奔；蔡锷与小凤仙也当然算一对，他们两人唱的是高情流爱，比一般的爱情"私奔"有高度多了，小凤仙帮蔡锷逃出京都后，她并不跟随蔡锷去闹革命了，这也说明小凤仙对革命未必是懂的；而梁启超与蔡锷呢，他们不是私奔，而是思奔，两人在思想上向前奔跑，他俩是高义流远。

蔡锷功成，因病早逝，老师梁启超给做了一副挽联："国民赖松有人格，英雄无命亦天心"。蔡锷为国民"争人格"，梁启超为国家"争国体"，都非"喁喁私语"，而是为人类社会行高义谋大道，师生两人在最高层次上做知音，入了知音最高境。

及时雨胡适

文坛也是江湖，喜欢排座次，鲁郭茅，巴老曹，文豪们排排坐，也像梁山泊。不过这是后人排的，若文坛大佬们身在民国，那位置如何摆，这是说不清的事。而设若由文人（不由政人插手）投票，那席位还是鲁郭茅吗？孙二娘可能是苏雪林，扈三娘是丁玲还是萧红，有得一争；排第一位的将是谁？不一定是鲁迅先生。鲁迅文章那是没得说，但文章好，就排第一席次？林冲功夫好，也排在水浒后面去了。

外面莫掺和，单是文人自己票决，民国文坛第一交椅，甚可能由胡适博士来领袖群伦（鲁迅先生未必服，奈何这是选票制），为什么呢？不是说胡适顶有五彩毫光，天生领袖气质，而是胡适仗义疏财，乐善好施，济危扶困，"人问他求钱物，亦不推托"——何须问他求钱物，胡适会主动给你钱物。江湖上久有哥哥宋公明的传说，文坛上"我的朋友胡博士"也传说久矣。

顾颉刚大学毕业，到处投简历，找不到工作。他后来托了同学罗家伦，到北大胡适那里说项，胡适喜得打跌，纳天下大家而北大之，那是胡适最高兴的事了，一口应承，给顾颉刚先生授了教授证，教授工资高，一级教授三四百元，如初上讲坛的顾颉刚也有七八十块大洋。而顾颉刚却跟胡适套关系，他不想教书，想去图书馆。这让胡适跌眼镜：当教授工资高，当图书管理员收入不高（当年毛泽东在北大图书馆，只有七八元月薪）。不是顾颉刚不识抬举，乃是他壮志凌云，别有怀抱，顾颉刚想的是图书馆书多，近水楼台，好做学问。胡适见小生可造，不再劝，应承下来。可是图书馆工资五十元，比教授低了大半哪？顾颉刚其时家庭人口多，家境困窘。好一个胡适，对顾颉刚说了：我工资高，每月从我工资里扣三十元，补公家给你工资之不足。

顾颉刚当时也是收着了，他喜欢干自己的事，若全按兴趣做事，又糊不了家，天上降了个胡适哥哥，他是十分高兴的。当然顾颉刚也不是没骨气的人，他对胡哥哥说："这三十元，借是必要的，送是不必要的。"顾颉刚是蛮懂得感恩的人，他对胡适急公好义，哪有不感谢的？若有一张选票给他，他肯定想都不想，投给胡适。

林语堂去哈佛大学留学，跟北大签了合同：留学费一半由北大出钱（官府出四十元，北大出四十元。北大出的四十元，是文学院院长胡适跟林语堂许的诺），留学归来他给北大效力，教英文。不知何故，北大把合同给忘了，没打学费生活费去，这下急死林语堂了，寒霜偏打无根草，林语堂爱人廖凡女士恰好又病了，需要住院开刀，林语堂无奈，打了一封电报给胡适。不日，收到了五百元支票，林语堂感动是感动，自然没涕零——这笔钱是公家给的，公家助人，感激心情自然要低烈度些；后来林语堂转去德国，积蓄花了个一干二净，再打电报给胡适，"在绝望中，胡适博士又寄来了一千美金，解了围"。

这些钱，都是公家给的？不是。1923年，林语堂归国，面谢北大校长蒋梦麟，蒋校长云里雾里？什么五百元？什么一千元？（林语堂后来说是两千元），北大没给你汇过款啊？噢，原来，"那笔当时近乎天文数字的钱是他从自己腰包里掏出来的，他从未对我说起这件事"。这下，林语堂深为感动。直到林语堂历经人间沧桑岁月，人已老了，仍不忘胡适当年义举："这件事，已深藏在我和我太太心中四十多年。"

教授工资高是高，未必很高——较官家与豪家，那算什么钱呢？胡适差钱，不差义。其待文人学者，慷慨好施，如林语堂先生所说，"这是他的典型作风"。一介寒士许德珩，曾赴法国留学，有蔡元培先生资助，但他脸皮薄，不好意思老是向蔡校长要钱，可是自己没钱，连回国的路费都没，想来想去，许想到了士林及时雨胡适。1926年10月6日，许试着向胡适开口，要借一笔钱。大家都晓得，借钱是何等难事，君向他人借钱，谁会借你？而胡适会，胡适不说二话，马上打款三十英镑，大解许先生急时无，使许先生舟遥遥以轻飏，风飘飘以吹衣，兴冲冲做了海归。

陈寅恪因眼病厉害，辞去英国牛津大学教席，经美国乘船归国。其时胡适也碰巧在美，将回国出任北大校长，听说陈寅恪即将抵达纽约，便致电陈寅恪，请他在纽约下船，请哥伦比亚眼科研究所的专家们对其眼病再进行诊治。只是陈寅恪的双眼最终还是没能保住，胡适先生在日记里记道"很觉悲哀"，胡适不是抒情式表达，而是实际支助，陈先生还在美国治眼，胡适已回国，托人汇款一千美金，嘱陈先生安心养病。陈寅恪回国任教，"是岁甚寒。清华各院本装有水汀，经费绌，无力供暖气，需住户自理。先生（指陈寅恪）生活窘苦，不能生炉火"。胡适晓得了，又要给陈寅恪钱，陈先生推拒，不肯收。两人推来推出，最后是陈寅恪主动提出以藏书抵价，胡适只好派人到陈寅恪先生家里拉了一车书。

胡适到了台湾，这种救苦救难、扶贫济困的"典型作风"依然未改。他专门从自己收入里拿出了一笔钱，没起名胡适基金会（也是不想留名的意思），却专作了胡适资助金，帮助学子去国外深造，受益者颇多。李敖当年受过胡适多次人文鼓励，也受过胡适多次资助，1958年，胡适约小年轻李敖到钱思亮家，三人谈得来。其时李敖贫困得很，他自言是"三条短裤都进了当铺"，胡适雪中送炭，给李敖送了一千元支票。

前辈对后生：话鼓励，人所欲也；钱资助，人所欲也；二者不可得兼。大家往往取话鼓励焉——很多莫说给钱，给句话都不肯。而胡适呢，在士林文坛与知识界，善名远著，慈声远播，话也给，钱也给，受到胡适帮助的，多而又多。陈之藩曾在美国留学，借了胡适钱，事后去还，胡适说："其实你不应该这样急于还此四百元。我借出的钱，从来不盼望收回，因为我知道我借出的钱总是'一本万利'，永远有利息在人间的。"

影响有影响力的人，资助值得资助的人（反之，未必），那确乎是"永远有利息在人间的"。李敖当年穷小子一个，胡适资助他一千元；李敖后来发达了，一次捐了一笔大款到北大，给胡适塑了一座铜像。李敖说："今天我做个样板给大家看，我捐了三十五万元人民币是在北京立铜像，就是告诉大家，其实胡适思想是最温和的，对我们最有利的，现在我们开始知道立个铜像给他，当时胡适在我穷困的时候送了一千元给我，今天我相当于用一千五百倍来还这份人情。"

胡适文章与学术，在民国也是一流，但是不是数一数二，这个难说。然则，民国文坛与学术界若排座次，估计胡适是会选上坐头把交椅的。无他，江湖都有传说，他是士林及时雨，人人都乐意跟人说：我的朋友胡适之。

胡适的牌德

与鲁迅先生相较，胡适博士还真是自由主义者。鲁迅先生与许广平女士试婚老久了，他携许女士到杭州游，夜半住宿宾馆，鲁迅先生非要拉许钦文睡中间，他与许女士分睡两边。这般事，若搁胡博士身上，早公开自由恋爱了——胡博士少年孟浪，出入秦楼楚馆，不止十回八回，赢得青楼厚幸名。鲁迅日记记生活，多是扃户闭门，不是读书，就是写作，别人来找他玩，他不太乐意，大半生命形影相吊于书房；胡博士其起居注里，呼朋引伴以呼卢喝雉在在多有，活得洒脱多了。鲁迅那么拘谨，比较之下，胡适不更自由？

鲁迅活得累，胡适日子过得轻松悠游，别的不说，单说打牌，可见端的。胡适在上海的中国公学读书时，打牌打得厉害，课也没去上，拴起门在寝室里搓麻将，他自述是："我那个月之中，真是在昏天黑地里胡混，有时候，整天的打牌；有时候，连日的大醉。""从打牌到喝酒，从喝酒到叫局，从叫局到喝花酒"，放下这花样玩，换上另种耍法，一副纨绔浑小子模样。有好事者统计，胡适在1910年1月到2月里，日记记载的打牌次数是十六次，实际恐怕不止这数吧，专心致志打牌，打得天昏地暗，暗无天日，不舍昼夜，他哪还有心思记日记？

胡适自谓，他当时那么疯狂爱上打牌，倒不是耍名士风度，也非以非常方式与大学教育叫板，而是一种"革命的苦闷"，他在《四十自述》里道因——是"少年人的理想主义受到打击"。中国公学当时闹民主，学生哪里闹得赢当局？胡适与同学们集体退学，又不敢回家，怕老母举竹扫把，给一顿"笋子炒肉"。没书读，待在学校，"前途茫茫，毫无把握，在那个忧愁烦闷的时候，又遇着一班浪漫的朋友，我就跟着他们堕落了"。天天向下，堕落过日子，比天天向上，攀升过日子，那日子过得快些，这是的论。牌中一日，世上已千年，牌里逍遥，泡可消愁。

若说十年前，胡同学打牌是为消愁，那么十年后，胡教授搓麻将，则是消闲了。上世纪20年代，胡适博士正好二十六岁英年，已是北大教授，青年得志，无愁有闲，"我的天性是不能以无事为休息的，换一件好玩的事，便是休息"，好玩的事多呢，"但'打茶围'，涎坐在妓女房里，嗑瓜子，吸香烟，谈不相干的天——于我性情最不相近"。这话可有点言不由衷，当年"喝花酒"，怎么回事啊？恐怕是怕江冬秀太太那"两把菜刀"来闹"婚姻保卫战"。厉害吧——老婆善管老公者，多是一收一放，老公去青楼里与女性嗑瓜子，那绳收得紧；老公去朋友家与牌友斗地主，那线多半放得松。胡博士就将搓麻将拟为"秉烛看海棠""深宵探春竹"一般雅事，"打球打牌，都是我的玩意儿"。

读书十天，已是博士，打牌十年，尤是新手。胡博士爱牌，玩小意思，基本上是赢得少输得多，去的多，进的少。贫者来做牌友，他扶贫——赢贫者的钱，他心里有障碍；富公来了呢，心障倒没，手气不争气，几乎都是帮富——胡博士打牌，当不了庄主，当的是光绪（光输）皇帝。

胡适牌技不精，牌德倒是可以。

梁实秋先生曾看过胡适打牌。那年是在上海，胡适喊了一桌，本来叫梁实秋参战的，梁公自称是家教严，从小没摸过牌，"不知麻将为何物"照例当看客，作壁上观。这场牌局设在"一品香"馆子里，牌桌好，硬木的；牌也好，很经摔，牌拍桌子，砰砰砰，震天价响，声高气氛高嘛；参战的都是中国大师级人物，潘光旦、罗隆基、饶子离，加上胡博士。文士混战，互有胜负。三人赢，输胡适一个，三吃一。胡适输得见底了，最后一把牌，来了好机会，胡博士坐庄，牌也来得好，牌式是一吃三来势，只是我好你好他好，大家都好。胡博士是清一色，已听张了；邻座的罗隆基与饶子离是对对碰，对面潘光旦呢，是大满贯，单吊白板。

胡适抓到一牌，开了杠，再抓来一只牌，恰是白板，胡适看桌上，已是两只白板，迟迟疑疑，犹犹豫豫，心里紧张，碎嘴子："该不是吊这一张吧？"左右两座，一人喊："扣他的牌，打黄算了。"一人喊："生张打不得，否则和下来要包。"潘光旦起哄："别打别打，我单吊白板！"真劝假劝，搞得胡博士脑大，将那牌，摸，摸，又摸，想拆对子，又舍不得一副好牌，念念有词："冒一下险，试试看。"逡巡，逡巡，又逡巡，然后是视死如归，赴汤蹈火般，摔了白板去……哪里试得的？梁实秋先生站干岸上做评论家："人生自古在尝试，这回是，尝试成功自古无！"潘光旦先生偏偏吊孤张，吊的就是这白板。胡博士愿赌服输，没把牌抢回来。

胡适这一炮，放得响亮，一个人包圆呢，一算账，三十多块银元。一块银元算人民币，有五六十，一把牌下来，输了千把两千，输赢算大，可是胡适早输了个精光，哪还有钱付？此事若搁军阀张宗昌，早冲账了——张军阀最爱打牌，打牌赢了，他要；输了，他说挂账；是输打赢要的角色。牌上欠账，哪个还？还个矮子鬼！胡博士虽是"文职的营生"，却有一股"武夫的豪气"，当场开了支票，事后悉数给了潘光旦。

胡适牌技不好，牌德好，是牌场招商引资最佳人选，若是三缺一，喊胡博士来玩牌，那是何等快活事？长叹一声以掩涕兮，再喊胡博士，他先是隔了海峡，后是隔了天界——这非三缺一，而是十三亿缺一了。

胡适老章演反串

老章，章士钊也，胡适叫他老章（胡适曾作一文，题目就叫《老章又反叛了！》）。老章是反派人物，其时当着段祺瑞政府的司法总长兼教育总长，按胡适诸人说法，是反动而腐朽的家伙。老章之反动与腐朽，不仅在于他当那么大的官，而是他拒绝接受白话文，拒绝接受新文化，是老古董。老章办了一家刊物，叫《甲寅》（史谓甲寅派），撕破喉咙吼，骂胡适诸人是"华夏孽子"，是"五伦禽兽"（林纾《妖梦》）；若论分贝，老头子哪有年轻人肺腔高？胡适等骂起老章、老林来，更狠，谓老古董们是"选学妖孽"，是"桐城谬种"。

两两对骂，各起高腔，各出恶语，想来是死对头了吧，若相见，那定然是各自板砖拍过去，把脑壳拍成比目鱼了——这是后来论敌间的情状。老章与胡适，文白之争时，各为论敌；浮一大白时，互为酒友。版面上打笔仗，喊打喊杀；桌子上碰酒杯，先干为敬。他们是论敌状态，不是敌对状态。胡适在《老章又反叛了！》中述有一事："今年二月里，我有一天在撷英饭馆里遇着章君，他说他那天约了一家照相馆给他照相，他邀我和他同拍一照。饭后，我们同去拍了一张照。"又同饭局又照合影，关系那样好，哪是死对头论敌？关系那样好，却是真死对头论敌。

老章守旧，抵死维护文言文；胡适维新，拼命主张白话文。一文一白，要新要旧，文化矛盾貌似不可调和，闹得不可开交。不过也不尽然，老章顽固，也现代了一把，就在他请胡适喝酒、照相那回，老章反串了一回，弄起了白话文学，在照片背后写了一首现代诗：

你姓胡我姓章，

你讲什么新文学，

我开口还是我的老腔。

你不攻来，我不驳，

双双并坐。各有各的心肠，

将来三五十年后，

这个相片好作文学纪念看。

哈哈，

我写白话歪诗送给你，

总算老章投了降。

　　这诗果然白话，出句都是文言派所反对的"行用土语为文字"（若这么弄文化，"据此凡京津之稗贩，皆可为教授矣"——文字哪能这么浅呢），文言派老章真向白话文投降了。

　　胡适读了这首白话诗，回了老章一首诗，也算是投了降，他回复了一首文言律诗呢：

但开风气不为师，

龚生此言吾最喜。

同是曾开风气人，

愿长相亲不相鄙。

　　文言、白话，果然是相亲不相鄙了？非也，这不是钱玄同与刘半农唱双簧。新文化运动伊始，钱刘一个充古董，大骂新文化，当穷形尽相的标靶；一个当新进，做一粒子弹消灭一个敌人的壮士，一唱一和，一胜一败，老古董落荒而逃，新进派大获全胜。

　　胡章之唱和，却不是唱双簧，而是演反串，文化急先锋当了一回保守派，文化保守派充了一回急先锋，不是身份反转，只是角色反转。

老派老章，文言立场抵死不变，他做白话文，意在笑胡适一把；新进胡适，白话理念尤其坚定，他做文言诗，也想规劝老章站过队来。老章哪会真转队呢？他随后又创办了《甲寅》周刊，开诚布公谓："文字须求雅驯，白话絮不刊布。"按胡适的说法是，老章又反叛了。老章哪是反叛？他本来就是反的。

章胡这次诗歌反串，单从文字韵味来看，老章略胜一筹，他是文言老古董，作起白话诗却也蛮彻底的，既明白如话，又略显俏皮；反观胡适旧体诗，味道差些，正经了些。若说质胜于文，则胡适是也，胡适的思想与观念，委实胜时人多多，纵使几十年过去，依然觉得胡适走在时代的前头不可以道里计；但若说胡适的文采，多是不足的，读胡适文章，如喝白开水。胡适有首名诗：我从山中来，带着兰花草；种在小园中，希望花开早；一日看三回，看得花时过；兰花却依然，苞也无一个……这诗如果要放现在发表，多半只能放儿童文学刊物，若放成人刊物，大概也以放在打油诗栏目为好——当然，若要鼓励古典诗歌，也可能获鲁迅文学奖的。

且不评判老章与胡适其反串词谁优谁劣，要看的是老章与老胡的论争谁正谁歪。以后来者眼光看，无所谓正确与谬误，没有胡适等极力推行白话文，文化便断了生机；没有老章等拼死维护文言文，文化也可能断了命脉。论敌之间，各自反串反串，反思反思，也是蛮好的。比如文言与白话，并不非得你死我活，也是可以相辅相成，甚至可以相反相成的嘛。

舌尖上的黄侃

裤裆上的黄侃，不太好说，黄侃居乱世，人生不满半百。别人是九死一生，他是九婚一生。闲嚼黄侃裤裆事，不太合女权主义者口味——黄侃师母汤国梨（章太炎先生夫人）便最恨他裤裆那点事，一说就来气。黄侃曾在家门上挂小木牌，上书"座谈不得超过五分钟"。女学生舒之锐和程俊英去黄侃处借阅杂志，见到木牌后拟遵师意，掉头欲走，黄侃说："女学生不在此限，可以多坐一会儿。"哪里可以多坐的？说不定就被"妻"了——"非吾母，非吾女，可妻也"。且不说下流，单论风流，当侃舌尖上的黄侃。黄侃夫子自道："有菜一切好说，无酒寸步难行。"登徒子以色为要着，孔方兄有钱在先；不道诗酒风流，而说菜酒风流，宣言以菜冠人生一切之首位，只怕单有一个黄侃。

黄侃最好使酒骂座，一生事业，仿佛在骂人。骂人即交恶，两人交了恶，心添堵，自然是不共戴天，哪还愿意同菜共桌？气节气节，两人来气了，就当讲节了。人道：食节，失之黄侃。

黄侃早年入同盟会，与会中成员虽称同志，却多是骂敌，街头遇见，黄侃都是翻白眼，不理别人的；要理，也是呸声一句。这般与人相交，哪还好意思去吃人家的喝人家的？黄侃好意思。某日，会员设酒局聚会，黄侃听说采购了不少好吃的，不禁嘴馋，人家没开请柬，他不请自去，半座皆仇敌，不尴尬死了？有佳肴，不难堪，席间诸君，都不好搭讪，是好事呢——不好开口说话，最方便开口咽菜，酒局上，黄侃食指大动，埋头苦干，食毕，扪腹揩唇，吃人还嘴长，骂起供食者来了："好你们一群王八蛋。"估计是怕有人将入肚佳肴给挤嗪囊吧，黄侃骂完，赶紧跑了。

另有一回，黄侃闻香识佳肴，听到隔壁锅盆碗底响，狗肉喷香，蛇羹沁脾，其好友刘成禺还不断推销这酒席那个好啊，有山珍，有海味，有熊掌，有燕窝，添油加醋说一通，说得黄侃腹肠翻腾胃酸怒。这回不是同志打平伙，而是主人办私宴，而这主人，恰是黄侃骂过的，两人不曾搭讪已多年。无奈有美味，且将老脸搁一边，相逢一席泯恩怨。黄侃央求刘成禺去说项，求主人给个红请柬，主人呵呵笑，给请柬来了，却附带丧言权、辱人脸的条约——只准他开口吃，不能开口说。黄侃若说，有什么好话？黄侃全盘接受，席间，他果然只往死里夹菜，和着牙齿往肚里吞，不曾把腹诽往嘴外喷，舌头不灿莲花，也不长蔷薇，单风卷残云，连剩菜残羹也吸溜溜、哗啦啦到腹里。

　　黄侃日记"十二卷"，差不多卷卷都有"吃喝记"，鲥鱼、螃蟹、巨鲫、火腿、凤翅，都是"好酒好菜，放马过来"；腌菜、芥菜，川菜、鲁菜、粤菜、湘菜，也都是"食不厌精，脍不厌细"。研究菜式和菜系不比研究经史子集，用功少；一半年华，搁置在舌头上。要寻黄侃真性情，大概也在四个地方：一是裤裆上（上面说了，此处最好别去）；一是嘴唇上（名士事业在骂人）；一是在腹笥上（腹有诗书，罕有其匹）；一是在舌尖上（可在此间寻黄侃性情密码）。

　　这舌尖上的黄侃是蛮可爱的，常人将恩怨先放在唇齿上了，然后再刻在心尖上，再也刀削削不掉，钢刨刨不了——仇恨记了心，再无解。黄侃先生却逞了口舌之快后，是非恩怨没往心底去，最多是搁舌尖上，这还真是名士好作风，大人之间，相撮一顿泯恩仇，比一舌之间打死结，更和谐一些吧。

　　舌尖上的黄侃，那是真性情，可爱；但黄侃职业是舌耕，若其性情建立在职权上，那舌耕上的黄侃是不是可爱呢？

冯友兰先生在其《我在北京大学当学生的时候》中写道："黄侃上课，侃侃而谈，侃到兴头上，关键处，忽然停下来，不再说，学生莫名所以，正发怔，黄侃开口讨饭局了：'北大给我那几百元薪水，我只能讲这么多了，若要我讲下去，你们得请去全聚德吃鸭子。'"黄侃讲《说文解字》，讲得云里雾里，云山雾罩，没多少人听得懂。听都听不懂，却要考试，毕业不了，怎么办？好办，请黄教授去撮一顿，一切OK！打的分数是高不成低不就，没一人上九十分（课都没听懂，哪打得高分），也无一人七十分以下（学生都凑钱请了教授客呢），人人都在八十分，校长蔡元培听了这事，感觉师之无存，道之无存也，便来问黄侃师道何存，黄侃会侃，说："他们这帮学生还知道尊师重道，所以我不想为难他们。"

学生"尊师"，黄教授还真的就"不为难他们"。黄侃到同和居餐馆与人大快朵颐，看到隔壁有学生在那里猜拳划酒，顿时劈头盖脸，骂了还骂，骂不绝口。黄侃腹藏万卷骂人语，骂得既不歇气，又不重词，学生哪禁得住他骂？学生懂老师，赶忙叫来伙计，当着黄教授交代："今天黄先生在这里请客，无论多少钱都算在我的账里。"黄侃的疾声厉色顿时刀截一般，转为和风细雨。当年读大学的，大皆富家子弟，左手一只鸡，右手一只鸭，端午中秋，春节元宵，给老师送节拜年，不是什么事；学生尊重老师，先生爱护学生，多成佳话。只是不晓得他向穷学生打秋风否？我们道黄侃，皆生歆羡心，这既源自黄侃身处民国，是民国风流（黄侃幸生民国，人人争说风流）；也源自黄侃是名士，是名士风流。若搁异代，其人应当做佳话流传，还是当做劣迹来讲呢？教师给小学生打分数，以鸡鱼肉为秤；教授给大学生打学分，以菜酒饭为准，非名士怕难成佳话——若是他类非善辈，不请客不批项目，那活该骂死。若我等小士，虽好吃，只能将性情搁心尖上，谁敢放舌尖上来？想大撮学生一顿，也是在心里头想想算了。要做士，就要做黄侃，做一大名士，那是大有好处的。

❧ 文凭是识字 ❧

学人王云五，头衔是蛮多的，教育家，出版家，学者，文人，企业家，经营家，还有"博士之父"称，您要给他挂虚衔，自还可排列一排，众多虚衔中，有一顶帽子很耀眼，他曾是商务印书馆的老板，这家百年老店如今仍是光彩熠熠。胡适不太轻许人，对王云五先生却是支起脖子仰视："他是一个完全自修成功的人才，读书最多，最博……此人的道德学问在今日，可谓无双之选。"

胡适这评价自然有点高，做学问的有，搞出版的有，藏书籍的有，当老板成功的，更有；而王云五在学人与老板中，算独一个，他还是发明家呢，他发明了四角号码查字法，这是公论；公论之外，若许鄙人私论，前有古人，后未启来者却有来者，他还创造了独一的文凭体系，姑云之"识字体系"。

王云五并没读过什么书——这话错了，正确的说法是并没读过什么学堂，他正儿八经上学，满打满算，是一年半私塾，莫说读完高小毕业，初小都没读完。他家本世代务农，他爹王光斌扔了锄头把，到上海滩当了农民工，开了一家小店子。王云五打小爱读书，他爹却打他小（大了，不敢打了）：读什么书？几个读书赚了钱？他爹是商人价格观，世界观是价格。故没让王云五读完初小，便送他到上海一家五金店当实习生。

赚钱非其兴趣，读书却是其所嗜，王云五白天当店小二，晚上去当夜校生，他眼光领先我们百来年，他去夜校读什么书呢？四书？五经？小学句读？不是，他读英语。南京路上，有一家酒店，可能也是一些刚毕业即失业的天之骄子，办起了民校，王云五报了名；王云五读书读得痴，晚上熬夜读，白天在店里，也捧起书读；顾客来买五金工具，喊他半天没回应，账也常算错了。五金店老板骂过他几回，骂不醒，便炒了他鱿鱼，让他老爹领回去。

他老爹领他回家，训他一顿是不消说的。还叫他赚钱，让王云五在他爹的店里帮衬，王云五答应了，提了一个条件：白天可以在店里打杂，晚上要去夜校学英语。这条件不高，他爹应了，王云五便在这学校读了七个月书。他读七个月，胜我读七年。1904年秋，他转到上海守真馆继续学英语，别人当学生，他当的是教生。教生？嗯，教生。这堂课，他去听老师上课，下一堂课，他去给学生上课。教学果然相长。教学还相抵，一边交学杂费，一边赚讲课费，两两相抵，还有赚头。

"宁可一日不吃饭，不可一日不读书"，王云五读书读得特别多，胡适说他"读书最多，最博"，不是虚夸；王云五不只是当书橱，读书以思，读书以用，著作亦等身，有好事者算了，王云五出版个人著作二十多种，其中百万字以上的著作五部。他率先在台湾倡导博士教育，"十三年间指导论文不计其数，硕士、博士出自门下者，不下百人"，人道是"博士之父"。

读王云五履历与阅历，您读的是什么？是辉煌吧；王云五自己读，是难堪。办公室拿表来，或招聘会上填表去，让王云五填履历，其中有一栏：文凭，他怎么填？里面有多少无限光荣？或有多少无言屈辱？

我以为只有近几十年，种种表格才都有文凭这栏要填，原来在民国那会儿，便已有了；据说个人印制名片，民国定例，也须有学历一项。王云五怎么填？心底是虚？是愧？是怕向表格说怨愁，不填不羞，填了堪羞？王云五实在是不好填，笼而统之填"大学"（也说得过去，他自修大学），遗知者羞；蒙混过关填"小学"，呵呵，填"小学肄业"还不太够格。嗯哪，俗世的或者说学林规定的文凭系统，让王云五既掩面，又失语。好在王云五是发明家，他不进入你们的文凭系统，他如创造四角号码检字法一样，另外创造了文凭学历检索法——姓名：王云五；文凭：识字。

文凭？我觉得世界万事中，名不副实者万，文凭是之一。文凭，文化的凭证？你有多少文化，你的文化多高多深，这张纸可一证了之？好像没那回事。文凭，叫校凭倒差不多。

王云五创制的文凭认证体系，他不以文字起头，也不从校字开始，他以识字打首：识字；识礼；识理；学识；通识；博识；博识后呢？是博大精深。藏书万册又如何？那不过是书橱，读书万卷抵不上著作一本，这就是"识"字体例文凭的含义所在。王云五把自己文凭定为"识字"，太谦了，最少可填"学识"。填通识呢，好像有点问题，王云五后来从政，帮民国政府搞金融改革，败举金圆券，弄得很不尽如人意，老实说，我们至今说起民国金圆券，依然是：笑，笑不起来；哭，哭得见笑。可见，王云五搞出版，搞发明，搞教育，搞经营，那是高手，但搞政治，搞宏观经济，还不能说是一通百通，百通全通，天下学问通吃。

前面说了，王云五创制文凭认证ISO（说来有点夸张，这体系，至今从没被国际认可过），前承古人，后未启来者却有来者，后来人也创造了一套呢，不以"文"字号，也不以"识"字号，其文凭发文件以"房"字号，或者说是以"妃"字号，颁发天下，通行学界。

说的不是小学文凭，小学文凭是，你"人大附小"毕业，与"筒子楼校"毕业，估计政府都是一样承认文凭的，但大学就不一样了，学府就不一定认可了。阁下去大学应聘试一试，你说你大学毕业，本科，二本三本，你看大学要不要你。好吧，你是重本吧；更好吧，你读硕读博了吧；递了文凭过去，你以为他看了硕士博士文凭就OK？没那回事，他还要检索你是985，还是911（抱歉，且发更正，应是211）。不都是重本吗？是的——你不都喊娘吗？有亲娘，有大娘，有小娘，有后娘呢。这是说，同样本科同样重本，有大房，有二房，有偏房，有通房丫头；换到皇家系统，则有皇后，贵妃，常在，答应……

文化认证体系，创制到房字号（妃字号），不晓得是更精准了，还是更没准了。

夏丏尊自虐与虐他

教育家夏丏尊行教，被命名为"妈妈的教育"，倒不是他是婆婆（他是公公，纯爷们），而是他太妈妈。学生到了学校，他要拉着学生的手，问一个：早晨吃了几个包子，吃饱了吗？下午放学，学生跑出校门，夏老师飞脚跑来，远远地望着学生背影喊：别到路上耍啊，放下书包先要洗个手啊；学生假日上街耍一下，他要赶来教导："勿吃酒！铜钿少用些！早些回校！"不是妈妈胜似妈妈："穿一件竹布长衫，略蓄短须，看到学生眯着眼微笑。"一副婆婆妈妈的教师形象就这样定格了。

夏丏尊是那般和蔼，搞起思想教育来却也让人倍感"严酷"。他当年从日本留学归来，到浙江两级师范学堂当助教，夏老师是言之敦敦，学生听之邈邈，总闹出很多事端来，夏老师一个醇儒，哪见得学生德行出格？他本来当助教，上完四十五分钟课，走人就告吉，夏老夫子却自讨苦吃，自荐来当舍监，大概是训育员或德育主任之类职务，专抓学生品行的。职务所及，自然碰到思想问题就更多了。

这回碰到的问题有点恼火，有学生气呼呼跑来告状，说丢了东西。一个学生丢了东西，那么另外一个学生呢，丢了人格，兹事体大，让夏老师忙乎了一大阵，听闻问诊，只是略略有些眉目，猜测是某生所为。麻烦的是，这位学生不承认。

夏老师行的是"妈妈的教育"，从来不举霸王鞭，他甚至不敢去找某生单独谈话，夏老师的意思是，要叫这位学生自己站出来，自我检举，自我揭发，自我忏悔，自我纠错。师范生了，说来年纪也不小，自尊心强着呐，他哪会自我暴露？夏老师想了个办法，不批评学生，先做了自我检讨，向全班学生鞠躬：检讨自己教育无方，育人失责，学生思想素质没跟上来，是夏老师当教师当得不好。

这一招并不灵验，老师泪眼花花，以情动人，在讲坛做罪己诏，学生却还是不敢出来认账。夏老师刚做老师不久，教育手法并不多，碰到这般教育难题，他也无策，感觉这班学生"冥顽不化，无法感化"，便去请教李叔同。李叔同当高僧，是后来的事，这时候也跟夏丏尊一样，在这学校当教员，两人特别要好，李老师给夏老师出了个主意，主意很猛："你肯自杀吗？你若出一张布告，说做贼者速来自首，如三日内无自首者，则舍监诚信未孚，誓一死以殉教育。"

夏老师想出的教育办法是：老师自责，让学生自首；李老师想的办法是：老师自杀，让学生自首。可是，若我布告发出去了，三日期限已过，学生不来自首，又当如何？李叔同说：很简单啊，自杀啊！"这话须说得诚实，三日后如没有人自首，真非自杀不可，否则便无效力。"按李叔同先生的法子，到时夏老师不自杀，那是绝对不行的：先前还是学生偷物，此时便变成了先生偷生；先前还是学生失德，此时便是先生失信了。老师失信，那就是老师人格破产呢。

这法子让夏老师怔了半晌，最后还是不敢尝试。夏丏尊老师上有老，下有小，一下子自杀了去，那如何得了？李老师说得真诚，夏老师想的也是实诚。夏老师最后摇了头，说，还容我另想想法子。

夏老师想了什么法子？还是自责一途，比自污要猛，比自杀要轻，他搞自虐：绝食。如果学生不出来自首，那我夏老师就要绝食。夏丏尊先生说断食能使人除旧换新，改去旧恶，生出伟大的精神力量。夏老师举例说，释迦，耶稣，都曾断过食，"有机会时，最好把断食来试试"。

夏老师果然出了一张布告，布告说：夏某当教师，不称职，使得某生丢失物件，夏某自负其责，绝食以罪己，直待物归原主，方进食后，再进教室，与诸君共勉。云云。

布告出墙了，夏老师坐在学校操场去了。未几，那位一时物迷心窍的学生伢子，眼泪鼻涕一齐流，将东西交了出来，向夏老师也向同学们鞠躬谢罪。

夏老师这次绝食，获得成功，自有前提，一是，老师勇于自责，把教育责任先由老师承担，这可否给我们上了一堂责任课？其二呢，学生也是良心未泯，良心之始，便是有怜悯心，有愧疚心，看到老师为之受苦，心中大不安，若是换了后现代人，纵使老师为此真去自杀，也未必心有所动，那就此事不成，他人也无话可说。

夏丏尊先生行教，自是可敬。学生犯了错，先生不举教鞭，不搞刑讯逼供，而是"心太软"，首先把责任揽在自己身上，"把所有问题都自己扛"，这样的教师，这样的教授，如今还有没有？夏老师教书育人，心确乎太软，却也有可议处，手法不免简单了些，甚至说，手法还太硬了些。夏先生断食苦己，某学生呢？那是心灵苦己了。想一想啊，犯错的学生所受的精神折磨，会比身体断食的老师轻吗？估计会翻倍受难。夏老师的自虐，其效应传递给学生，如一颗子弹，刚出膛威力不大，到了学生胸腔，那是可以穿胸碎心的。夏老师自责而自虐，可否想到了其实更是虐他？我尊敬夏老师，我更可怜某学生——他承受的心理压力，谁能感受？若是偷盗了贵重东西，或还可想，若偷的只是笔啊笔记本（非电脑）啊，那能不能放过他？让学生受这般精神刑，也是人生不可承受之重。

好在夏老师其教是诚心的。后来夏老师经验丰富了，办法更多了，这般法子再也未曾用过。而李叔同呢，也悟了人生之道，不久去当了高僧，终生苦己以度人。他纵使苦己（即自虐）要度人，也不再虐人。

🌸 文青季羡林 🌸

1934年1月1日，一元复始，万象更新，小把戏要哭来一身新衣服来穿；小伙子也要苦约（缺钱也要借钱充豪情）一群男女去劲歌劲舞；有乐要纵乐，无乐要找乐；你不快乐，别人也要祝你快乐，以示朋友情谊。季羡林这一天，是什么心情，有什么赏心乐事？

季羡林这一天是满腔哀愤，一脸忧闷，"早晨十点才起。我知道这是过年了"。小伙子不都盼着过年吗？季羡林还是学生，罗敷或已有夫，使君却还无妇，依然是小孩子。季先生除了感觉又大了一岁外，余无欢。何以多愁？非关风月，不是悲秋，是"前天听说《大公报》致函吴宓，说下年停办《文学副刊》了"。这让季羡林心里老大不爽，"还真岂有此理"，季先生骂骂咧咧去了图书馆，看到的景象是"却有去年滋味——冷清清"。

季先生的哀愁是文青的哀愁，季先生的幽愤是文青的幽愤。《大公报》取消《文学副刊》，让文学青年季羡林失去了一块园地了。秋风萧瑟，寒霜一阵紧似一阵，副刊是越发少了，季先生在日记中不免忍不住，恨意难消，"到现在，话又说回来，虽然我认为文副不成东西，大公报馆也不应这样办，这真是商人"。古今同慨，副刊纷纷裁撤，所剩有几？报刊"这真是商人"。《大公报》当年听得季羡林先生这声牢骚吗？现在看来，《大公报》给副刊留下情义，开辟园地，是坚持得最好的吧？

乱买了一本季先生所著的《我眼中的清华园》，读到了季国士当年就读清华大学的日记节选，这日记是什么日记？若给起个小标题，当叫"文青日记"。季国士记载当年青葱岁月，几乎是一个文艺青年的心路历程。这年元旦过后的第二天，小季甚是苦闷，白天在"长之（即李长之）处打扑克"，晚上回家，越发虚空，青春白度，一文无成，心里急若冒烟，一晚便想做两篇稿子，补上虚度时光，"晚上想作《忆母亲》，又想作《黄昏》，结果没作成，只是想，想，想，——头都痛了"。

季羡林的成功，不在常立志，怕是在立常志，昨晚脑壳昏昏，没完成自己布置的任务，次日一早起来，便跑到图书馆去写文章去了，写的是《黄昏》，写了一上午，没写完，发扬了连续作战作风，"过午仍然接着写"，孤独的文青努力走在通往国士的路上，写到日落西山。嘿，成了，完篇了，感觉还不错，"自己颇满意"。

妻子是别人的漂亮，稿子是自己的好，一气呵成的稿子，写完了，谁不喜滋滋的？都是感觉良好；若过些天去看呢？季羡林稿子初稿是一挥而就，却也只是草稿，还要誊抄一遍，才拿得出手。1月5日，"晚上抄黄昏"，抄，抄，抄，自然也是改，改，改，抄抄改改，到了7日，还只抄了一页，抄不下去了，没稿纸了。文青都是贫苦青年噢，不贫苦谁愿干这般劳什子活？"我现在真急需用钱，稿子（纸）要买，墨水要买。说起稿纸，更可怜。《黄昏》只抄了一页，就因为没了稿纸抄不下去。"文青读到此处，岁月倒带，阁下还记得当年找方格稿纸的艰难困苦吗？"好不急煞人也"（季羡林语）。

到了该月12日，"今天颇痛快——家里的钱寄到了，《黄昏》也抄完了。抄完一看，自己还挺满意"。满意吧？那就投稿吧。真到了投稿，心情又掉下来了，写得有那么好吗？能发吗？次日，"果然把黄昏寄出去了，寄给了《文艺月刊》，不知命运如何，看来是凶多吉少"。人同此心。当过文青的，都会有这种忐忑心吧，信心满满写稿，踌躇满志改稿，等投稿以后呢？便是诚惶诚恐，便是灰心里暗长企盼，企盼里又潜滋灰心。

文青过的日子，读的是文学刊物，写的是文学作品，搞的是文学活动，谈的是文学话题。季羡林当年在清华大学读书，其他无记，或是记得少，念兹在兹，十之八九皆文学。这篇没完，另篇又开工。季羡林对文学是非常痴心与执着的，《黄昏》刚投出去，又构思《年》，《年》还在腹中待产，他又准备写《寂寞》了，1月22日，"晚上又开头作《年》。这篇恐怕是篇很美丽的散文，我自己觉得"。写了又断，断了又续，今天抄了，明天抄，直到31日，"早晨把《年》抄完"。季公当年的"文学时间"并无定准，有时晚上，有时早晨，有时中午，有时午后。看来，季羡林先生对文学真个是相当爱恋的，无时无刻，不在惦记着自己的文学事业。

《年》怎么样了？2月16日，"今天《现代》把《年》退回来了，我不太高兴"——废话，辛辛苦苦，费心费力，写好的稿子寄出去，给退稿了，谁高兴？"文章，我总以为是好文章，只是编辑没眼。"怨声载道，活脱脱一个青涩文青。

还好。野文青（还不在文学圈里的，姑且叫野文青吧）也有春天，"今天高兴极了，是我一生顶值得记忆的一天"。这天有何喜事？是洞房花烛，还是金榜题名？抑或是中了彩票？文青的欢乐不在此等事，而在接到了"用稿通知"（离上稿还远呢），好像是男女订了婚（退彩礼的也多喔）。这天中午，"接到叶公超的信，他已经看过我的文章了，印象很好，尤其难得的是他的态度诚恳，他约我过午到他家去面谈"。

面谈的结果是好坏参半，好消息是，叶编辑说，可以"在《寰中》上发表"；坏消息是，"还得改动几个字"。改几个字？这或许是"编辑术语"吧，几个字，不当堂就改了？季羡林是拿回家去改的。季羡林是2月19日去的叶编辑家，直到27日，"今天把《年》改好了，抄好了，又看了一遍，觉得还不坏，预备明天送给叶公超"。

那《黄昏》呢，两个多月过去，到了3月4日，"今天盼着上海的《申报》，看《文艺月刊》的广告，我的《黄昏》登出来没有，但不知道为什么，《文艺月刊》却没登广告"。两个多月，见到季羡林写过好多文章，却未见他发过一篇，即使是《年》吧，也只是"拟用"。这不让文青上火？前阵子没收到《黄昏》退稿信，还满怀期待，没退最少不是坏消息，等待戈多却也难得有好心情，天天去看信箱，天天去看广告，"最近几天看《文艺月刊》的广告，老看不到，恐怕不是改组，就是停办。我投稿的运气怎么这样坏呢？"小季心里着火，写了一篇《我怎样写起文章来》，有五千多字，里头多有对编辑没慧眼的怨气，"在写这篇文章的时候，我本来想骂几个人"，敢骂编辑吗？"但写到末尾，觉得通篇都很郑重"——对编辑，必须郑重啊——"加入骂人的话，就把通篇给弄坏了"。这篇不骂人算了，"但人仍然要骂"，骂谁去？怨气满溢，溢到教授身上去了："没做什么有意义的事——妈的，这些混蛋教授，不但不知道自己泄气，还整天考，不是你考，就是我考，考他娘的什么东西？"

那篇《我怎样写起文章来》，是投给叶公超的，叶编辑要用他的稿子，自然得烙热烧饼，烙了一个再烙一个。结局如何？3月16日，跟李长之去了叶大编辑家，"谈了半天。他说我送给他的那篇东西他一个字也没看，这使我难过"。何止难过？次日的日记里，是大失风度，破口大骂起来了，"心里老想着昨天晚上叶公超对我的态度——妈的，只要老子写出好文章来，怕什么鸟？"

确实。确实是这个理。可是，国士同志，您这话，理不糙，话太糙喔。要愤怒出诗人，先愤怒励心志。季羡林一直写稿，一直没能发稿，他气得跳脚，气得骂娘。还好，他气出来的，不仅是一口气，还气出了一个理：只要老子写出好文章来，还怕什么鸟？

还好。季羡林坐想行思日思夜想的《黄昏》，终于在3月18日这天，"晚上听长之说——《文艺月刊》把《黄昏》登出来了，听了很高兴，编者不都是瞎子"。

不管多大的腕，文青时候，怕也都是小季这模样的吧？读刘再复先生《鲁迅传》，里头说，鲁迅先生当年投稿，比季羡林更心情惨淡。鲁迅先生寄出稿子后，"他焦急地等待着，期望有一天登着他文章的刊物寄到他手上"，结果等啊等，稿子原封不动被退了回来。你退我写，你敢退我敢写，写了好几回，把编辑惹毛了，鲁迅先生把新写的稿子又寄给上海商务印书馆，不久又退了回来，退就退吧，里头附了一信，让人伤心欲绝："而且附了字条，说是这样的稿子，不要再寄来了。"

谁知道鲁迅先生后来会成为那么大的腕儿呢？鲁迅估计不知道那位编辑是谁吧？后来他骂尽天下诸色，却好像不曾骂过那位退稿的编辑。想来，那位编辑也是遗憾吧。要不，也可待鲁迅先生成了大家后，出来写写文章，题目可拟为《当年鲁迅向我投稿》。莫言先生获诺贝尔文学奖后，那位最初给他发稿的编辑，是这样写过一篇的。

校长当如张伯苓

有个遥远的新闻，传说是这么开头的：本报讯 南开大学校长张伯苓、天津市长杜建时今天出席了……搞没搞错啊？这不是新闻事故吗？没错，是这么开头，校长排名在市长前面的——这不是新闻事故，这是新闻故事。

张伯苓一生事业在教育，先后创办南开中学、南开大学、南开女中、南开小学和重庆南开中学等。南开者，难开也。要办一所学校有多难？单是办学经费，就难倒英雄汉，张公并非豪家，不过出身秀才家庭，家产不丰。1892年，张公从军，入天津北洋水师学堂学习，也曾在北洋水师舰队实习，三年以后，北洋水师在甲午海战中全军覆没。张伯苓最初的理想可能是书生报国吧，碌碌书蠹不让国家闲养便是万岁，报什么国？张伯苓便投笔从戎，当上海军，没想到也是一腔热血付东流。张公理想又一转，以教育报国："要在现代世界中求生存，必须有强健的国民。欲培养健全的国民，必须创办新式学校，造就一代新人，我乃决定献身于教育救国事业。"

办学艰难，张伯苓解难法子，便是走武训路子，今日乞东家，明日丐西家，以自家面子来换银子。面子箩筐大，银子袋子小，阁下试一试去向人讨钱，会是什么感觉？不用太多给你难堪，单投来一双白眼，就让你宁死不再想屈膝。讨来的钱，是为学校，不是兜自己袋里，哪个愿以自家尊严来兑纸钱？张伯苓却愿意，他是民国著名的"化缘和尚"。

化来的钱有提成？有二成提成，自也有很多人不要面子了，有银子要什么面子？多年前，敝地有政策，不管你从哪里要来的钱，从上面要来的，从下面要来的，从老板要来的，从老爷要来的，只要你要来的钱，都是二成提成，后来更是加到五成。舍面子得银子，面子还要来干吗？很多美女，裤子都不要了的。

张伯苓化缘，化缘数百万，他提成不？一分也没提，皆用到教育上了。员工工资一涨再涨，最高月工资升至三百元。张伯苓呢？他原地踏步踏，工资一直在一百元。其时南开算民办大学，学校应是张校长的。民营老板收入比打工仔低的，你见过吗？低那么多，你见过吗？

好吧，不跟民办比。如南开一校之长，权力可以通吃的了：行政这一块，有开支权，有报销权，嗯，他是行政首长，行政方面他便霸得蛮吃得咸；职称这一块，工资高，名分高。张校长不也可以自给自评个教授？张伯苓当了好几所学校校长，每所学校都要费心操劳，每所学校领工资福利，不领得振振有词？张伯苓却不是这样的，他操心几所学校，却只在一所学校领福利待遇，多劳不多占。我们一个小学、中学校长就是这么操作：行政那头，他把持；职称这一头，他先占。领教授工资，当行政领导；天下好处一人全占，人民群众还得沸耳高赞他：他是专家型领导、学者型领导。

张伯苓莫说吃两头，一头他都没吃好。校长到处跑，要有一台工作车吧。我们车档次低啊，开到X政府，门卫不让进啊，这娇一撒，奥拓换奥迪，奥迪换宝马，宝马换劳斯莱斯。张伯苓校长外出坐什么车？有回，张校长进一个豪华会局，宝马香车聚一场，情形极像名车展销会，型男们大腹便便，首长们大腰腴腴，都有美女或帅男给拉车门，款款然施施然，从豪车里走出，顾盼自雄。张伯苓，这位新闻报道排名在市长前面的大学校长呢？粗布陋裳，甩脚甩手，笃笃悠悠走过来，门卫拦住：你什么人？校长？啪，立正：张校长好，您的车呢？您的车号是多少？张伯苓笑了笑："11号。"中学校长的车牌都是88888，张伯苓校长其车牌是11号。

"教书不能发财，办教育不能发财"，办教育本是苦差事，办成苦差事，这就对了，教育若都办成了一种享受，那这个世界就太疯狂了。教育不一定要清贫，但一定要清高。清贫不一定是教育者的体验，清高一定当是教育者的体面。碌碌之士，营营之徒，想发大财的，可以有很多路子可走，就是从事教育这路子不能走。

张伯苓办教育，或自个没面子，要去化缘，要去讨钱，失面子，那是家常便饭的；而张伯苓办教育，自个是非常体面的，他没从中捞一把，也没想到要从中消受一番。他每出差，都是坐最低档车，什么一等座，什么头等舱，什么软卧席，他都不知这些玩意是一只袋鼠还是一条麻袋。每次出差外地，他都带着一盒臭虫药走，他吃的是"便民饭店"（是店吗？），住的是"朝晖旅社"（名称是蛮好），他睡的是"湿梦席子"，与臭虫为伍，与跳蚤酣眠。民国公子张学良曾慕名到天津来找张校长，先是在别墅区转悠，后在豪华小区寻觅，数尽千厦皆不是，斜晖脉脉臭水沟悠悠，才在晒满了羊皮、散发着恶臭的陋巷之一间平房里，找到这位名闻遐迩的张校长。如此寒素，如此寒士，张伯苓或与校长身份是不搭界，却入教育家人格的最高境界。

言教身教，教师要言教，尤要身教，以身教为要。据说有回，张伯苓给学生上修身课，见到一位学生牙齿焦黄，手指熏得墨黑，张伯苓忍不住相教："你看，把手指熏得那么黑。吸烟对青年人身体有害，你应该戒掉它。"好为人师者，多是这样作派，一肚子男盗女娼，教起人来都是一嘴巴仁义道德。张伯苓这回教谕学生不吸烟，他自己也是吸烟啊。学生便当场顶嘴："您不是也吸烟吗？怎么说我呢？"张校长瞬间很是难堪，但他跟学生打了一赌："我保证不再抽，你也不抽，行不？"张伯苓从此把烟给戒了。

不抽烟可道，而更可道的，还是要回到张伯苓办学的清贫上来，这是金钱社会最稀缺的品质。张伯苓退休后，仅有的一份工资也没了，晚年完全靠3个儿子赡养。去世时房无一间，地无一亩，亦无存款，口袋中仅有6元7角钱。

兄弟，你给我找找，在千名大学校长里去找找，在万余中小学校长中去找找，在百万余科级以上干部中去找找，你能找到级别那么高，名气那么大，而离世时口袋只有6元7角的人吗？

"保姆"弦歌或绝响

竺可桢以气象学家身份当上浙江大学校长，有教授名费巩者，在一次教务会上带着冷意笑道："我们的校长只会管天，不爱管人。"他只会管天不会管人吗？非也，竺可桢主政浙江大学，使这所不太占天时、地利、人和的学校成为与北大、清华相比肩的名校，赢得了北有北大、南有浙大的隆誉，其管人之能可见一斑。也许管人的首义是爱人，闲读竺可桢在浙大的故事，感动我的不是其管人才能，而是其爱人胸怀。

竺可桢自1936年当上浙江大学校长始，到1949年止，共有13年，期间的学生运动波涌浪接。竺可桢是自然类科学家，对政治一直不很"感冒"，他不群也不党，不左也不右。他认为学生的任务就是读书学习，舍此不可他务，不应该参与什么政治活动，并多次在公开场合发表声明，反对学生搞学潮。当初国民党把他派任该职，竺可桢之"治学"态度，也是当局的重要考量因素之一。1935年的"一二·九"运动之后，浙江大学掀起了声势浩大的罢课斗争，为平息学潮，蒋介石罢免前任校长，除旧布新，竺可桢走马上任。要而言之，是派他去管理与抚慰学生，不要动不动就搞运动。

但是，以反独裁要民主为主旨的学生运动谁也没法阻挡，包括他们可敬的校长也挡不住学生对民主的强烈诉求，他们依旧常常走上街头游行。学潮一直是国民党之所忌，一见有学运，他们就"斥诸武力"，学生的安全成了很大的问题。竺可桢苦口婆心劝阻不住，怎么办呢？也许不同的管理者会有很多种态度选择：选择之一，请来军警，封锁校园，把运动"消灭"在"学校内部"；选择之二，你们爱运动就去运动吧，我是阻挡了的，或伤或亡，可别怪我言之不预也；选择之三，你们上你们的街，我在学校做我学校的事，完了，我挨了训，受了气，我再来训你们，拿你们撒气，斧打凿，凿入木，自然之理也；选择之四，你们去搞运动，被抓了被关了，哎呀，我去当局卖老脸，给你们擦屁股，求饶、讨保、说好话吧，谁叫我是校长呢；当然也还有选择之五，比如学生上街，校长去拦……而竺可桢是怎么选择的呢？面对着军警们的荷枪实弹，他举起一把小红旗，走在队伍的前头，军警再怎么凶残，也不敢对着"著名科学家"与"朝廷命官"开枪。他说："既然年轻人上了街，我就要保证他们的安全。"

而学生那么多，竺可桢顾得了头往往就顾不了尾。学生搞学潮，当时没被抓，事后往往到学校里来"拿人"。每到这时，竺可桢就与学生"串通一气"，甘当"窝藏犯"，总是掩护学生暂时"逃避"；如果学生不幸被捕，他就利用他的"影响力"，极力营救；如果已被关入狱中，他亲自去监狱"探监"；如果受审，他则一定到庭"听审"，当庭外"律师"，为学生辩护。有些学生虽然没有被捕，也没受审，但当局直接把"命令"下达到学校，要求开除其学籍，竺可桢一口回绝："吾人总须爱惜青年，不能以其喜批评政府而开除之。"

1947年10月，中共地下党员、浙江大学学生于子三，被国民党秘密杀害，为掩人耳目，国民党声称其是"用玻璃刺破喉管自尽"。竺可桢得知后愤慨万分，上浙江省政府声讨无果，他不罢休，又坐火车直奔南京国民党政府总部，要求伸张正义。然而，他受的接待非常冷淡。竺可桢就向《大公报》等报纸公开惨案的经过和疑点，并说："于子三是一个好学生，其死因将成为千古奇冤。"报纸刊登了竺可桢的谈话后，极大地鼓舞了当时正在兴起的反迫害运动，学运一下扩展到二十八个城市。蒋介石十分恼火，要竺可桢在报上发表"更正"声明。按理说来，竺可桢当上校长，是蒋介石所提拔，算得上是蒋氏"门生"，而且他是与蒋沾了同籍之故才被"提拔"上来的，应该买蒋之账。但是竺可桢断然拒绝道："报载是事实，我无法更正！"

从某种意义上来说，竺可桢与学生是"道不同，不相与爱"的，但是，尽管他与学生的政治观点不相同，也一直反对学生参与学运，然而他对学生却是满怀保护之情，倾注满腔之爱。竺可桢的这种大爱，得到了其学生的衷心爱戴，1949年3月6日，浙大学生自治会为竺可桢校长60寿辰举行祝寿晚会，那情形特别壮观，"健身房里挤得水泄不通，参加的人数超过任何一次晚会的记录"。尽管竺可桢因不赞成为他祝寿而没有到场，但学生热情高涨，他们献给校长的一面锦旗上赫然写着"浙大保姆"，表达了学子们对其校长深深的敬意。

其实，这种爱，不只是保姆之爱可比拟，甚至可比母鸡对仔鸡的羽翼之爱。母鸡是相当温驯的，但当她孵了小鸡之后，常常张开其羽翼，把所有的仔鸡荫庇其下，一旦看到其仔鸡受到威胁，就鼓羽振翅，主动挑战，奋勇啄人，哪怕面前是高壮之大狗，哪怕面前是喂养它的主人，也都愿舍身相抗。

竺可桢说："宇宙间，有两种很伟大的力量，一种是爱，一种是恨，而人类的命运就寄托于爱能否战胜恨。"

强者哲学PK自由精神

谈起清华大学，罗家伦是绕不过去的人物，但是人们常常绕过去了。台湾学者苏云峰说："在台湾，因梅贻琦声望太高，所以谈清华的人，不太注意他（指罗家伦）；在大陆，则因为罗氏与国民党的关系，而遭到侮辱性的攻击。这都是不太公平的。"苏先生还说："罗家伦是国民政府奠都南京后所任命的第一位清华大学校长。他自上任到辞职，不及两年，但他勇猛精进，不畏艰难，改革整顿，颇有贡献。"

既算是鼻祖人物，又对清华"颇有贡献"，自是清华史传难绕的了，为何大陆与台湾又同时都不约而同绕过他来叙清华史呢？除却苏云峰先生所说的两个原因，恐怕还有第三个原因吧。清华大学，固然是罗家伦千里走单骑，一世之雄也；也算是关羽走麦城，难提当年勇；其中贡献有可道者，其中故事也有羞与人言的。

罗家伦是五四健将，人称"罗大鼻子"，对他的个性，沈刚伯先生有过一个概括："他生平不畏强悍，而有时能忍辱负重；他本辩才无碍，而有时偏讷涩苦不能言者；他通权达变，偶亦有出入小德……"

罗家伦确乎"不畏强悍"，源自他本身即蛮强悍的。罗家伦的人生观，是一种"强者的哲学"，他所提出的强者哲学有三个指标："第一要有野蛮的身体；其次要有最文明的头脑；再次，还要有不可征服的精神。"这三项现在读起来，大家都得点头称是，找不出什么不是来。但罗家伦先生所举出合乎这三者的例子，却会让人争论不已，在罗家伦看来，一般人不配讲强者哲学，配讲的是哪些人呢？"如汉高祖及武帝，东汉光武及明帝"，如"唐高祖及太宗"，如"宋朝太祖及太宗"，如"元太祖及太宗"，如"明太祖及成祖"，如"清康熙帝"……大都是开国之君。

有比较才有鉴别，说完了强者，罗家伦便说弱者，他说弱者有罪，其罪其恶有三：第一，负天之性，辜负了上天赐予他的天赋；第二，连累他人，弱者往往需要别人照顾他，当心他，自己又不会学习好好照顾自己，却因此成为帮助他的人的绊脚石；第三，纵容强者作恶，弱者自己不争气，这样反而会让欺负他的人养成骄横作恶的习惯。单看罗家伦给强者哲学开具的条件，真不错；但其所推崇的人物以及对弱者罪恶的持论，多少感觉他所谓的强者哲学有点太"那个"了。

罗家伦有一套强者哲学，也有一副强者的个性。五四运动所发的唯一一份印刷品《北京学界全体宣言》，只有一百八十余字，却厉言壮语，写得大气磅礴，便是由他起草的。在运动中，罗家伦富有"野蛮的身体"与"不可征服的精神"，一直冲在队伍前列，赢得了五四健将的美名。意志未改，精神未衰，罗家伦就是凭着这一股子精神气，治办清华。罗家伦临危受命清华，据说是时任大学院（后改为教育部）院长蔡元培所提名。其时年仅三十开外，初生牛犊不怕虎，少年壮志不言愁，他此前与清华并无渊源，带了一个秘书，刚来走马上任，大烧了三把火：废除董事会；使清华改归教育部；整顿基金；这三项哪一项整顿都是一次硬仗。废除董事会，这是改变权力结构，不是睡他人侧，而是要夺他人床，没有"强者哲学"与"强梁手段"，哪做得到？清华是依托美国庚子赔款所建，此前一直属于外交部直管，他要换"婆家"，也不是耍的，但他要成功了。基金即是财政，是钱，是票子，改变管理模式，也是相当于一次"经济革命"，革别人的"经济命"，不是容易事。

罗家伦执掌清华，时间仅两年，但对清华面目的改变却是蛮大的。他任职时间是那么短，改革幅度那么大，所取成效那么卓著，这其中，若无强者哲学支撑，无强力手段推进，那是痴人说梦。可是成也强者，败也强者，强字使罗家伦求荣得荣，强字亦使罗家伦求辱得辱——罗家伦在清华改革未竟，壮志未酬，却被清华给驱逐出来了。

1930年，春色正好，罗家伦却是心情发灰，其时清华大学学生开了一次全体大会，会上形成了"决议"，一个字：出；两个字：请出；十个字：请罗家伦滚出清华大学。学生们推出了几个代表，到校长室去宣读"决议"，决议是"判处校长（职务）死刑，立刻执行"，限他马上离校。罗家伦满心悲凉，请求"代表"们稍留情面，容他与学生"对对话"，再走不迟，代表们怕其中生变，予以严词拒绝。罗家伦提出到家里去取自己衣服之类，代表们也不准，说是取衣服可以，但不能让他去，只能让他派人去。万般无奈，罗家伦家都没回，就从校长室里被学生"礼貌"地请出了清华大学。其时学生列队两旁，唱起原来的校歌（罗家伦就职清华后，换了新的校歌），这校歌听起来，罗家伦是什么感觉？怕是如四面楚歌吧？一个堂堂大学校长，被一群乳臭未干的大学生绝情驱逐，那情形未免太难堪，情景未免太狼狈。

罗家伦被逐之因，众说纷纭，大体上有两种说法。一是政治说，罗家伦是国民党的人，他的坚强后盾是蒋介石。但1930年，冯玉祥与阎锡山联合反蒋，中原大战爆发，冯阎势力再入北京，蒋派的罗家伦失去了立足的理由，不得不走。二是经济说，罗家伦走马清华，在就职演说里许诺："必遵廉洁，务去浮滥，如有或违，愿受党国严重之制裁。谨誓。"罗家伦言出未随，陈中凡先生所作的《我所知道的罗家伦》里写道，罗家伦恰是犯了浮滥律条的。陈说罗本寒士，但当了校长后不久，家庭突然致富："住的是最壮丽的洋式楼房，家中家具陈设，每月调换；每个房间的地毯花式不同，也按时更换。古玩、书画，由琉璃厂古董商送来。"陈先生还说，罗家伦改变了清华基金使用模式后，校长名下使用的"特别费"，"每月支出在万元以上，多到三四万不等"。故而，"全校师生为之侧目，至忍无可忍，最后酿成公愤，演出一场驱罗的滑稽趣剧"。

罗家伦对自己被请出清华大学（他自己说的是辞职，非被逐），持的是政治说，可信与不可信，自然值得一辨。陈先生所持的经济说呢，按台湾学者苏云峰先生所说，不排除"因罗与国民党的关系，而遭到侮辱性的攻击"（不过沈刚伯也说了，罗家伦大节不亏，"偶亦有出入小德"），此说也仅供参考吧。

笔者认为最能成说的，当是罗家伦所坚持的强者哲学与大学所秉承的自由精神，两相冲突，未能调和吧。

罗家伦执掌清华，壮志凌云，要把清华重新整治，取的是攻势，他个性本不愿当守成之君，要当的是开山之长，行为做派自然强势。少年得志者，好走两端，要么心高气傲，要么束手谦卑，难得走激进与谦和折中的中间路。罗家伦在清华，据说是蛮张扬的，"除外国教员和少数学生代表外，其他教授、讲师、助教和职员，一概不放在眼里的"。大家忍气吞声，敢怒不敢言，据说只有黄侃才敢批评他："校长和教授职权不同，地位不分高低，你凭什么藐视所有的教员？"黄侃是罗家伦北大读书的老师，自然只能洗耳恭听师长教诲，不过从这里可以看出，罗家伦确乎有点迈过强者哲学之门，一脚踏进了霸者作风中了。

罗家伦给教员的印象不佳，在学生眼里，形象也比较难看。学生们给他作了一首打油诗："一身猪狗熊，两眼官势钱，三字吹拍吹，四维礼义廉。"罗家伦身材肥，故是猪狗熊，骂得算狠了；更狠的是"四维礼义廉"，四维里掉了一个"耻"字，骂他无耻——这就可能骂得过火了。

罗家伦引起学生如此反感，不是他"无耻"，而是其强势。罗家伦当的是大学校长，但他有另一个身份——少将。一个武人，闯进文圈，文武素来对立，罗家伦如何弥合？罗家伦据说在清华里常常穿着少将服，上身军制服，脚下是马靴，那身装束与校园如何相配？罗家伦对大学生的管理，带有蛮强的军事化色彩。他首先在校园搞"军训"："军事训练不仅是体魄的训练，乃是精神的训练，当现在的中国，更是民族求生的训练……"他对这些文弱学生，按照军人要求来搞，将全校学生分为四队，各设队长一人，队长与学生"同吃同住同劳动"；早晚点名，按时作息；男生女生须穿制服……初时，学生觉得蛮新鲜、蛮好玩的；久了，厌倦起来了，迟到的、早退的、旷操的多了，原先队伍整整齐齐，壮观得很，现在稀稀落落，不成体统。罗家伦只想到自己的想法蛮好，却没有想到自己的做法好不好。他继续强力推行，下命令：早操无故缺席，记小过一次，三次小过为一次大过，三次大过就开除……引发学生怨声载道。后来成为哲学家的张岱年，原本是考上了清华的，看到清华那军事化制度，吓了他一大跳，赶紧退出清华，上师大去了。有位叫沈有鼎的，已是八次记小过了，差一次就要被开除。第九次，他也没去，恰好那天下了大雨，全校停操了，他没被罗家伦开除，却成为日后"开除"罗家伦的一大干将。

民国时节，君君臣臣，师师生生那套礼序伦理已被打破，师权沦落，生权猛涨，师权与生权没找到平衡点，冲突起来往往是生权胜了师权。罗家伦的被逐，在清华大学里或是第一个，却不是最后一个。若有人没事干，去数一下民国被学生逐出校园的校长，那数目也是很可观的。

这是一个悖论，没有罗家伦的强者哲学，他在清华两年，时间短，要取得改革大事功，那是不可能的。没有任何一项改革，不是麻烦事，因循守旧者不会改，束手束脚者无法改，唯唯诺诺者改不了。改革是闯关的事，不是猛龙过不了江。老实说，建功的，多是强人。真理掌握在少数人手里，这少数人，既可能是在野的，也可能是在朝的。罗家伦改革清华，恰是在朝的。他立志改革清华，他确有强人手腕，清华便在他的顶层设计中，强力推进。但这种强力与时代却并不合拍，大学里头，最讲究的是自由精神，罗家伦的军事化手段如何协调民主化浪潮？罗家伦的强者哲学把握得不太好，其狼狈被逐，怪不得谁，不过大学里的自由精神是不是有可议处？强人行政，走过去，便是极权，与独裁不远了；自由行事，走过去，或是散漫，与无政府主义也只隔了一道门。罗家伦的很多改革是需要强力的，比如他"专辖废董"；比如他打破千年旧习，要在清华招收女生。哪一项改革，都是硬仗、恶仗。还比如他要让学生"野蛮其体魄"，用心确实良苦，但其想法与做法之间隔了一层：征求了学生的意见吗？在强者如罗家伦看来，事事都要这商量那商量，那事情办不成了，他只如李逵一样："前打后商量"。

罗家伦与清华学生最要命的冲突，恐怕就在这里吧。强者哲学与自由精神，罗家伦没处理好，学生算处理好了吗？也难说处理好了。这事，不单是罗家伦与其学生的悖论，可能还是世界性的悖论，将两者关系处理好的，实在不多。

傅大炮别号傅老虎

在民国士林里，傅斯年先生有民主高射炮之美誉，他最让当时称道、也最让后人景仰的壮举，是炮轰孔祥熙与宋子文，孔宋两人都是行政院院长，位高权重，更与蒋介石或是连襟关系，或是姑爷舅爷，敢于向这两位重量级人物叫板，那份民主勇气，前或许有古人，比如海瑞；后暂无来者，屈指数不出人。傅斯年先生算是近现代民主重镇与高峰。

傅斯年架高炮，射落高人，成为民主斗士林里之尊者，每念傅斯年三字，都应双脚并立，肃然此致敬礼！但设若不为尊者讳，傅斯年先生也是有其缺陷的。耿法先生在《鲜为人知的李庄才女——游寿》中说："有些知识分子对外部、对上司极力争民主、争自由，颇有美名；但对内部却喜欢专制、喜欢独裁，还偏偏文过饰非，不愿承认。"引发耿先生叹发如斯感慨的，恰是傅斯年先生。

傅斯年先生筚路蓝缕，创办史语所，自任主任，提携与培养了大批青年才俊，"但傅先生脾气暴躁，作风霸道，身上的霸气与才气可谓并驾齐驱，史语所的人，对其敬之爱之畏之，私下里称他为'傅老虎'"。傅斯年先生搞学术，有甚深的门户之见，他看不起没留过洋的土著学者。据说当年王世襄先生慕史语所大名，前往求职，被人荐与傅先生相见，傅先生不是一言不合打发人走，倒是说了二话，傅先生说的一句话是："你是哪个大学毕业的？"王世襄先生老实答道出身于燕京大学国文系本科及研究院；傅先生说的二话是："燕京大学毕业的，不配到史语所来。"搞得王世襄先生几无尊严，赧然而退。

最让人唏嘘的是，傅斯年对待女才子游寿，其态度甚失宽容。游寿是福建人，有"闽东四才女"之称，跟同是福建籍的冰心、庐隐及林徽因齐名，师事国学教授胡小石，走的是本土学术"旧学"之路，恰是傅斯年先生所认定的歧途。游寿到得史语所，傅斯年先生就把她给冷冻起来，遣发到图书室管理图书，图书室里有位名叫那廉君者，只是中学毕业，因一直当傅斯年先生秘书，排名却在游寿之前，那氏都觉得不好意思，"窃以为不便，乞收回此意"，专为此向傅先生献辞，自承当位列游寿之后，但傅先生坚持己见，定了，就这么定了。最让游寿难堪的是，傅先生对游寿约法三章，在图书馆里工作，三年内不准擅自著书立说，若这单是倡导，督促人好好读书，将书读扎实，那或可见傅先生一片用心，但若作为一则死规定，则未免霸道。游寿偏偏也是跟傅先生一样个性很强，她才高气傲，不信这个邪，突破禁区，"私自"地"独立思想"，半年内，撰著了《金文策命文辞赏赐仪物》与《汉魏隋唐金石文献论丛》等学术论文，让傅先生大不满，以为游寿挑战其权威，对游寿多有压制。

游寿在史语所过得一直很郁闷。她曾为房屋事，在所内贴过一张"粘揭帖"，把自己的不满通过"小字报"等形式，向傅先生表达牢骚，让傅先生很是吃惊与恼怒；再是1945年，游寿以"旧疾复发，又因家乡沦陷"向傅先生请假，到重庆待了四个月，傅先生措辞甚急，使游寿难以下台，游寿自言是"年来受闲气平生未有"。特别显示傅先生不厚道的是，游寿曾在工作岗位上，撰了《冢墓遗文史事丛考》，期望在史语所刊物上发表，其他人都已通过，文章已编妥发排，让傅先生强行撤下，傅先生下的指示是"本所不能付印"，有人为之说项，说已将封面都印好了，毁版重来，损失大矣，傅先生也不为所动，将游寿论文从已印毕的刊物中撕去，印有游寿文章标题与署名的封面全部销毁，不留一点痕迹。

民主一大要义，当是宽容吧。胡适先生说，"宽容比自由更重要"。宽容者，就是得宽容不同学术，不同个性，不同派别，不同政见，不同文风……游寿与傅斯年的公案，也许各有不是，但作为一直以民主为诉求的傅斯年先生，也许应该负更主要的责任，谁叫他是史语所的"当权派"呢？什么叫民主？简单一点说，就是下属可向上司叫板，而上司却不可对下属进行压制。什么叫专权？也简单一点说，就是上司对下属搞压制。

就民主而言，或有两大对立阵营，士与仕，士常呼吁要扩大民主，仕却高呼要加强集中，民主集中制就在士与仕间拔河拉锯。而究竟千年以来，士与仕并非水火，恰是同路，换言之，士与仕曾都是一样人。仕者，左边人字旁，右边士字体，士者，仕之前身也，仕者，士之成品也；这不单是说，领导也是人，更可说，仕者来自于士，隋唐以来，九成九之仕者来自于士，多是科举得来，最少也是士人教育之下而为仕的嘛。这些人士，在野为士，在朝为仕，对民主认知与实践为什么有那么大的差别呢，是不是位不同则识有差？平时要民主，则将口号喊，一朝权在手，则将令来行。或许可以将其归咎于体制，这当然对极了，但这体制是谁在制定？是谁在维护？也多是出身士者之仕吧。以民主之士而进入体制之仕，或都有一粒石子投茫茫大海之感，蚍蜉撼树谈何易，以不易而不行。权力舞台上，易换马灯，难换星空。

民主需要高声呼吁，呼声越大，民主越有希望。我们需要的是高呼民主者，是真正呼吁民主，而不是呼吁权力，若是高呼了民主而上位之后，则死死抱住权力不再松手，以此要实现民主，怕也是难的，那要等到猴年马月呢？民主需要大家高呼口号，形成声浪，形成浪潮；民主更需要高呼民主口号的人，实践民主，践行民主。

水浒英雄傅斯年

民国教授群里特别有意思的人物很多，几乎成了一种现象。他们人数众多，特行独立，与魏晋风流可以一比，姑且谓之"民国风流"。傅斯年又算其中翘楚，他与其他名士不太相同，其他名士多在玩自己的名士风度，如果将这些名士所玩的称为个性秀，那么傅斯年玩的，很大程度可说是政治经。他生性豪爽直率，嫉恶如仇，读书时曾是北京大学学生领袖、五四游行总指挥。后来当的是学者，但也喜欢干预政治，对政治人物大胆臧否，张口无忌，敢放大炮，被誉为"傅大炮"。比如他在蒋介石面前抗言直辩，接连扳倒两任行政院长宋子文和孔祥熙，创下民国史上绝无仅有的奇例。其反抗精神过人远甚矣，文人节操，书生意气，是那些大儒没法比的。

傅斯年对政治有很大的热情与很高的禀质，五四学潮中，他揎拳捋袖，勇敢担当，冲在队伍前头，显示出卓越的领袖风范。但他本质上又是学者，对政治有着本能抗拒，所以他一生都在学者与政宦间首鼠两端，游移不定。一个学者积极参与政治，其实不算坏事情，政治与学术相比，政治尤其切实大众，切实公益。躲进自己的小楼，百事不管，只玩自己的名士风度，未必是个好学者。最少，他缺少对民瘼的关爱。以一个学者的话语权来为民众争权益，争福祉，匡时弊，正政风，有什么不对呢？

傅斯年逢有政治大事，必然站出来，发表时评，表明立场。如日本侵华，如西安事变，他都抒发己见。不能说他每次都站在正确一面，比如对西安事变，他骂张学良为张贼，力主出兵镇压，这看法就难以接受历史检验。但他每次都是凭满腔热血，不为利益集团做托，而是为公民做良心之论，精神实在可嘉。20世纪40年代初，蒋介石多次邀请傅斯年来国民政府任职，还打发了陈布雷等一干人马上门游说。傅斯年以"书生报国，如此而已"，力拒不就，却又拒绝得不甚干脆，也弄了个立法委员来当。在任上，他还真是在其位，谋其政，尽职尽责，恪尽职守，对政治的热情不减对学术的热情。

1944年，国民党行政院长孔祥熙贪腐，其他人都个个噤声。孔与蒋是连襟，按李敖的说法是，共用一家女人的，而且当的官实在不小，对这样的人，敢怒者可多，敢言者有几？傅斯年却拍案发难了。蒋介石是很懂得国情与人情的，他相信拿人手软，吃人嘴短，亲自请客，请傅斯年到馆子里去撮一顿。席间，他为连襟孔祥熙说情，蒋问傅："你信任我吗？"傅斯年答道："我绝对信任。"蒋介石觉得有戏，接着就说："你既然信任我，那么就应该信任我所任用的人。"傅斯年正色道："委员长我是信任的，至于说因为信任你也就该信任你所任用的人，那么，砍掉我的脑袋我也不能这样说。"他更直言不讳地放言："我拥护政府，不是拥护这班人的既得利益，所以我誓死要和这些败类搏斗，才能真正帮助政府。"

傅斯年有两次放炮，堪称书生言政的经典，讨孔后面还有一次大放炮，是1947年针对宋子文的一次。蒋介石喜欢搞家族企业，他特别喜欢任用外戚，蒋宋孔陈，都是连襟连起来的。故孔祥熙之后，宋子文又当上了行政一把手，据说他也是贪腐之辈。对这样的人，疾恶如仇的傅斯年是不待见的。他在报上写了《这样子的宋子文非走不可》的檄文，以如椽椽大笔予以挞伐，硬是把宋氏逼下了台。其中体现出来的书生骨气与胆气，放在中国数千年书生言政史册，都可谓经典。

傅斯年的造反精神确实强，但说起来，其造反的局限性也是很大的。如果要我来评价傅斯年，我觉得他只是一位水浒英雄。此话怎讲？一言之，就是：傅斯年只反贪官，不反皇帝。水浒英雄胆气很大，他们打苍蝇，也打老虎，打的最高级别也高达行政一、二把手的角色。蔡京、高俅高居大位，梁山好汉也敢反，智取生辰纲，抢的就是蔡宰相家有牵涉的宝贝。但梁山好汉在宋江领导下，其造反的基本指导思想是只反贪官，不反皇帝。傅斯年对蒋说的那句"绝对信任"，在"信任"前面加上了一个"绝对"的程度副词，可见端的。

傅斯年这一句话，并不是即席表态，临时献忠，从傅斯年平生言行来看，他对老蒋确实是一以贯之地忠诚。1949年，国民党退居台湾，老蒋拟定了许多知识分子名单，拟将他们送往台湾，其中傅斯年在名单里头很靠前。是去还是留，傅斯年不是没有踌躇，他把自己关了三天三夜，辗转反侧，最后还是决定追随他那"绝对信任"的人走。

傅斯年到台湾，被蒋介石安排做台湾大学的校长，继续干他所喜欢的教育事业，但傅斯年心情也不是很好。他依然保持了北大学术自由的老传统，依然对其学生爱之如母鸡护雏。但是，他从学术出发，容许异端；老蒋却从政治出发，爱搞清党。学术与政治常常是弄不到一块儿的，而且常常是以学术输于政治而告终的。台湾大学里有许多共产党员，还有许多亲共人士，自然为老蒋所不容。老蒋常常派人冲进校园来抓人，这让傅斯年老大不满。他向老蒋发脾气：这里是我的辖区，你要抓人，最少也要先通知我啊。此后，老蒋来抓人，确实是先通知了傅斯年的。通知了，不是不抓了，该抓还是抓啊，莫谓言之不预也。言之有预了，你又奈何？

1950年12月20日，傅斯年出席了蒋梦麟召集的讨论农业教育的会议之后，又赶往台湾省议会厅，列席省参议会第五次会议。大概是对傅斯年的办学不太满意吧，那天台湾教育厅长陈雪屏连连向傅斯年发问，已经在台上发过一次言的傅斯年只好再次登台解释，结果其高血压突然发作，倒伏发言台上。尽管老蒋指示不惜一切代价极力抢救，傅斯年还是于当晚11时逝世。据说当时的新闻发言人向外界发布消息，说傅校长已经"弃世"，这话引起了很大的风波，大家都把"弃世"听成了"气死"，舆论一时为之哗然。

是弃世的还是气死的呢？被蒋介石"招安"而去的傅斯年，离开他这个爱恨交加、悲欣交集的人世时，只有五十余岁，英年早逝啊。从大陆到台湾，其时只有一年多一点的岁月。出师未捷，英雄已逝；魂游他乡，痛何如哉？这可能也是如傅斯年、于右任等一代学人之大痛吧："葬我于高山之上兮，望我大陆。大陆不可见兮，只有痛哭。葬我于高山之上兮，望我故乡。故乡不可见兮，永远不忘。天苍苍，野茫茫，山之上，国有殇……"

肉麻麻的闻一多

新生开学，据说有位上伦理课的教授前来布道，诲语敦敦，教导学子别乱谈恋爱，要用高尚情操来抵制低级趣味。教授问：同学们计算一下，人生漫长，诸位是要痛快一小时，还是要痛苦一辈子？有学生站起来问教授：一辈子太久，人生苦短，教授，您说点实际的，那一小时来了，您怎么过？

据说教授不作答了。

换闻一多闻教授来作答，估计是："前回我骂一个学生为恋爱问题读书不努力，今天才知道我自己也一样。"

闻教授曾经沧海几十年，为何到"今天"才晓得那"一小时"心情会与学生一个样呢？

那是因为闻师母不在身边，让闻教授无限相思：

亲爱的妻：这时他们都出去了，我一个人在屋里，静极了，静极了，我在想你，我亲爱的妻。我不晓得我是这样一个无用的人，你一去了，我就同落了魂一样。我什么也不能做。

1937年6月，闻师母高孝贞（后改名为高真）先期回湖北探亲，谁想不及一月，七七事变惹烽烟四起，闻师母向闻教授发电报，一封接一封，催在清华大学任教的闻一多回武汉。闻一多回了武汉，未料由清华、北大与南开组成的西南联大，又要从长沙转往昆明，他应校长梅贻琦之邀，随校南渡；而恰在这时，闻师母却已在武汉给闻教授找到了战时教育问题研究委员会的工作。闻一多爱的是传道授业，不喜欢做机关官僚，乃听校长的话，不听老婆的话——闻师母怄气，不与闻一多同行。

公不离婆，秤不离砣。刚分别不久，闻一多便接二连三地向闻师母写情书，内容何止情意款款？硬是肉麻麻的：

> 亲爱的，我不怕死，只要我俩死在一起。我的心肝，我亲爱的妹妹，你在哪里？从此我再不放你离开我一天。我的肉，我的心肝！你一哥在想你，想得要死！

呵呵，这是学者闻一多写的家信吗？是教授闻一多写的情书吗？嗯，是闻一多写的。闻一多是学者，也是诗人。闻一多热情如火，情感有着火山一样的热度，若机缘爆发，便会"烧的这样狂"："爱人啊！将我作经线，你作纬线，命运织就了我们的婚姻之锦；但是一帧回文锦哦！横看是相思，直看是相思，顺看是相思，倒看是相思，斜看正看都是相思……"

情那般深那般真，可是你知不知道，闻一多的婚姻是包办的，他曾恨死了他的爱情。1912年，14岁的闻一多考上了清华学校（清华大学前身），母亲给他定了一门亲，还是远房姨表亲。几年后，闻一多要去美国留学，母亲便催他回家完婚，闻一多心中不爽，却母命难违，此时的他，对爱人哪有什么爱情？新婚里他不入洞房，只入书房；蜜月里写了两万余字的《律诗的研究》。他逢人便诉苦："家庭是一把铁链，捆着我的手，捆着我的脚，捆着我的喉咙，还捆着我的脑筋；我不把他摆脱了，撞碎了，我将永远没有自由，永远没有生命！……我知道环境已迫得我发狂了，我这一生完了。我只作一个颠颠倒倒的疯诗人罢了！世界还有什么留恋的？活一天算一天罢了！"

原先是"恨你恨得要死"，如今是"想你想得要死"。缘故在：爱要做，爱要说。女人对男人，爱要做；男人对女人，爱要说。闻师母对闻教授，其爱做得很好的。老公没太多爱好，爱喝点茶，抽点烟，闻师母每逢农村赶集，买些嫩烟叶，喷上酒和糖水，切成烟丝，再滴几滴香油，温火中耐心干炒，制成专供烟丝；老公上课回来，闻师母早早把家务安排好，饭菜准备好，然后带着孩子们一同去接——男人碰到这般女人，哪有不生爱的？闻一多无他长，却会写绵绵的情诗、火辣的情书。女人爱男人，从胃里去爱，是最佳捷径；男人爱女人，从耳根去爱，是最优选项——咬着老婆耳朵抒情；给老婆写情书抒情，那她定会对你死心塌地。闻师母读了闻教授的家信，载欣载奔，奔她一哥来了，给他一哥泡茶来了，给他一哥煲鸡汤来了。

闻一多是先结婚，后谈恋爱，不曾有什么共同语言，却培养了共同情感。有了共同情感，先结婚后恋爱，比先恋爱后结婚，不差；恋爱后结婚的，结婚后若不再恋爱，婚姻难保了。结婚后，如何恋爱呢？最经济的法子是，咬着她的耳根子：我的肉，我的心肝，我的宝，我的宝贝贝……蟮首娥眉，谁不花枝颤，身骨酥麻，偎脸着倾倒君怀？

说起肉麻，男人都不缺。只是男人向别人的爱人肉麻，爱情便起鸡皮疙瘩了，情感泛滥便成灾了；若跟闻一多一样只向自己爱人肉麻，爱情便煲心灵鸡汤了，情感纵泛滥亦成福了。

有诗为证：

男人婚后闷葫芦，山盟作废海也枯。

情爱泛滥若成福，此情只向老婆抒。

画家带剑黄宾虹

晚清到民国，千年鼎革，或迥异千年。国史换朝，要不宫变，要不兵变，要不民变，而晚清变局，却大异之。固然，武昌一声枪响，是士兵拉的栓，然则是几个营连长干的活——说来，扣扳机的是他们，指挥他们扣扳机的又是谁？民国初期革命大异处：这是一场"士革"，是一场士子摇旗、呐喊、举刀、持枪、扛炸药包的革命。

秀才造反，三年竟成。这是异数，其来有自，盖是书生既坐而论道，又起而剑行；如吴樾抱定"不成功，便成仁"之念，扛起炸药包，便赴死去了；"引刀成一快，不负少年头"，汪精卫也曾铁胆铜心，无书生懦弱之气；以教育家而名世的蔡元培，也与人刻苦研究炸弹，炸弹未炸，炸得自己满鼻子灰。何丧予？以炸弹与汝偕亡。民初书生，已非古之长袍马褂、只习"茴"字四种写法的了。

作家与思想家起来闹革命，这还不算奇，怎么说呢，他们是公知（正本清源意上之公知，非乱打鸣的公鸡）嘛，爱思想的，天生爱革命（自然，未必是实践者），而画家这类搞纯艺术的，也身体力行，参与到民初革命来了。黄宾虹就是其中之一。宾虹先生生于1865年，自幼也是熟读四书五经，意图科班出身，谋求仕途，以封妻荫子，十三岁随父于安徽歙县应童子试，名列前茅，却与科举为唯一理想者不同，他少年便在课读之暇，嗜好金石书画，从萧山倪翁处得了"当如作字法，笔笔亦分明"画诀，书画俱精进，尤以画名世。

朱文楚先生在其《民国人物风流录》里说，宾虹先生起革命之心，迹起于康梁公车上书。甲午战败，"华老栓"等固然仍在吃人血馒头，康梁等士子却在苦思变法。其时宾虹先生在两淮盐运使司任职，这是肥差，宦囊丰厚，宾虹先生却辞职了，并立刻致信康梁，谓"政事不图革新，国家将有灭亡之祸"，说来，宾虹先生既已是大清官家人，算是既得利益者嘛。图革新，不就革自己吗？原来，真正的革命，首先是要革自己命的。只革别人命的，不能叫革命，只能叫耍流氓。

宾虹先生有位朋友叫萧辰，其时正在谭嗣同手下谋差，那是真革命者，随时把脑壳别在腰间的。1895年，谭嗣同自浏阳赴上海，萧辰给宾虹去信，约在安庆相会。谭公坐船自长江东下，黄宾虹特地从歙县赶来，后来又临时改变地点，在贵池一家临江旅社，设筵席，听教诲。说是要听谭公一席话，以胜十年书，实是宾虹先生话更多。宾虹先生有激情，话语滔滔，满口革命变革，谭公多是听，不太言语。直到后来，听得宾虹先生真是要革命，才放开话匣，慷慨陈词："吾国天下虽大，然而不学，人才如何出得来？西学东传，势在必行，如何可阻？他日吾国发达，东学亦可西传。科学取之于天地间，用之于普天下。西人既用，吾人为何不能用？"三人谈得投机，直至深夜方散，趁着薄雾，珍重道别。

这是宾虹先生第一次也是最后一次与谭嗣同相见。革命没有不流血的，流血便自谭嗣同始，三年后，谭嗣同"我自横刀向天笑"，就义于菜市口，让宾虹先生有沥血之痛。1948年，宾虹先生应杭州西湖艺专之聘，要离京南下，他特地来谭公就义处凭吊："复生的出生，迟我五十天，而今别我五十年。复生洒尽苌弘血，虽不能复生，而复生之名，便是五百年后，仍然活在世人心中。"

书生闹革命，自然要展书生之长。书生之长是以笔为枪，以嘴喷火。1906年，宾虹先生之同窗许承尧在安徽歙县创办新安中学堂，力邀宾虹先生任国文教席，宾虹先生便成立黄社。黄社估计名自黄宗羲吧，黄宗羲著有《原君》，直揭千年君主制痛点："为天下之大害者，君而已矣。"这是人人所知而人人未敢道破的千古呐喊，黄社以此为宗旨，其革命意义是鲜明的。宾虹先生原配夫人洪氏曾回忆，宾虹那时候简直像个地下党员，"他每于三更半夜回家，同来很多素不相识的人，我要临时去做半夜餐给客人吃，吃好后他们便睡了，但我收拾刚睡下，他们又走了，我又得起来关门"。宾虹先生家成了革命联络点，成了免费的革命根据地。

书生闹革命，要展书生之长，更要拉书生之短，书生之短是什么？便是高头讲章，缩头乌龟。宾虹以画家而作革命者，不只是画个画，画个烧饼，他是在革命的，革命是要钱的，钱从何来？宾虹先生家免费接待革命者，那是远远不行的。宾虹先生是画家嘛，画钱蛮在行。呵呵，这不是玩笑，宾虹先生的确曾担负过"画钱"的革命任务。黄社诸君多次商议，要开造币厂，这事便落在宾虹身上，拟定在潭渡村黄宅，开厂印钱。黄社人员不多，刚开始仅九人，后来发展了，估计人员也不会很多，能量却不小，他们从外地运来了一批机器，又从山东请来一位铸钱师傅，师傅姓李，也是职业革命者，曾在太平天国专事造钱的。

万事俱备，不欠东风，这冬起步，来春机器轰隆隆响，钱币铜坯已然成型，只待数钱了。可能是深山老林里，机器响得有点怪啊，有人想去领赏，便向清政府告发，大清捕快来得飞快，宾虹先生也是跑得飞快。原来，我中有敌，敌中有我，大清衙门有黄社内线，将消息提前通报过来，宾虹先生连夜拆毁机器，遣散工人，销毁现场，飞奔杭州，再转上海。

朱文楚先生曾采访过宾虹先生侄子黄警吾，叙述了那惊魂一夜，虽曰惊魂，倒也显出宾虹先生职业革命家的素养，"那天一大早，女老大（按，指洪夫人）叫我去帮两天忙。我去了，男老大（指黄宾虹）还没有走，在算账给那些年轻的外路佬，老李那个铸币师傅听说不走了。吃了晚饭，约莫到了洪坑村，男老大才骑马（出家门）走了，碰上了老李，一同到洪竹潭家（洪夫人内弟家），吃了半夜饭，与老李步行到朱家村上船。船已先搞好了。当夜就开。那时老二（按，指宾虹二弟黄赜）在呈坎教书，骇得两个月不敢回家"。（朱文楚：《民国人物风流录》）。宾虹先生一人闹革命，全家都跟着闹革命。

宾虹先生直接参与的一场革命，是在上海，1911年10月10日，武昌首义成功；11月4日上海也革命暴动，上海商团拟攻击高昌庙清军机械局，商团执事先行告知宾虹先生这一绝密行动，分配其任务是担任外线信息传递员，他十分尽职，还制作了一面白旗（当年白旗的意义非是投降，而是标志胜利），扛着这面旗帜在上海街头跑，发论曰："际兹民国成立，言论结社得自由，同人固当不懈而益勤思以发展其素抱，尤愿海内同志相与有成也。"

民国胜利，宾虹先生也算是有功之臣，打江山坐江山，自是在理。宾虹先生却不作如是想，革命者要他去南京任职，"虚位以待足下"，宾虹先生没去，"要做官，你去，我坚决不去"。他只画画。朱文楚先生对此论道："也许这一选择是对的，否则在中国现代美术史上，何能出现一位'石涛之后宾翁实一人而已'（傅雷语）的扛鼎山水画大师呢。"

书生要激情，革命才能成功；书生成书翁，需要静心，才可自我成功。

独立名格

台静农先生有个名号，叫鲁迅嫡传弟子。这名号含金量极高，顶着这帽子去开讲座，最少可开出一小时一万元的身价来。只是这名号，既非鲁迅所喜，也非台先生所愿。鲁迅逝世后，台先生再也不"遥想当年"，将曾与鲁迅先生的交往"忘得一干二净"了。

鲁迅先生对人对事，多是横眉冷对，更是"一个都不放过"，故他朋友极少。但台先生是为数不多的例外。当年他负笈北大，曾听过鲁迅先生进"中国小说史略"等课，后来由生转友，亦师亦友，如1932年，台先生陪鲁迅发表震动古都的"北平五讲"；如1934年至1935年，他曾协助鲁迅拓印汉石画像。鲁迅先生轻易不许人，但对台静农却是誉之不倦，称"台君为人极好"。两人你来你往，文来文往，十分热络，过从甚密。据《鲁迅日记》记载，二人交往在一百八十次以上。有人统计过，在他们十一年半的交往中，台静农致鲁迅信件有七十四封，鲁迅致台静农信件有六十九封。有一事可证两人相交之深：1927年，有人准备提名鲁迅先生为诺贝尔文学奖候选人，请谁去征求鲁迅先生意见？刘半农请的是台静农。不是深交，不能谬托，可见世人都晓得鲁台关系深厚。而鲁迅的回信也印证了这一点："诺贝尔赏金，梁启超自然不配，我也不配，要拿这钱，还欠努力。"对人说自己不配，倒也罢了，但信中放言牵扯到"非议"梁启超，鲁迅是公认的"世故老人"，若交不那么深，是不会言这么深的。

以这么密切而深厚的关系，台先生一生什么事情都无须干，只需躺在"鲁迅"两字上，就可以吃香喝辣，衣禄不愁了。歌星唱一首歌，一生无忧；学人念一个人，便可赢得生前身后名。鲁迅是一座资源富矿，可让人掘第一桶金、第二桶金、第三桶金……子子孙孙掘下去，无穷匮也。然则，台静农先生并不当"食尸兽"，不靠啃鲁迅扬名立万。台先生执掌台湾大学中文系，从不提起他与鲁迅的特殊关系。台湾大名家蒋勋，曾是台先生的台大学生，受先生教诲无数，从没听台先生露半句口风自称是鲁门弟子。直到二十多年后，蒋勋到国外求学，在图书馆查资料，才晓得老师台静农"曾师事鲁迅，鲁迅亦视之为挚友"。学生、学者曾热切企望台先生能够撰写鲁迅的传记或回忆录，他则以"所忆复不全"这个"不太说得过去"的理由婉拒，不说也不写。

这就留下了一个大谜团，台先生曾与鲁迅那么密切，为何对鲁迅如此讳莫如深？有人说，这是因为台先生曾三次坐牢，他身在台湾，哪敢说鲁迅？台先生自承："战后来台北，教学读书之余，每感郁结，意不能静，惟时弄毫墨以自排遣，但不愿人知。"李敖说台先生是被吓破了胆。单是胆小吗？台湾戒严几十年，后来开禁了，言论自由度大为提高，台先生为何还是三缄其口？

曹聚仁先生也是鲁迅的弟子，他是1931年创办《涛声》周刊时与鲁迅建立友谊的，两人成为莫逆，鲁迅先生常将大事、小事乃至家事，都托付与曹聚仁打理。鲁迅甚至托付曹聚仁给李大钊出文集《守常全集》，这是大事，也是麻烦事，在当时，李大钊也是一个敏感词，不对人充分信任，哪敢谬托知己？抗战时期，宋云彬先生编《鲁迅语录》，他有个发现，去当面问曹聚仁："为什么鲁迅文章中没有骂你的？"由此可见，鲁迅先生对曹聚仁有嘉惠焉。然则曹聚仁先生并不以此自喜。当年他曾当面对鲁迅先生说："与其把你写成一个神，不如写成为一个'人'的好。"而鲁迅先生微笑颔首，"你是懂得我的"。鲁迅逝后，先生名未与身俱灭，越到后来越放光华，甚或被抬为现当代唯一的文学宗主，人人都以高攀鲁迅为荣耀，曹聚仁先生却对人说："我从来没有说过，鲁迅是我的朋友。"

是无情，还是无义？台先生与曹先生，对鲁迅先生情也有，义也有。两人脱俗者，只是不想吊名家膀子，伏大家脚下，拿他们当摇钱树来摇，当金矿银矿来挖。世人爱攀名人者，多矣，开口即谓"我的朋友胡适"，闭口则是"我是青藤门下走狗"；左一个"我的表叔的二姨的三姑姑的四奶奶……是民国金嗓子周璇"，右一个"钱钟书与我握过手、我接到过李白还有杜甫发给我的短信……"

台静农和曹聚仁与鲁迅关系深切，大家都是晓得的，而陈寅恪与鲁迅有过交集，却没多少人知道。1902年春，陈寅恪去日本东京弘文学院读书，当时在弘文学院的寄宿生有22名，其中就有年长陈寅恪9岁的鲁迅。鲁迅曾在其日记里记过两人一则"往事"："赠陈寅恪《域外小说》第一、二集，《炭画》各一册。"有这一句话，也可让陈寅恪吃半辈子饭了啊，然则，陈寅恪先生几乎不与人提起与鲁迅先生的交往，何则？陈寅恪晚年对人道出其中缘故，他怕"是非蜂起，既以自炫，又以卖钱，连死尸也成了他们的沽名获利之具"。

把自己的名字与名人的名字拉扯在一起，确实是可以"既以自炫，又以卖钱"，但是你的名字会是独立的名字吗？难道每次给人介绍都是这样的开场白"他是某某的老公"或"我是某某的跟班"吗？这如同我老家栽作物，最初或是栽到大树下面的，但到了一定时候，便移栽了，何故？怕这作物"荫死"在大树下！

人要站立起来，须人格独立起来；人格要独立，最起码的一条，是不傍名。要让自己名字叫响，首先要名字独立。

道德这么说也不是批评自己的

台湾蒋勋先生有一篇大作，题目叫《道德不是批评他人》，说的是蒋勋先生从法国归来，任教一家私立大学，参加了一次会议，会上有议题是：有房东向学校写了一封信，检举该校在她家租房的女学生品行不良，勾引房东老公，学校以此为罪状，勒令学生退学。蒋勋先生觉得应该了解背后的因由，当下不予签字，不想听到旁边有声音传来："蒋先生毕竟是从法国回来的，性观念才比较开放。"

这话让蒋勋想得宽了，想到道德批评上来："群体的道德意识往往变成对他人的指责。在西方，道德观已经回归到个体的自我检视，对他人的批判不叫道德，对自己行为的反省才是道德反省。"

很是赞成蒋勋先生得"了解背后的因由"才予签字，事实都没了解，就作法规审判（我看不出，开除学生是道德审判），哪合法律精神？不过，蒋勋先生从中得出结论"道德是不能批评他人的"，却让人较难断定：这是否符合道德精神？比如民国大人冯玉祥，遇到道德事件，不批评别人，只是"对自己行为反省"，如今让我们来旁观，那味道真怪怪的。

民国报人喻血轮在其随笔体著作《绮情楼杂记》中报道过冯公一件轶事。抗日期间，鹿钟麟将军挈妇将雏，率部入四川，"原思自觅寓庐"，恰好老首长冯玉祥正住在歌乐山，冯首长坚请鹿将军到他家安居，鹿将军先是婉拒，但冯首长硬是热情，"邀之再四，鹿恐峻拒将启其疑，不得已允之"。

做客他人家，一天两天，或难生事；长居其家，自会有道德事件冒出来，"讵同寓不久，鹿夫人忽在寓失金表一只"，鹿夫人将失金表事告诉了鹿将军，鹿将军千嘱托万嘱托，莫做声算了，更不要"对他人进行道德批判"。

可是有事憋嘴，憋一天可，憋两天可，哪能长期憋下去？"顾妇言口舌难禁，日无意说出，为冯所闻，大患。"谁偷的？有一点可以绝对肯定，偷表贼不是冯玉祥首长，定然是别人。"道德不是批评他人"。冯玉祥正是尊此道德，道德不用来批评他人，只用来批评自己，严格遵循蒋勋先生所说，"对自己的行为进行反省"。

怎么个反省法？"是晚冯遂令全家人及仆妇并鹿夫妇至院中纳凉，待众坐定"，说时迟，那时快，扑通一声，老首长冯玉祥双膝着地："我冯玉祥一生讲究纪律，注重操守，对家人仆妇规诫尤严，今鹿夫人在我家失去金表，当然为我家人所窃，可见玉祥德尤不足感人，力尚不能治家，今务求窃表之人，当众自首，我决不见怪，惟当自责。"

冯玉祥真个是心太软，把所有问题都自己扛。金表绝非他偷，他却把道德责任一揽子揽过来，开展自我反省，十分符合蒋勋先生对道德的判定。可是，你不觉得这种将他人的道德错误全由自己都兜起来的做法有点怪诞？鹿钟麟见老首长跪了，"见状大骇，急趋前扶之起"，冯玉祥却坚决拒绝起身，"否，贼不自首，我即长跪不起"。

老首长跪着不起来，鹿将军望了望周围，却没一人站出来自领其道德责任，那怎么办？扑通一声，鹿将军也跪了下去，"鹿无奈，遂与对跪"，鹿与冯，都是那么有身份的人，都搞起"自我反省"了，带头以道德来批评自己了，"焕帅不起，我亦不起"。万籁俱死声，唯见月西移，西移月就这么静静地看着民国两位要人我跪你，你跪我，在那进行自我道德批判。

对跪了不知时日，偷表的站出来了吗？没有；两人起身了吗？起身了。看到两人在那跪着不起，"鹿夫人机警"，赶忙去翻坤包，对不起对不起，"我失表已于今晚在衣包内寻获，并无贼人也"。说罢，两人不跪了，拟将站起却站不起，跪太久了啊，身子都跪麻了呢，"始挽两人起"。

这般道德自我反省与自我批判，如蒋勋所言，也算是"演化出各种形态的表演啊"。别人犯错，你不准批评，只准反省自己，怎么办？那只好表演嘛。"后鹿言与人，无不失笑。"

笑什么？笑两人对跪那"尴尬局面"，还是笑"对自己行为的反省才是道德反省"？

把别人的道德错误一味地包揽过来，说来也是可笑的。不是你犯的，你揽过来，能起什么作用？倒让真正有道德瑕疵者，蒙混过关了。

蒋勋举房东告学生之例，证明道德不能对他人批评；那么可否举冯玉祥先生下跪这例子，来证明道德也不便对自己反省？道德不能批别人，道德也不能批自己，那道德批谁？道德谁都不批了？道德失去了批评功能，那就等于法律放弃了执法能力。

一群犹太人嚷嚷着要扔石头砸死一个通奸的女人，耶稣站起来："你们中间有谁没有犯过罪，就可以拿石头打死她。"耶稣这话落腔，

"结果大家都噤口，没有人有资格来扔石头"。

耶稣这个故事，常常被用来证明：道德是不能有批判的。只是不晓得是不是翻译原因，我对这则故事中的两个词语，略有异见，一是"罪"，这罪是错字之错吗？若说犯过错便没资格来扔石头，那我承认确没人有资格；但设若说，没犯过罪的，就可来扔石头，那我敢说，有资格来扔石头的，可以排成队。二是"石头"，人家犯通奸，来扔石头？这是执法了。这事之错就在这：以石头来做舌头做的事。

罪与石头，事涉法律，不关道德。罪是法律名词，石头是执法行为，这跟道德没什么关系。错与舌头，才是道德事情。犯了道德之错，我们不能扔石头，我们却可伸舌头。他人犯道德错，不能对他人伸舌头；自己犯道德事，也不能对自己伸石头，那么，套用蒋勋先生《道德不是批评他人》的结尾，"语言和行为开始分离，社会将会有怎样的道德面貌"？

法律用石头，道德用舌头，这社会才有搞头。他人犯错，最好还是容许道德伸舌头批评他人；自己犯错，最好还是容许道德用舌头反省自己。自然，我们见过很多道德批评惨剧，如没核事实，乱批；如动辄用石头砸死人。问题不在使用舌头，问题出在恶用毒舌。

文人不言谢

言及人间绝难事，有人挑选了几件：天开裂，地开拆，冬雷震震夏雨雪，爹怀肚来娘登月，黄河彻底歇。如今，这些都不难了，地震虽不曾天天有，全球每年都会报道一两回；六月飘雪不稀奇；不但中华儿女而且世界儿女多奇志，要把十月怀胎之苦痛让男人也受一遭，爹怀肚不再放在奇闻栏目，已放在社会新闻中了，娘登月倒还少见；黄河是彻底枯了，一年枯一次。然则，世上绝难的还有什么？还有两端事：恨官人做坏事求道歉，替文人做好事要个谢。今天说一说后面这端事。

金圣叹先生死不道谢。他到富贵人家去喝酒，吃了主人酒肉，吃了主人小妾的豆腐，末了，看到主人钱柜里白花花的银子，一手顺了三千两。富人怕文人那支笔，未敢作声，作声也只能这么做：拿去吧。圣叹先生手快、脚快、口也快：钱在你家里，使你白白蒙冤受着守财奴恶谥，我给你拿去。富人说：没事没事，拿去拿去。富人余话还在随风飘，圣叹先生没见人影子了，跑得风快。白得了白银三千两，谢谢两字没听得一声。

台静农先生仓皇奔走台湾，文人一枚，谋生乏术，一段时期，缸里无米，桶里没油，打开盒盖，盒里盐也无，举家不能举火。有教授一见便生怜，趁月黑风低，给台先生送米一袋，油半桶，鸡蛋、鸭蛋、腊肉、腊鱼小半数，台先生接受了。吃饱肚了，嘴唇当有力气开了吧？台先生晓得是谁给他周济，但他就是不去那谁谁谁家，道一声谢谢。

文人自己不道谢，也不准他人道谢。阿Q打不赢人家，便向人求饶说"我是虫豸"；有人领取了救济金，便向人作个揖，打个拱手，文人便臭骂其人曰"你这奴才"。道声谢谢，文人便给其谥号奴才，我看到文人这么给人谥号已很多回了。比如吧，衙府官员带了棉被红包，到棚户区去送温暖，贫下中农接了物，回了话：谢谢干部。文人便骂工农兵：真是奴才。

文人这么骂的道理是：这钱这物，又不是干部的，是纳税人给的，干部只是代送而罢，有什么可谢的？这道理算是道理，不过，干部给百姓送温暖，怎么着这也不是干坏事，人家在做好事，道声谢，怎么就奴才了？我是干过这事的，拿着纳税人的钱与物，代送温暖。大雪天的，风过雪落，冷得人脚打崴，身子打战。不瞒文人说，听到"困难户"一声"谢谢"，我心底如添了一把柴火，全身温暖许多。若是我去送温暖，得到的是一声：东西放那里，快滚，东西不是你的，你想讨我一声谢，没门。若听到这般话，那下次我出钱，请文人您去代送温暖。

其他事情，我不晓得，但送温暖这事，我觉得吧，不关干群宿怨，关乎人文素质。我网购一书一鞋一件衣服，快递员给我送到楼下来，喊我去领，签了字拿了东西，我向快递员道一声谢谢，我便是奴才了吗？购物的钱是我出的，快递员工资是我付的，我要谢谢他干吗？无他，我只是要文明文明一下，素质素质自己。我没拿着我的钱，去给人民送油送粮送棉被，也不求上电视。若得到一声谢谢，我会高兴半天，感慨还是人民有素质。

与文人交际，自然没什么蛮大的事。比如让他顺我三千两银子的事，是没有的；叫我去他家里钉藕煤烤雪火，挑河沙搞装修，也是没有的。有的只是帮他买车票去云南四川玩；有的只是帮他办营业证、离婚证去找局长、院长要（别说文人平时骂这些人，嘴巴撅得老高，到时头颅低得尘埃里去了）；有的只是帮他向各单位各部门销售其自费出版的、据其云N年后必定获得诺贝尔文学奖的诗集……费了自己吃奶力气，卖了自己薄纸脸皮，帮文人做了，或没做到，或已做到，你想得到文人一声谢？天开裂，夏雨雪，文人道个谢。

两端人，是无须道谢的，一者至亲，咱俩哥们儿，老是谢啊谢啊，那不见外了？一是至疏，你是大文豪，我不过路人甲，错身而过，返过头丈把远来道谢，那不也神经病？不太亲不太疏，不太生不太熟，文人在这般区域里相交集，还是讲些礼貌为佳。

被人拉进很多QQ群、文友群，要熟不熟的文人们常常Q我，叫我帮他这，帮他那。比如文人间很流行的是要别人的邮箱，要报社、出版社编辑的"联系方式"。一个不行，要多个；公共的不要，要私人的，给他找啊找啊，找了好些去。只看你在给他发，他跷起二郎腿在那头不再发一言。谢谢两字，不过是敲两回"X"嘛。奈何他不敲。

是我太过俗气，还是他太没素质？

再回头说台静农先生吧。别人给台先生送油啊盐啊，米啊菜啊，台先生嘴巴封得铁水浇注般，那声谢谢是不说的，但台先生有钱了，他会打壶酒，喊上几个朋友，还喊上那位施主，到酒吧坐起，跟他们政经文史乱扯，东西南北乱策。

台先生不言谢，心谢！

到底是老派文人，尽管爱耍些名士风流，但心底里固守着人文底蕴。

新派文人呢？言谢人吗？没见过；心谢过人吗？没见到。比如郭某某盗取他人三千字（文学不神奇，不过是三千汉语常用字在纸上排列组合），赚取银子何止三千？三千万都有。东窗事发，三千文字原主人找上门来，他说赔钱是可以的，但要他道声歉，道个谢，他发恶咒，杀了他，他也不会。新派文人是不向人道谢的，一声也不。为什么？他有他的逻辑，他向人道谢，他就是奴才。

他不做你的奴才，他要你做他的奴才。

顾颉刚开坛

孔子说教学相长，其实说来是不尽然的。多半情形是：学相长了，学生们的学养与见识，噌噌噌，增长得十分快；而教不曾相长，其学、其识，截至当年师范毕业那天，不再长高。教学不相长还好，更极端的是教学相仗——教者与学者，两人干起仗了，师生反目成仇，学生气鼓鼓作起《谢本师》之类绝交书来。

教学要相长，是得有前提的。教师有肚量，容得了学生异见；学生有胆量，敢于向老师发难，那才有可能双向成长。若是教师讲授冯妇搏虎，谓古代妇女身体硬是健硕，能跟武松一样打得了老虎，教师得意洋洋讲得兴起，突然讲坛之下，呼地站出个人来：老师，您错了。冯妇不是女士，是位大汉子。老师听此，戒尺啪得呼呼响：就你能？你比老师还行？那你来上课算了。拔了师须，揭了师鳞，然后师者将学生吓得战战兢兢，汗不敢出。如此，你说教学如何能相长？

若向其辩驳或向其指误，其勃然大怒，不也太狭隘了？指谬固不得：说他立论有谬，他便移羞作怒，要跟你结仇，从此老死不相往来；指正也不行呢：说他行文中"爱情"词尾弄错了，他会强辩曰：爱情，有无产阶级爱情、资产阶级爱情，斯大林同志讲的是无产阶级爱情，所以这个词用得也不一样。说完，他会发脾气，跟你拜拜，"从此萧郎是路人"——朋友间这般闹翻者，数不胜数。

不过也有例外。顾颉刚已是名满天下，站在燕大与北大讲坛上，纳天下英才而育之，逸兴遄飞。他开讲《尚书》研究课程，首先讲《尧典》，其中讲了一句：《尧典》所谓十二州，起源于汉武帝制度。话音落腔，忽有一生拔座而起：老师，你讲错了。顾颉刚瞧去，原来是谭其骧向他发难了。此时此际，顾教授若大发脾气，也是可以理解的：我是大教授呢，我早是名家呢，错的也是对的。好在顾教授开坛，并非武大郎开店，而是春风拂人，他和颜悦色向学生谭其骧请益：为师的，错在哪里？谭其骧便说：这里错了，那里也有点儿不对。顾教授呢，连连点头，说：这条，你是对的，那条呢，你还说服不了我，这你下课后，再去找些资料，自圆其说，正圆我说。

谭其骧下了课后，又钻进故纸堆，去寻根溯源，与顾教授商榷。谭学生为了驳倒顾老师，钻进学术里，深耕细作；单拿评上教授时刻那点功底应对，顾老师是应付不了的，为了不在学生面前掉格，他也得学术再出发。这样反复讨论，顾教授在课堂上对百十学生讲："谭其骧同学对你我帮助很大，帮我纠正了很多错误，但是他的有些意见，也是我不同意的，这些都让我非常感谢。"师生你追我赶，在学术路上竞赛，这才教学相长。

顾颉刚为师有肚量，为学有雅量，不只是在学生谭其骧身上有孤证，对待批评，对待指谬与指正，顾先生真是无长无少，无贵无贱，道之所存即师之所存，学问研磨，不以他人有异见当逆鳞待。顾颉刚是大学教授，钱穆还在苏州当中学教师，位差甚大，其时名气距离也不可以道里计。但顾颉刚知道钱穆与自己观点相左，不是不屑一顾：你算什么？懒得跟你说，而是专程去看钱穆，叫钱穆多写文章。写文章干吗？来批评他。写了批他的文章，怎么办？顾教授不是放在自己书桌上把玩（能放自己书桌，就了不得了），而是以自己名家的影响力，推荐发出来。钱穆曾作了一篇《刘向歆父子年谱》，不说是与顾先生唱反调的，也是与顾先生意不合的，顾先生却推荐在自己主编的《燕京学报》第七期上发表，钱穆因此声誉鹊起，扬名学术界。

有几人能做到这一步？顾颉刚不止做到这一步。提携了人，还能再提携吗？有人是不会再提携了的。先提携，便居了长者之功；再提携，那超过自己怎么办？前贤提携后进，多"一鼓作气，再而衰，三而竭"

非竭力推举，且竭力防范，竭力弹压，何故？原因多半在此。而顾颉刚却不是这样，他提携钱穆发表学术大作后，又对钱穆说："君似不宜长在中学教国文，宜去大学中教历史。"不是卖了个话语乖了事，而是真给跑腿，推荐他去了燕京大学，钱穆因此实现了人生跨越式发展。钱穆这位无学历、文凭，一生从未上过大学者，却能执教大学，成为大学教授、名教授、入得了史的教授，实在得力于顾教授的超然识拔和大力玉成。钱穆在其晚年所著的《师友杂忆》里回忆，他曾在发表的《年谱》中说："不啻与颉刚争议，颉刚不介意，既刊余文，又特别推荐余至燕京大学读书任教。此种胸怀，尤为余所特赏。固非专为余私人之所感知遇而已。"

与学生谭其骧以平等地位讨论问题，与朋友钱穆立论上相反却能相成，顾教授或许有人生缺点，但他"此种胸怀"，却是一贯的。顾颉刚无心机，一向乐于助人，包括助异己者，多有例证——他去厦门大学教书，还先后推荐了潘家洵、陈乃乾、容肇祖等人呢。

我曾做过教师爷，有学生提来一句俗语，问我其反义词，我答不出来。其俗语谓：武大郎开店。当年我想啊想，想爆脑壳没想出来。现在读了顾颉刚故事，突然想起，可以造个新句：顾颉刚开坛。这句，足堪正对武大郎开店。嗯，我力荐这句入《现代汉语词典》——网络滥词都能进，这世说正语应可以吧？

杜鹃声里过花期

郁达夫与王映霞的才子佳人恋，以卿卿我我始，以劳燕分飞终，演绎了一场轰轰烈烈却又凄凄惨惨的琴瑟悲歌。初恋之时，爱得死去活来，离别之际，又恨得呕心沥血，一对神仙侣成了仇怨偶，终究让后人唏嘘。

达夫先生才华横溢，有名士风度却又身世凄凉。人之常情是爱慕佳人，究其底又偏爱才子，所以郁、王之婚变，大多同情达夫先生，斥责王映霞。易君左在一篇文章中说："然而，我总有一个定见：王映霞无论怎样美，嫁给一个郁达夫，总算是三生修到。我对这位朋友是深致敬慕的，他是一个人才、一个天才和一个仙才……单凭《达夫九种》，王映霞亦足千古。"易先生在文中流露的是扬郁抑王的情绪，虽不曾直骂王氏不识英雄，却也间接批评她"出了英雄而不懂得爱惜"。在郁、王之恋中起过"穿针引线"作用的孙百刚，事前对郁、王之恋不甚支持，认为达夫先生是使君有妇，而映霞却罗敷无夫，映霞不应嫁给"二道贩子"。事后却转了向，他说："我一直认为，没有这一场婚变，达夫先生根本就不会投荒南下，因此，后来就不会不明不白地遭了日本人的毒手。"孙先生心底里是把王映霞作为达夫先生隐形杀手看待的，这是"现在想起他们的离合经过"，孙先生"反而要站在达夫这一边的原因"。鲁迅先生与达夫是好友，他看得当然不至于这么狭隘，却也有所偏袒达夫，对王映霞有点不太信任的意味。先生在《阻郁达夫移家杭州》诗中云："钱王登假仍如在，伍相随波不可寻。"达夫后来想起先生这诗，才深懂此语之含意。他在《回忆鲁迅》中写道："我因不听他的忠告，终于搬到杭州去了，结果竟是不出他之所料，被一位党部的先生弄得家破人亡。"这话似乎是说，鲁迅先生早就看出王映霞有背叛之心。

郁、王之恋到底谁是谁非，恐怕只有郁、王才知晓。婚姻是一双鞋子，合脚不合脚只有自家知道，而且即或是郁、王两人，也恐怕是各有心得。郁达夫穿着，有自己一番感触；王映霞穿着，又何尝没有自己的感觉呢？当年，王映霞初会达夫先生，正是豆蔻韶华，她长身玉立，体态微丰，面如银盘，眼似秋水，读书时节一向有校花之名，成年之后，天下女子数苏杭，苏杭女子数映霞，王映霞居当年杭州四大美人之首。达夫先生当时已有妻室，儿女绕膝，年长映霞十多岁，按世俗之婚配，达夫未必是映霞最佳人选。无奈达夫先生乍一见她，惊为天仙，顷刻间坠入情网，无从自拔。在达夫先生的凌厉攻势下，王映霞终于做了爱情的俘虏，十余年间，两人相濡以沫，各倾注一腔真情，恩爱无比，因而赢得了"富春江上神仙侣"之美誉。

郁、王之婚变缘起于第三者插足。达夫先生得信，将遭国民党之暗算，他深感上海险恶，因而不顾鲁迅先生等人的劝阻，移家杭州，几乎花光了累年积蓄，在杭州筑下爱巢"风雨茅庐"。他说："一九三六年春，杭州的风雨茅庐造成后，应福建公洽主席之招，只身南下，意欲漫游武夷、太姥，饱采南天景物，重做些记游述志的长文，实是我毁家之始。"正是在达夫先生南下期间，王映霞耐不住寂寞，当时亦算是达夫好友的许绍棣乘虚而入，于某夜饭后，把王勾上手，致王失身，并由此同居。

达夫先生曾在诗中叹道："贫贱原始是祸胎，苏秦初不慕颜回。九州铸铁终成错，一饭论交竟自媒。"在达夫先生的眼里，王映霞之所以委身许氏，是因为王氏嫌达夫先生贫穷而位不显。先生曾直言："映霞最佩服居官的人，她的倾倒于许君，也因为他是现任浙江教育最高行政长官之故。"先生又云："姬企慕官职，以厅长为最大荣名，自对人自称厅长夫人，予以取乐。"现在想来，达夫先生此番言论也许是伤心怪罪之语，心中莫名悲愤却又莫名所以，故以映霞爱慕官僚不爱文人而罪映霞。达夫先生毁家之后，用语常失分寸，譬如："许君究竟是我的朋友，他奸淫了我的妻子，自然比日寇来奸淫要强得多。"此话当然有锥心之痛，初读似乎看到达夫先生的"民族感强"，细细揣摩，对王映霞恐怕存有毒咒之意。王氏作为女性，当然有虚荣心，但是否因为见官而不惜失身，此论未必着道。映霞与许氏同居之日，正是达夫做官之时，先生应福建省党主席陈仪之邀，赴福建任省参政，据称，陈仪也拟任先生为教育厅长的，但虑先生文人气质较浓，常口出无忌以及人事有纠葛而作罢，任之为参政，实质拿的也是"厅级干部"的薪金，级别上与许氏无差，说王贪官恋贵，有失公允。事实上，达夫先生遭难后，王映霞也没嫁许氏，也没再傍大官，只与在重庆招商局任职的普通职员钟贤道结婚以度余年。

成也萧何，败也萧何。在郁、王婚恋与婚变之中，缘的是爱情，毁的也是爱情。王映霞当初义无反顾，冲破种种樊篱嫁给达夫先生，为的是爱情。但同所有的女人一样，她要的是全部的爱情，而非一部分爱情，正因为此，她投奔爱情之始，便已埋下了爱情悲剧的伏线。达夫先生作为风流名士，其行为多有不检，不但偶有寻花问柳之举，而且还常常直接伤了王氏的自尊心。在其五四以来的新思想中，还顽固地残存着传统的古香之梦，其骨子里有着"家中红旗不倒，外面彩旗飘飘"的传统思想。他屡以妾直称王映霞，在婚变之后的《毁家诗记》中称之为"姬"与"下堂妾"，便是明证。即或在婚后不久，先生写了一首《登杭州南峰》之诗，其有句云："题诗报与朝云道，玉局参禅兴正赊。"把映霞比作苏东坡的姬妾"朝云"，戳到了王映霞的伤心处。后来又以白居易自居，将王比作白居易的通房丫头樊素。

也许这表面是个名分问题，究其实际，是爱情问题。在名分上，作为新式女子的王映霞也许不会多加考虑，她为了爱情是会赴汤蹈火的；在爱情上，这又正是作为新式女子的她所不能容忍的。她之红杏出墙，怕在内心也有你来我往的报复之心。她私通许氏，却又没嫁给许氏。达夫先生是这么说的："在这中间，映霞亦似曾与许君交涉了许久，许君似不肯正式行结婚手续，所以过了两天，映霞终于挥泪别了许君，和我一起上了武汉。"此段叙述如真确，说明的正是映霞对爱情专一的执着，她是不愿过只有肉欲没有真情的生活吧。她说："对于婚姻，对于女子的嫁人，那中间的辛酸，我尝够了，我看得比大炮炮弹还来得害怕。我可以用全生命全人格来担保，我的一生，是决不发生那第二次痛苦了。"这也许是王映霞咬舌斫指的真心感受，是一种痛彻肝肺的伤心悟道之语。她后来再次结婚，"既不要名士，又不要达官，只希望一个老老实实，没有家室，身体健康，能以正式原配夫人之礼待她的男子"。名士谁不爱？达官谁不欲？而这一切，她都不在乎了，她只有一个要求：要以原配夫人之礼待她。其中心情，是有"曾经沧海，除却巫山"那种彻心入骨之体验的，真是杜鹃啼血，只惜人生不复，杜鹃早已过花期。

现在，达夫先生早已魂落他国，王映霞也已云散香消，其中恩怨瓜葛也已成为结了血痂的黄灯古卷。多年以后，我们再看郁、王之恋，谁对谁错又有何人能予分辨?只有那情恩爱怨，让人千古怆然泪下。

西医误了高梦旦

比喻都是蹩脚的。文化如母，在林纾等人来看，这比喻是对的；国学为爹，传统为娘，欧风美雨如靓妹，招招摇摇过秦砖汉瓦华夏老街，林纾们却是抗拒的，他爱他的母文化，再丑也不嫌。但文化如母，放在五四那一代新人，如鲁迅、胡适等人身上，却不太合尺寸了，他们弃国学如敝屣，迎西学如新妇，不好以文化如母相喻。文化如妻倒差不多，娘自然是旧的好老的好，妻却是新的妙嫩的佳，看五四那代人弃旧迎新之激烈态度，便可落实文化如妻之说。有人问，文化如妻如何来解释民国怪才辜鸿铭？他爱传统如爱娘，却恨西学如恨仇，辜氏是中华血统，生于海外，长于海外，熟稔西学，却骂西学，追寻国学传统，这不是寻母来了，认祖来了？恰可证文化如母。想来，辜老先生弃西学朝国学，正是文化如妻之征。辜鸿铭三十多年习西学，三十多岁来到祖籍之地，见国学爱国学，这是寻根，还是寻芳？

五四新文化运动，将文化运动来运动去，余波还在荡漾，这话题有点大，难说清楚。且说其中中西医之争的一些插曲。西医随西学传来，与公说公有理、婆说婆有理的软文化比，西医是硬科学，其好处是看得见，西医一剂药比"公母原配蟋蟀要一对"（中医给鲁迅父亲开的药方），不消说，靠谱多了，见效多了。袅袅婷婷走来一位穿白大褂的西医医护小姐，明眸皓齿，健康丰满，也不消说，比待在一起几千年的中医熟脸婆，吸引力必定大得多，何况这熟脸婆，还紧胸束乳——被封建信仰与封建迷信箍得铁紧。

高梦旦先生生于中医之国，却对中医一点都不感冒，他最是醉心于西医。高先生于现代人来说，有点陌生，而在当年也是名气很响亮的人物。他是福建人，早年留学日本，后来任职商务印书馆，民国第一部小学教科书《最新国文教科书》，就是高先生主导的。风行一时的"四角号码检字法"，很多人知道这是王云五之功，其实最初是高梦旦的研究成果。高先生感于《康熙字典》部首太多，起意研究汉字检字方法，将二百一十四个部首的《康熙字典》修改为八十个字形部，这研究起了好头后，高先生将成果大都转让给了王云五。高先生在商务印书馆确有良好口碑，多有让功，多有让贤，比如他曾任该馆编译所所长，先是让给胡适博士，胡适坚辞，高先生便力荐王云五，有蔼然长者之风。

高先生爱新文化如爱新妇，也就对旧文化蛮痛恨了。旧制度，旧礼教，都是他所痛恨的，中医是旧文化之其一，高先生也是恨屋及乌，感冒发烧，他从不看中医，就是中医最擅长者如针灸，他也坚决不相信，他说："中医诊断既无科学依据，所开药方，岂可轻易尝试？"高先生更放出话来："纵使我病入膏肓，西医束手无策，也不往中医门口过一回身。"平时一见中医，便开嘴开骂，毫不留情。丁文江先生曾戏写过一副对联，上联是："吃肉走路骂中医，人老心不老"；下联是："喝酒写字说官话（高先生不曾当过官，普通话说得不错），知难行亦难"。高先生受了这对联，大呼知音，将之挂在客厅里，逢人自矜。

高先生最初是与中医结发的，后来见识了西医，便与中医离异。他立过誓言，死也要死在西医怀里。一语成谶。1936年，高梦旦与张菊生等三五同人游成都，访山问水，登峨眉山而览其秀，走到半路，身感不适，返回重庆，买舟东下，过宜昌时，感冒转化为肺炎，路上找了西医看，回到上海，更去了最好的宝隆医院看西医。

说来，这肺炎不是大病，若看老中医，未必治不好。高先生去看西医，也看好了的。但肺炎好了后，高先生失眠严重。有病找西医吧！西医给高先生服用安眠药，药给多了，过量了。高先生是年7月故于上海，年寿六十八。笃爱西医的高先生，终是躺在了西医怀抱，是寿终正寝还是黑色幽默？

中西医论争争得火热，说来是很多业界之外者在打嘴仗。文人说文化是好手，来说科学，就不好说了。鲁迅先生是学过医的，他也说过中医坏话。鲁迅先生父亲病亡，按先生说法是中医误的，先生对中医观感不佳，有个人体验在内。不过很多时候，个人体验往往爱搞扩大化，比如女人遇见了一位负心人，便说天下没一个好男人；男人遇到了一个小人，更是说世界没一个好人。

不论从治疗效果还是从统计数据来看，西医胜过中医，那是没话说的。但受过中医之害，或谓中医误过病误过命，便认定其是伪科学，这个可能便有点个人体验扩大化了。跟高先生一样，梁启超先生也是被西医误事。1926年，梁公患尿血病，到北京协和医院治疗。西医说病在肾脏，需做肾切除。据说梁公朋友曾给他找过中医，说这病不用割肾，劝他服用中药，但梁公哪信中医？他坚信西医。结果西医给他切了右肾，切错了，据说应该切左肾的！呵呵，西医也不靠谱啊！

梁公病被庸西医错割了一刀，这事若是中医干的，那又何说？梁公千嘱咐万嘱咐，叫人别说，他希望西医大行中国，不让说西医也有不靠谱时候，其用心良苦。不过呢，梁公爱西医，西医误他，他实在不好说；而高梦旦先生呢，他那么讨厌中医，热爱西医，居然也被西医夺了命，他不是不好说，他是没办法说了。

陆铿的信条

陆铿是云南保山人，曾任国民党《中央日报》的副总编兼采访部主任，据说还是中国自有广播以来的第一个电台记者。陆铿晚年总结自己，说他这一生只做了两件事，一是做新闻，二是坐牢房。这两件事并非两不搭界，而是两相关联的。一是因，一是果，做新闻是坐牢房之因，坐牢房是做新闻之果。陆铿这话，让人想起陈独秀的名言，"我们青年要立志出了研究室就入监狱，出了监狱就入研究室。监狱与研究室是民主的摇篮"。

陆铿坐过好几次牢，多是缘起新闻。他任《中央日报》副总编兼采访部主任时，曾在其任职的报上捅了一个天大的篓子，不过还好，这次没被抓去坐牢，只是提到了牢房门口，在那打了个转身。

1947年夏，蒋介石的连襟孔祥熙与国舅爷宋子文贪污国家外汇三亿多美金的事，在国民党参政会上被提了出来。陆铿恰在会场，捉了一只新闻大活鱼，只是这新闻料还不足，具体细节并没浮出水。当时国民党财政部长俞鸿钧有所恃，对参政员的质询，拒绝说出内幕真相，不是说"这是最高当局的意思"，就是说"这是蒋总裁的指示"，拼老力想把这件事压下。

除料不足外，更有新闻纪律。国民党在内部会议将事情抖搂出来，并不想向社会公布，想的是老套路：内部处理。内部掩着捂着，大事化小，小事化了，这事就好像没发生一样，酒照喝，舞照跳，主席台上位置照坐，报告照作。简言之，在这次参政会上，陆铿纵有心挖掘新闻，也没办法获取足够的素材。陆铿心中义愤，回到报社就"布置《中央日报》全体记者，集中全力拿到这一案件的全部材料，最后终于在青年党人陈启天主持的经济部里将财经两部的调查报告连骗带偷地弄了出来"（陆铿：《南京〈中央日报〉的回忆》），然后组织几位编辑、记者将材料抄下来，原件送回去。

这篇爆炸性新闻，陆铿与李荆荪、朱沛人会商了一下，次日便在该报发了出来，连总编辑陶希圣都不很清楚，更不用说经国民党宣传部审查。新闻发表后，中外轰动，其他报纸纷纷转载，孔、宋这一级别的国民党要员，其贪腐案大白天下，谁不抢着来看？这新闻在社会炸了锅，在当事人陆铿那里也是爆了弹。在国民党看来，政治地震这天大的事，天都没研究，没决定，地就开始震了，这地太不服天管了，是可忍孰不可忍！

孔、宋暴跳如雷且不说，宋美龄也是大发雌威。宋美龄先前并不对陆铿发脾气，而是对他老公蒋介石撒火逼宫，大骂蒋介石"鸭屎臭"，让宋美龄气不过的是，《中央日报》是国民党的机关报，你蒋介石什么用都没有，"自己的报纸打自己的耳光"。气愤之余，宋美龄嚷了声："喊衣复恩来。"衣是蒋介石的专机驾驶长，宋喊衣来，是要衣驾"美龄号"专机送她去上海，宋美龄这招使的是女人杀手锏：离家出走。甩下话来：不把这事情处理好，没话可说，离婚。

陆铿这新闻爆的料，可能于我们对宋美龄贤内助形象有些影响。据陆铿说，孔宋三亿美金的贪腐大案里，"也有宋美龄的一份"。这案件如果不熄火，查到最后，宋美龄也可能脱不了干系，她的反应这么大，不是没来由的。这篇不曾经过研究与批准的新闻出来，公呢，影响了国民党形象；私呢，牵扯到了第一夫人身上。蒋介石气得三尸暴跳，报纸出版的当天上午，便在黄浦路蒋公官邸召开了紧急会议，会议是小范围的，出席这会的有侍从室主任陈布雷、财政部长俞鸿钧、宣传部长李惟果、《中央日报》总主笔陶希圣等。先是一起追查这新闻背后的根源，有说是记者个人冲动，有说是有组织的政治阴谋，有说是国民党内部的派性斗争，有说是共产党在其中渗透使坏。最后是陈布雷与陶希圣给出了准确分析：这事没那么复杂，是那个陆铿胡闹干的事。

确实没那么复杂，这事是陆铿干的，只是这事性质不是"胡闹"，是"正闹"——负责对重大事件的真实报道，这是记者的天职，陆铿履行了这份天职。陆铿站出来，领了案子，揽于己身，于是泰山压顶的压力渐渐向陆铿压来，蒋介石先是派了宣传部长与报社老总来查，陆铿不狡辩不卸责，一口承认这是自己干的。案子挖到这里不曾收手，国民党要找到冤有头之头，债有主之主：新闻初源是谁？做这新闻的动机是什么？陆铿先回答了第二个问题：披露孔、宋贪腐案，没其他想法，纯粹是为国民党好，国民党敢于向贪腐大佬开刀，这样可给国民党收拾民心；陆铿对第一个问题，拒不回答，直说无可奉告。为什么？"新闻记者有不泄露消息来源的义务"，陆铿说，"这是一种信条。"

蒋介石挖出了陆铿，实在不是目的，他要挖出背后那人——在老蒋看来，爆料人比记者更可恶。对新闻记者处理，有点棘手，对政府内部爆料人处理，那顺手多了，可以以组织纪律捉他啊。老蒋便再打发李、陶两人来边审查边给陆铿做思想工作。李、陶两人肺腑都掏出来，内幕都说出来——宋美龄为这事要跟老蒋闹离婚，就是这次做工作的时候，李、陶向陆铿说出来的，李、陶特别"诚恳"，希望陆铿交出幕后人，一是"体谅总裁苦衷"，二也让他俩好去交差。话说到这份上，说来也是仁至义尽了，但陆铿坚决不松口，他守着他的新闻操守："不泄露新闻来源，这是新闻记者的信条。"

陆铿这次捅娄子，不曾受法刑，却受了情刑。李是他的主管领导，陶是他的直接领导，除了公的部分是管他外，私的部分也是很有情谊的。李、陶两人跟他叙旧，跟他套情谊，跟他苦口婆心做工作，不看佛面看僧面，也当买个面子啊。也可想象，叫李、陶两人审出底细来，这是"总裁"给"亲自"布置的工作，李、陶两人来自总裁的压力将有多大？想到这些，陆铿情感也是很受煎熬的，但陆铿对此说不，坚守其"新闻信条"。

第三次来陆铿这里，李、陶两人没那么好态度了。李部长转述了蒋介石的话："总裁说，他不管你记者不记者，信条不信条，他是总裁，你是党员，他以总裁的身份命令你马上讲出来。"没想到陆铿也来硬话："那我马上退出国民党好了。"陶接过话来，这事不是"退党"便可以了结的，我也向你交蒋总裁的底，蒋总裁要组织军事法庭以叛国罪起诉你。图穷匕见，蒋总裁露出虎牙来了，怕不怕？陆铿不怕：你抓我坐牢，是你的权力；我守我的信条，是我的责任。李惟果听了大叹，对陆铿说，你准备吧，"在官邸商量，究竟将你交给军统，还是交给宪兵。多数人同情你，关照你，建议交给张真夫（宪兵司令张镇）。老头子已经接受了这个建议，你就准备一下吧"。

陆铿并没去宪兵司令部，还是去了蒋总裁办公室。陆铿在考虑，是回家里好呢，还是在单位好？还是觉得在单位被抓好，在家里被抓，家里人见了，会特别伤心，那就在单位吧。陆铿坐等张司令来抓，不想来的还是李惟果，李氏二话不说，"拖我上车，就往黄浦路所谓'官邸'跑"，原来呢，是"蒋介石决定召见我亲自审问"。陆铿到了蒋总裁办公室，蒋总裁也不拐弯，直审"什么人告诉你的，你说"，陆铿没尿裤子，西装依然笔挺，当时回答："能不能给我多说几句？"蒋介石不曾像对刘文典一样，劈面一个耳光；陆铿也不如刘文典对蒋介石，反过来一脚，而是"多说了几句"："我这样做，即《中央日报》揭露中央大员，正表示国民党不同流合污，蒋总裁是大公无私。"末了，陆铿说，这事与其他人无关，只是我一人所为，请蒋总裁处理我。陆铿这话落腔，据他说李惟果马上站起来，自领责任，为己领刑："报告总裁，惟果负责宣传部，有负总裁付托之重，请求给惟果处分。"

陆铿可爱，李氏也可爱啊，都是汉子。蒋介石听了，连连摆手，"我什么人也不处分，我什么人也不处分。"这通天大娄子到此打了个句号。

这事不了了之，也不是蒋介石突然良心发现，也不是陆铿与李氏那几句话打动了他，据说，这事引起了美国的关注。陆铿后来听美国驻华大使司徒雷登说，时任盟军中国战区第二任参谋长、美国总统杜鲁门特使魏德迈知闻此事，对蒋介石施加压力，称这是"民主的表现"，若横加处理新闻记者，那比暴露要员贪腐案，会引起更大的政治地震。老蒋一不敢冒天下之大不韪，二不敢冒美国之大不韪。天下是老蒋的天下；但美国可不是老蒋的国，老蒋不服也得服。这事也就不了了之。

陆铿坚守其新闻操守，有多难？再难也守住了。操守是谁给守住的呢？最少有三个因素：一是公理的支持。新闻未曾立法，新闻自由没受法律保护，法律没保护陆铿，但新闻公理在。新闻公理不是法理，法理是要法律给推理证明的，公理呢，数学上的公理是不证自明的，新闻公理也是如此。有公理在，陆铿也就有力量巨大的公众站在他背后。二是有世界背景在。台湾没有制度为陆铿做保障，但美国有，在蒋总裁主持的台湾，美国背景比本地制度，有时更管用。三呢，自然是陆铿个人的操守了。职业操守说来是整个行业都需坚守的，但每个职业都是由一个个人组成的，单说制度决定，不说个人作为，再好的职业伦理，也将被职员给破坏。职业操守需每个人坚守，人人都不可推与制度来卸责。陆铿这事，若是他定力不够，意志不行，义气不堪，那信条还将存在吗？陆铿后来在广州创办《天地新闻》，因一篇《台湾难官百态》，揭露国民党官员在台湾的贪腐现象，得罪了国民党内高官特别是"CC系"的人，便坐了国民党的牢。公理犹在，背景犹在，何以又坐牢呢？因为陆铿守住了新闻伦理与新闻信条。这就是个人人品的力量了。

后记

把历史写得更好看

什么叫把历史写得好看？有什么标准来衡量？这是没标准的事，没省标，没国标，也没ISO9000国际产品认证体系管。我想看，我爱看，我喜欢看，这就是标准。萝卜白菜，各有所爱。但非要找一个，我觉得明朝冯梦龙先生提供的一个准则，可以放在这里。冯梦龙说："不有学也，不足谈；不有识也，不能谈；不有胆也，不敢谈。"冯梦龙不完全是对写历史而说的，不过我觉得放诸历史写作，尺度也恰好合适。冯梦龙把有胆放在最后一个位置上，这点我不赞成，我觉得应该放第一。王春瑜先生是明史专家，他常用笔名金生叹，我很尊敬他，他曾说过一句话，原话不记得了，大概意思是：对明史若没研究十年二十年日子，你别来对明史嚼舌根子。这个把我们给吓住了，我们草根有几人钻研过明史，没被明史专家带过一天者，那谁还敢写？不过，当年明月不是明史专业毕业的，他写过一系列的《明朝那些事儿》，版税比象牙塔里诸位专家拿的总和还多；张宏杰大学里学的是经济学，前些年还在一家银行干活，他也写了《大明王朝的七张面孔》等一系列著作，影响也蛮大的。大家不能搞知识垄断，草根也可以写史。契诃夫说，大狗可以叫，小狗也可以叫。专家可以写史，草根胆子壮一下，也可以写史。

我今天在这个大雅之堂，面对方家与专家，斗胆谈谈我的写史心得。既无学，又无识，却胡说八道，乱放厥词，这真是吃了豹子胆的。

一、得了解自己擅长什么

首先要看读者喜欢读什么历史。当前读者阅读兴趣分化得厉害，心里首先要有底，文章不是人民币，别指望人人都喜欢，因此，我瞎琢磨了现在比较流行的几种历史写作类型。

一是方志专题型。主要着眼于地域文化的特质、变迁，挖掘地域文化的人文内涵与名胜古迹，写这类作品，一是作者着实热爱家乡，二是有地方政府推动。

二是人物小传型。中国历史长久，出现的人物千千万万，这些人物千人千面，万人万面，每一个都是不可复制的有意思的人物。把这些人物的故事找出来说说，很抓人眼球，尤其是结合当代社会来叙事，更引人入胜。

三是轶事合成型。这类历史文章，往往撷取不同时段、不同人物的同一性质小故事，集锦到一篇文章，这类知识性、趣味性的文史，读者爱读，编者爱发，作者也比较好写，转载率也会很高，比如"文人与茶""古代女诗人的酒量"。把这些轶事集合，赚稿费是蛮容易，手到钱来。这类文章比较讨彩，起点并不高，关键是要找些同类型的故事。

四是通俗演绎型。中国历史故事多，如军事的、政治的、爱情的、命运的。这些故事有的非常曲折，非常传奇，是一部小说，是一部电视连续剧的脚本，把这些故事摇曳生姿地讲出来，如果还运用现代语言加以叙说，更增分，发表几率提高到九十点以上。弄小的，就写一个小故事，想要做大做强，就写一朝历史，比如当年明月的《明朝那些事儿》，雾满拦江《别笑，这是大清正史》，有几分戏说，有几分小说，写好了，很容易走红。

五是专题研究型。选择一个朝代，选择一段断代史，选择历史的一个侧面，一路写下去，这多是学者走的路线，但肯定不是学者的垄断，草根也大可作为。这方面的代表是著名史学家黄仁宇先生《万历十五年》，这部作品开创了一个写史新时代，后继者多多，如阎崇年的《明亡清兴六十年》，如马勇的《晚清二十年》，写史后起之秀风光正健的张宏杰，走的正是这路数。

　　六是思想随笔型。毛泽东说，历史的经验值得注意。通过一个历史片段的评述、历史人物的评价，来总结"值得注意的历史经验"，这走的多是杂文、随笔的路数，目前众多的杂文作者以及思想型教授学者，干的正是这活计，如人民大学的张鸣，老作家李国文，这类文史，不太在意史，作家在意文，也不太在意文，更在意理，其用意是以古鉴今，干预现实。

　　当然还有其他类型，如微历史，这类文史，说来简单，百把两百字，其实很难：一要大量阅读，万字里头可能才选一则；二语言要高超，一言破题，一语中的，一句话出味。还有话题型，当前社会出了什么新闻事件，马上去找历史上相同的故事，这类写法蛮受编辑欢迎。

　　你最喜欢什么类型？你的气质与什么类型最相契合，那你就怎么写，写作没律条，没禁区，爱怎么写就怎么写，爱写什么就写什么，写好就OK。

　　所有这些，按照冯梦龙先生说的，就是"不有学也，不足谈"，所谓有学，说明白了，就是读了多少历史书，掌握了多少阅读量，没有历史的阅读与资料积累，真没法来写历史。

　　不管写哪类型的历史，窃以为，最少须有三种意识：

　　第一，原料意识。现在拼凑、剽窃、抄袭等现象蛮严重，一位从来或者很少读史的人，写起历史来风生水起，稿费如雪片飞来，过去的诀窍剪刀加浆糊，现在的诀窍就是键盘加鼠标，百度一下，OK。百度资料当然可以用，不能说纸质的资料才是资料，屏幕的资料也肯定是资料，问题是，你如想成长为一位大器的作家，必须去读原著，去读二十四史，去读古人笔记。我曾遇到过一位老作者，他总是使用二手材料，看你写了一篇好玩的，有趣的文章，他下手很快，马上就修修改改。他曾多次向我讨要文章，对不起，我不给。我写，让你去抄啊？他弄稿费是小事，著作权是谁的？到时人家说是我抄他，谁说得清楚？偷文章，可以偷聪明些，最蠢的偷法是偷字，聪明的，去偷意嘛。

　　第二，系列意识。文章可以先博写，散文、小说、杂文可乱写，哪样都去写一写，但心中要有主打，要确定我主攻哪个方面。如写流氓史，如写妓女史，如写乞丐史，如写江湖史，如写邪教史，一生用力就写这个。我有位朋友周玉柳，爱乱写，今天写篇散文，明天写篇杂文，后天又写领导科学论文。我对他说，你这么写，赚几块豆腐钱是可以的，要出书，怕难。你不如去写曾国藩，写曾国藩的人多，写他领导术的不多啊。他听了我的话，马上买来一大堆曾国藩著作，一年内写了一本《向曾国藩学领导艺术》，出版社给出版了，不是自费，是拿版税的。这家伙写完后，又乱写去了。我说你这样实在浪费了读书，写完曾国藩，写左宗棠啊，左宗棠后，写胡林翼啊，湘军资料是互通的，可省力，够写一辈子，写多了，业余写手就可成为业内专家。听了我的话，他又出了《左宗棠绝活》。

　　第三，风格意识。什么是风格？就是在千千万万作家中的识别度，标准是，把你的名字封起来，最少你圈内的读者，一看就知道是你的。风格是量的积累，要长期保持一定的发表量；风格是质的稳定，要尽力保持在高水准上运行。

　　形成风格后，一定要记得突破风格，一个作家成熟的标志是，风格已经形成，一个作家败象的开始是，风格已经定型。如杨朔，创造了一种文学史上专有名词"杨朔模式"，这是一个作家莫大的光荣，但后来却也成了讥笑的对象，每篇文章都是这套路，你开了头，读者就知了尾，读起来没劲头。在这一代上，鲁迅是非常聪明的，你看鲁迅早年写小说，写出风格来了，他又去写散文，写散文诗，写《中国小说史略》的学术著作，晚年经营杂文最用力，成为中国文学一个顶峰，把风格发挥到极致。我想，若天假以年，鲁迅很可能会去涉足其他文体，转写其他风格。他把自己树立起来，他把自己打倒下去，涅槃重生，永远站在文学的前端，远远地把人抛在后面。

二、写史得有自己的见识

一个作家，如果报上、网上留下名之后，还想在文学史上留下名，那就应该有更高的追求。不单是要追求发表，更要追求发现。

这说的是，文章得注重思想性。关于思想，我曾经给写作划了三个层次，一是思考，碰到问题，去想一想，这就是思考；二是思辨，碰到人家这么说，想一想对不对啊，这就是思辨；三是思想，思想是非常难的事，中国几千年来，才出了一个孔子，世界称得上思想家的，也屈指可数，马克思算一个。形成自己独立的、有系统的思想，是很难的，但思考是可以的，思辨是可以的，如冯梦龙所说的识，见识，辨识。再高些，有点学识，是可以的。

首先要独立思考。独立思考，这里要辨一下，很多人一说到独立思考，就是与主流不一样，与领导的说法不一样，与正能量不一样。直接说吧，就是造思想的反。我觉得不是这样，固然我们不能把自己的脑壳当上级的马桶，但逢上必反，逢官必反，逢政必反，也不能算独立思考，只能算是独"戾"思考。独立思考，就要对定见敢于挑战，在挑战中感受到思维的乐趣。比如说，有个说法是胜者为王败者寇。斯大林说，胜利者是不受指责的，造反者胜利了，当权了，组织一班学者专家写前代史了，他们不把原来统治者抹黑？红的说成黑的，黑的描得墨黑，把他们斗垮斗丑，才能形成后朝登基的合法性。

考诸历史，还真是这么回事，但是你看历史可能会看到另外一种现象，失败的往往被歌颂为英雄，成功者往往倒成了狗熊。刘邦与项羽，后来挨骂的谁更多？"至今思项羽，不肯过江东"，大家想的不是刘邦吧？秦始皇的形象好吗？隋炀帝的形象好吗？朱元璋的形象好吗？都是臭烘烘的，臭气熏天的，这又是为什么？这里存在另外一种叙事，那就是胜者为寇败者雄，这又是为什么？后代或者其官方写史，多是胜者为王败者寇；隔代或者民间写史，往往就变成了胜者为寇败者雄了，这种历史是谁写的？这是失败者的同情者写的，我们总是同情弱者，有这悲悯心自然是好的，但理性的历史叙事，不单看强弱，更要看是非。一些人受统治者窝囊气受惯了，便想，哎，要是当年那失败者当政，肯定好些。这种心理用于论史，历史也就变了形。当前很多人将民国说得比天堂还天堂，不就是这种心理支撑嘛。比如刘邦与项羽，我觉得如果是项羽胜利了，那真是没天理，项羽每到一处，杀人放火，屠城搞三光，看《史记》，项羽屠城是特别多的，相反呢，刘邦搞得特别少。项羽入咸阳，就是放火；刘邦入关中，约法三章。还比如朱元璋，我脑子里一直对朱元璋形成了暴君印象，但现在深入史料看历史，觉得不完全这样。比如朱元璋取天下之初，他是十分注意安民的，有时候甚至可以谈得上对群众秋毫无犯。"太祖既定金陵，欲发兵取镇江，"先是发表出征动员讲话，"城下之日毋焚掠，毋杀戮。有犯令者，处以军法。纵之者罚，无赦。"执行得非常严格，以至这样一支大部队进了镇江城，一点儿都没骚扰百姓，"及克镇江，城中宴然，民不知兵"。这不是"镇江路上好重八"吗？

独立思考，就是不迷信经典定论，论史嘛，也不必完全听领导意见。执行政策，领导说了算；闲读历史，我自己说了算。同时，也不要迷信权威，亚里士多德说：我尊敬我的老师，我更尊敬真理。

独立思考，要用同一把尺子去量历史。我曾提出了一个写史概念，我称为"要法官式写作，不能搞律师式写作"。我曾读过刘瑜的《民主的细节》，这书写得有韵味，有文采，有见地，但我对她其中一种思维方式或者说辩论方式，心怀腹诽。刘瑜文章，往往都这么写：先是写一件几件美国小故事，这故事呈现在面前的，往往是坏的，是不好的。但她一转二转，都会转论到一个结论上来：美国的现象是坏的，但本质是好的。这话我们都熟悉，我们以前一些报刊也常常是这么论的，现象是坏的，本质是好的。我要什么本质啊，给我好现象。好本质归你，好现象归我。我吃一只鸡蛋，我不想去看是哪只母鸡生的。我把这种写作，叫律师式写作，律师往往是不问法律的是非，只问当事人恩属，一切为当事人辩护。

不同的时代，以不同的评价标准去看历史，结论往往是要翻过来的。这不是写翻案文章，故意与历史抬杠，而是确实因为历史的局限，或者说因为当时写史者，价值观的局限，把黑的当成红的，把红的当成了黑的。比如说，历史上有个著名的故事，叫《一钱斩吏》。这故事很短，且抄在这里：

> 张乖崖为崇阳令，一吏自库中出，视其鬓傍巾下有一钱，诘之，乃库中钱也。乖崖命杖之，吏勃然曰："一钱何足道，乃杖我耶？尔能杖我，不能斩我也！"乖崖援笔判曰："一日一钱，千日一千。绳锯木断，水滴石穿。"自仗剑，下阶斩其首。

张咏斩吏，一直被歌颂，他严惩腐败嘛。但以现代眼光来看，对不对？这首长基本上没有法治理念：一是量刑上，一钱达到了死刑吗？二是一日一钱，千日千钱，是事实吗？审判了吗？是推论嘛，可以凭借想当然来判刑吗？三是张咏这么判决，其中有个关节是"勃然曰"，吏的态度不好，冒犯了领导尊严，张咏这么判，你看是依法还是依心情？这判决，不论在程序正义与实体正义上，都难以让人忍受。

独立思考，尽量说些新话。资深编辑向公继东先生，对写历史，他曾有一个说法，要么有新材料，要么有新见识。这两点确实是历史写作的良言。现在有个大毛病，就是你写，我写，大家都写，一个作者从史籍中，爬罗剔抉，弄了一则好材料，擅长二手材料的，立刻蜂拥而上，吃冷饭。人家说过的，最好别去说，除非你有新见解。比如《一钱斩吏》这事，我就觉得没啥可说的。李白到哪都要写诗的，但到了黄鹤楼不写了，何则？眼前有景道不得，崔颢题词在上头。人家写过了嘛。而这故事主角有另外一则材料，感觉蛮有意思：

> 贼有杀耕牛逃亡者，公许自首。拘其母，十日不出，释之；再拘其妻，一宿而来。公断曰："拘母十夜，留妻一宿，倚门之望何疏？结发之情何厚？"就市斩之。

这故事被人收入《智囊》之中，对张咏审案的智慧高度点赞。以现代观念来看，值得点赞吗？看了其一钱斩吏，我不想写，不是不好写，而是人家多已写过，要写我就写《钓情执法》。刺激我的，不但是动不动就"就市斩之"，视生命为草芥，这话人人都说，我们就不用去说他了，但其中"拘其母"与"拘其妻"来执法，却让人倒吸一口凉气，执法可不可以人类的基本情感做标的物来要挟呢？

三、写史得有自己的味道

前面说过，冯梦龙先生对文章好坏有"三有标准"，"不有学也，不足谈；不有识也，不能谈，不有胆也，不敢谈"，前两条不变，但第三条要改一下，"不有味也，不必谈"。

写史，有个著作权问题。写史不能自己创造资料，用的都是别人的资料，是不是得署司马迁、司马光的名？是不是要在自己的名字后面加"翻译"两个字？若要气不喘心不虚地将自己名字大写，私下以为，有两个前提，一有自己的见识，二是要有自己的味道。

第一，思想要严肃，笔调可以嬉皮。作文无诀窍，不过是庄严大事，调皮着说；可鄙可笑的事情，装模作样地说。嬉皮在正经史学家那里，简直是痛心疾首，气得如林黛玉一样，手帕上吐出血来。我曾经几次被历史博士骂得狗血喷头，骂由他骂去，嬉皮我自为之，我就要气死周瑜。我们对要捍卫的，态度是很正经的，笔下的词语却不妨歪一些，文以载道是对的，但载道也有一说，寓教于乐呢。运用现代语言，套写古人故事，妙趣横生，庄谐互出，当年明月写明史，其成功，就在这里。如易中天说三国：诸葛亮带了两个小孩子，焚了一炉香，坐在城上，搞起了卡拉OK啊！司马懿来到城下大为惊诧，说这个牛鼻子老道他搞什么搞，城门大开，他开PARTY啊，于是撤军。我不以为这是戏说，这种说史，要给正名：这不是戏说，这是妙说。

第二，语言要简繁得当。简，说的是语言要有节制，繁，说的是表达要丰满，繁简是相反，但也可相成。有桩公案，欧阳修与翰林院诸君写史：有奔马毙犬，公曰："试书其一事。"一曰："有犬卧于通衢，逸马蹄而杀之。"一曰："有马逸于街衢，卧犬遭之而毙。"公曰："使子修史，万卷未已也。"那怎么写？欧阳修说："逸马杀犬于道。" 欧阳公此说，就写史而言，是对的，但要写文学，未必了。二月花与三秋树，各有审美，若把青竹所有枝枝叶叶都删了，那是晒衣杆，见不到疏影横斜萧萧竹的摇曳风致了。

语言不像象棋，不像扑克。象棋子与扑克牌，有作用大小之分；语言虽分动词和名词，分实词与虚词，但每个词运用得好，都是绝妙佳词。福楼拜写小说，说动词最重要，这可能对，但名词运用得好，也很增味道。贾平凹《废都》里称唐婉儿，常常不呼名，也不用"她"，而用"妇人"，给人营造了特别的"暧昧气息"，贾平凹爱用"的"，使叙事基调不刚硬，绵软了。明末清初的钱谦益，明清两朝通吃，他自作对联挂自家门楣："恩深似海，臣节如山"。有人在这两句后各添了虚词，变成："恩深似海矣，臣节如山乎？"味道马上变馊了。可见虚词之功。

第三，立意要鲜明，表达可以拐弯。做人要直，作文要曲。很多人最喜欢的写作套路是，先写个历史故事，后加一则议论，故事与议论两张皮。这种写作当然也可以，但您三四十岁了，四五十岁了，还作中学生作文吗？我喜欢开门见山的，我更喜欢曲里拐弯的。开头可不可以扯远些？中间可不可以拓宽些？结尾可不可以不议论？要奔主题，不妨先顾左右而言他；历史故事本来平铺直叙的，打乱其顺序，设置些小小悬念；叙事完了，文章也跟着完，留着意思让读者去嚼。画家作画，画一半，不画一半，叫留白；作家作文，写一半，不写一半，也可留话。那种一开头就知道结尾的，没嚼头。

当年初中老师告诉我，议论文不能"以叙代议"，我信老师的。写出来的文章，嘿，确达到了中学生水平。更高追求，按孔子说法是要春秋笔法，寓褒贬于叙事中。比如"崔杼弑其君庄公，立其弟景公"，其中"弑"字，此处若用杀字，是叙事；用弑，是评论了。若用个毙其君，则可能是代表人民枪毙暴君，感情色彩与评论立场，大不一样了。

正统文章做法，都说主题要集中，一篇文章表达一个观点，一枪撂倒一个敌人。很对。一篇文章如中心多了，那就乱了，但我们也不必恪守什么文章做法，可以反动反动。主题要集中，笔锋可以旁逸。我喜欢放野枪，一支枪口对大敌，但是写着写着，枪口稍稍转一下，把旁边小敌也给打一枪，导弹也可以携带多弹头嘛。鄙人有篇《慎众》，写的是魏晋时期山涛故事，说的是山涛并不有意收受贿赂，将所收的一百匹蚕丝藏之秘阁，"积年尘埃，印封如初"，不曾消费贿赂款，动机不贪污，所以不是贪污。把所受贿赂不消费，就不是贪官？我要讽刺的就是他，但我评叙此事，宕开一笔：

记载山涛这段事迹的人（也许是杂文家，或是时评作家），对山涛这事迹，赞不绝口，将其事迹归入"先进事迹"榜，"始知人固不易，知人亦未易"。我括号里头那一句话，老实说，我就是放野枪，顺手一刀，去讽刺一些杂文家与时评家的。

第四，写史要专业，写法可以打通。打通说，是钱钟书先生针对西学与中学提出来的："弟之方法并非'比较文学'，以此词通常意义说。而是求'打通'，以打通拈出新意。"什么叫打通？中体也不要高高在上，西体也不要充当教师爷，中体西体，各存各体，中用西用，各相借用，双方作为平等主体，平等交流。钱钟书说打通，大概是这意思。我引他打通说，意思是，写史要打通文体间界限，要打通风格间藩篱。写历史，可以用散文笔法，运用小说笔调。戏剧元素，小品元素，电影镜头元素，诗歌元素，都在文章里糅合起来；叙述，描写，议论，抒情，都可以运用来各展其长。

杜甫提了个转益多师概念，就是要多向他人学习。有些作家有个不太好的现象，老是奉自己所擅长的风格为尊。他擅庄严笔调，便视庄严风格为最高；他擅长调侃，便将清新婉丽看成是臭小资，斥严肃为学院体。这种心态不好，写作要学他人之长，写杂文的，读读散文，绝对有助笔锋；写过诗歌的，来写时评，呈现的风貌绝然不同。我本纯爷们，但我爱读女性作家的作品，男人尖硬的笔头，若沾些女性的温婉，也算是在努力打通。香港作家董桥，其行文方式如山麻雀，他布置句子，前句与后句，不是走过去的，是跳过去的；痞子刘原有一绝，就是什么好话，经他嘴里出来，就是痞话黄腔；要学习沉重话题轻巧说，举重若轻，可以去读刀尔登；台湾女作家张晓风，文艺，清新；简祯呢，灵气，诗情。我与魏剑美、周湘华组成了一个"湘辣三人帮"，剑美文章尖辣，湘华语言多如女工长句织锦，都可学，可去打通。

学习他人文章，要找顶尖级的，有特别风格的。取法于上，仅得其中；取法于中，仅得其下；取法其下呢？水平低的，当然也可以读，可以增长写作自信嘛。有人读市报副刊，读县报副刊，总觉得这些文章我也能写。你来写，未必写得出；但如果写多了，你一定写得比他好。眼高手低，确存在这现象，但若真眼高，写多了，手高的概率就很大。手高了，就得眼更高才对。

《民国风流》此为作者应中央某部门所属的门户网站及其分站在湖南长沙举办全国骨干编辑与部分作家培训班而写的讲课稿，代为后记。